# チャオとの夜明け

内田謙二

uchida kenji

影書房

目次

# チャオとの夜明け

パリ見本市の一画で「レピーヌ共進会」という発明大会が開かれる。見本市会場は上野公園の数分の一くらいの広さはある。その一部で、発明家やそれを気取る素人が、既設の屋台の前に自分の発明品を並べ、一般人へ展示する。僕は日本からの友人を連れて散策していた。ある屋台では大きく膨らんだ座布団みたいなものが軒先を埋め、奥の方で小柄な痩せた女性が座布団の一つに腹ばいになり、その後ろ姿が見える。どんな発明かと、僕は座布団に手で触れてみる。

「この上にうつ伏せに寝ると背の痛みが無くなるのです」

そう言いながら東洋系の女性が振り返る。

「チャオ！」

僕は思わず叫ぶ。名前がすぐに出てくる。二十数年は経ったはずなのに。彼女の名前ほど口に合う名はないからだ。彼女は少し目を凝らした後やっと、あの日本人？　ううう、ケン？　と叫ぶ。二人は抱き合い、自然に顔が近づき、接吻する。その垣間《かいま》に、顔を逸らそうとする友人の顔が走る。チャオは少しうめき、それからすぐに付け加える。

「今日は特別だからよ、接吻は。もう昔の私達ではないし、昔にも戻れないわ」

「君は自分の国へ戻ったのかと思っていた」

「私の国には、私に合う仕事なんてないのよ」
僕は今でも思う。僕のヨーロッパでの生活がこの東洋女性で始まったことは幸運だった。

僕は日本社会から脱出するため、何とかして海外へ出たいと思い、いろんな方策を立てた。当時は日本から持出せるお金は二百ドルと一万円に限られ、商社員や銀行員や外国口座持ちの金持ちでなければ国を出るのが覚束ない時代だった。当時の研究者達は、何らかの奨学金にありつき、海外へ渡ることを夢みた。外地でうまく生き延びて帰国しさえすれば、羨望される将来が開くかも、という幻想もあった。ただ当時の海外留学は、各人の社会貢献に対する褒賞だった。若者達はまだ貢献度が低いから、年功を経て自分の順番が来るのを待たねばならなかった。

しかし若さは待ってくれない。自分の気力と肉体から何かが確実に朽ちていくのを感じる。僕は苛立ちと圧迫を感じ始め、決心する。皆がアメリカへ行くから、欧州の方が受かり易そうだ。僕はヨーロッパのどこかの留学試験を受けてみよう、研究所から離れて個人的に。僕は運に恵まれ、二十代の後半にヨーロッパに辿り着く。一九六九年の一月。

パリに着いた日は、舗道と車道の境目の水溜りは凍っていた。僕は用を足したくて徘徊し、中規模に思えた教会を見つける。教会は工事足場で囲まれ、半分隠れている。教会は慈悲深いし、中には信者もいるはずだ。そこに厠があることを疑わず、中に入って奥を覗いたり、横の懺悔室の裏に入ったりした後、裏庭に出て、やっとそこの端に露天の厠を見つける。五メートル幅に伸びた大理石の上部から、セーヌから汲み上げたらしい洗浄水が、惜し気なく、間断なく音をたてて流れ続けている。僕の放尿の音は掻き消され、安心感に満たされ、新たな勇気が湧いてくる。でも女性用がない。この町の容姿のよい女性達はどうするのだろう。

これがノートルダムだったこと、こういう場合はカフェに入るべきこと、その日は零下八度だったこと等は、僕は後で知った。

僕は一ヶ月の語学研修を終え、予定されていたパリ郊外の研究所に辿り着き、最上階の四階にあるホフマン教授の所長室に上り、横の秘書室に入る。正面には金髪を綺麗に巻き上げた中年女性がいる。僕は一ヶ月前から準備し、頭の中で繰り返してきたフランス語を、初めて発音する。

「ユシダです。日本から着きました。ホフマン教授に挨拶に参りました」

僕は相手に気を遣い、自分の名前をわざわざフランス語風に発音する。奥の机の陰で書類を捜していた別の女性が、こちらを振り向き、声帯の浅い鋭い声を飛ばしてくる。

「アーア、ムシュ・シダ、この部屋の責任者は私よ。そろそろ現れる頃とは思っていたけど。日本を出る前にちゃんと連絡ぐらいしてくれなければ。ホフマン教授、今は忙しいので、誰にも会いません。私の名はチャオよ」

僕の気遣いとは関係なく、僕の名前は更に「シダ」へ変形された。僕のフランスでの最初の相手は、東洋系のこの小柄な女性らしい。チャオは先ほどの欧州女性に顔を向け、マルシャル夫人、私の助手です、と紹介してくれる。そして初めて、雀斑《そばかす》だらけの褐色の顔にわざとらしい笑顔を作り、それまでの高飛車な態度を和らげようとする。僕がチャオの勢いに押され、困惑顔をしていたせいかもしれない。婉曲法に頼らない話し方と、この狭い部屋にさえある姿ない階級性に、僕は確かに圧倒されていた。でも僕も東洋人だ、チャオの顔の動きからすぐに感じる。チャオはわざと僕に一撃を与え、密かに満足しているのだ。僕は余裕を取り戻す。この東洋女性が秘書長になれるのなら、僕の将来も悲観したものではあるまい。

僕の宿舎はシャトー（お城）と呼ばれ、実際にお城の中にある。その二階の階段の横に独身用の部屋がとってあること、別の階に日本人夫婦がいること、炊事場がないから、パンをブランジェで買うこと、それはお城の門を出て右へ曲がり、四、五軒目の所にあること、でも昼に研究所食堂で腹一杯に食べ、そこの無料パンを持ち帰ればそんな必要もないこと、などを教えてくれる。

僕の部屋には大きな寝台と、衣服棚と、洗面台と、局部洗浄用のヴィデしかない。手洗いのためには部屋を出て、各階に一個ある共同便所を使わねばならず、風呂はシャトーの中に一個しかない。僕は廊下に出るのが億劫で、小用をヴィデで足すようになる。ヴィデは自分の肉体を見直そうとする、衛生革命の賜物だと聞いていた。ヴィデ革命はフランス革命の前に起こったらしい。それまでの衛生では体から離れない尿や便の残りを気にするより、それらを無視するために香水を使った。今はシャワーの出現のせいで、ヴィデは時代遅れの住居にしか残っていない。

部屋には床から天井までとどく高く広い窓があり、その真下から芝生を二つに分けて広い昔の馬車道が延び、手前の左手には真四角なフランス庭園があり、馬車道の奥から左右へ深い森が広がる。昔はこの敷地内で狩猟をやったと思われ、妾や召使はこの窓際に立ち、狩に出掛ける男達の勇姿を見送ったに違いない。何も知らない本妻や家族は、パリやヴェルサイユで別の生活を送っていたはずだ。ちょうど現代の金持ち事業家達が、家族を残してバンコックや上海へ出張し、別生活を楽しむように。

芝生には霜柱が浮かんで白く見え、日によっては森から広がる靄で視野が真っ白のまま一日が暮れる。しかしこの広い土地に人が見当たらないのが孤独感を深める。日本の雑踏を考えると、神様の与えた天地が不当に分配されていることが判る。毎朝六時半ごろ、左手にあるフランス庭園の砂利道を、山高帽を被り、厚い襟巻きをした細く長い紳士が散歩するのが見えた。靄に隠れた幽霊みたいに孤独だった。アウシュヴィッツから解放されたばかりの人を思わせる。

僕が配置されたマルタン博士の研究室には、象牙海岸からのベルナールとマダガスカルからのガストンが博士論文用の研究をしており、別に中学校の先生のフランス人女性が趣味で試験官を振っており、更に研究助手のフランス人女性がいる。別格に中村さんがおり、マルタン博士の話を聞いていると、彼の尊敬は中村さんの上に注がれていることが判る。

数日経ってチャオから電話がある。ホフマン教授に時間ができたので、直ぐに会いにくるように。

僕はかくしてホフマン教授に会うことになる。この教授は孤独に散歩していた人だと気が付く。

教授は二メートル近い、痩せた、顔と鼻の長い人で、まるで外国人がフランス語を話すようにゆっくりと話す。僕に、フランスにようこそ、道中に問題なかったか、研究室の環境はどうか、今後のことはチャオと調整なさい、などと慈悲深い目でひとわたりの話をしながら、その間にも僕を出口の方へ徐々に導いて行く。慈悲深さと冷たい経営者精神は両立するものだ。教授はチャオに請われて無理に僕に会ってくれたのではないか、僕にはそんな疑いが湧く。

チャオは僕に尋ねてくる。奨学金がいつ迄続くの？　八ヶ月です。短いわね、健康保険は？　そんな物なくて結構です。貴方変わっているわね、この文化社会では保険がないと病気で全てがお終いよ、ムシユ・マルタンは何かしてくれるの？　そんなこと話したこともありません。それじゃホフマン所長に話して、私的保険に入る手続きをしましょう。

シャトーの窓から見える木々には薄緑の芽が芽生え始め、よく雨も降りだす。ある日、梅干ぐらい大きな霰が空から落ちてきて、その痛さを避けるために木の下に逃げ込む。駐車した車の屋根には幾つも凹《くぼ》みができたから、もろに当たると人間には凸《こぶ》ができよう。霰が雨に変わる。春先の俄雨だ。合間に太陽が照る。諺によると、この日照り雨は悪魔が自分の妻を殴り、娘を結婚させているせいらしい。

空気が軽くなり、朝は小鳥の囀りで目を覚まされる。シャトーの庭園には町の人々も自由に入れ、子供連れの親子が自転車で遊んでいる。夕方にシャトーの部屋に戻ると、森の影にあるテニス・コートから球の音と叫び声が流れてくる。黄昏が両脇の森に挟まれた直線の馬車道の上を赤く照らす夕方には野兎群が現れ、飼い主の手を離れた犬が吼えるとバッタのように飛びながら森の中へ逃げ込む。

マルタン博士と中村さんを結ぶ軸から逸れると、研究室は不平の溜り場となり、いろんな裏情報が流れ回る。特に僕の気を引いたのは、マルタン博士は高卒免状を持っていないのに研究室長になり、それから急いで大学博士号を取った、という噂だ。僕にはマルタン氏が大学博士号を取ったのになぜ軽蔑の対象になるのかが判らず、学歴のない人が簡単に室長になれるフランスの放任主義は素晴らしく思える。それが民主主義と言えるのかどうか確かでないが、僕にはそれが、日本にない即興主義の真髄と思える。

フランスは第二次大戦後、戦争による科学の穴を埋めるために国立の研究施設を再編成し、六十年代にはそれを巨大科学の時代に適応するように拡大した。しかし充分な数の研究者がいなかったので、海外から研究者を募集したり、資格を欠くフランス人を登用したりした。こんな行過ぎはフランス人の、現実に目を置くより幻想を追う発想のせいだろう。マルタン博士はどう立ち回ったのか、米オハイオ大学に本部を置く国際雑誌のフランス代表になっている。やがて、この雑誌の編集長であるヒル教授がマルタン博士の研究室を訪れた。マルタン博士はその接待で忙しく、数日研究所を不在にする。ガストンの話では、マルタン博士は論文を作るごとにヒル教授に意見を貰い、そのお礼に教授を論文の著者の一人として加える、それがマルタン博士を抜擢してくれたヒル教授への暗黙のお返しとなる。外交に長ける人種らしく、フランス人は科学の世界にも外交を導入し、裏工作の術も発展させたようだ。そんな情況から、著名なヒル教授が来所したのに、他の研究者達は教授を慇懃に無視し、それが逆にマルタン博士に自由な活動の場を与えた。

しかし今度のヒル教授の訪問には別の意味がある。中村さんの一年来の実験結果によると、マルタン博士の前の論文が間違いだったことになったが、マルタン博士は納得せず、中村さんは落ち込み、ヒル教授の判断を仰ぐことが必要になったのだ。結局はマルタン博士の論文を訂正する論文が発表される。勿論、論文は三人の名で発表される。確かにマルタン博士は研究室長にしては雑な科学知識しか持っていないようだ。元素分析のための物質を純化するには結晶化するのが常套だが、マルタン博士は冷凍乾燥により固体にすれば純粋な物質が得られると信じているようだ。そのせいかマルタン博士の部屋には研究所が誇る冷凍乾燥機がある。中村さんは間もなく日本へ帰国した。マルタン博士は唯一の有能な協力者を失った。僕は中村さんから携帯ラジオを継承する。研究室には新たに、香港からチェン青年が留学して来る。

チャオは顔を合わせたときから僕の母親代わりになった。週に一回か二回は、まだ暗い内にシャトー正門の傍のパン屋に寄り、クロワッサンやパン・オ・レザンを買い、僕の部屋の戸を叩き、差し入れ、そのまま研究所へ急ぐ。ホフマン所長の朝が早いからよ、とチャオは言う。僕もそれに慣れ、わざと部屋の鍵を掛けないようになり、チャオも食料をヴィデの端に載せてあたふたと立ち去る。

チャオはヴィエトナム女性だ。初対面ですぐ目につく雀斑のほか、頬がこけ、目が大きく、その目を故意に縮めて微笑む癖があり、それがヴィエトナムの密林から飛び出してきた雌鹿のような魅力を作る。確かにチャオと僕の間には東洋人に共通な農耕民族の精神状態がある。例えば僕は研究室の同僚へ質問するのが苦手だ。返ってくる答えに少しでも躊躇《ためらい》の顔を見せると、相手は言葉を変えて僕に判らせようとする。本当は同じ言葉を繰り返して説明してくれる方が助かるのに。日本人は相手の言葉を頭で翻訳するから時間がかかるのだ。今では相手の努力と僕の苦痛を倹約するため、判った顔をしてフンフンと合槌を打つ癖ができ、しかも相手を安心させるため媚びの笑いを作るようになり、そのせいで僕の心の安寧が壊れる。しかしチャオとはそうでない。彼女には東洋女性の優しさと忍耐力が期待でき、彼女も説明するときは顔を輝かせ、僕に説明することを楽しんでいるようにさえ思える。

チャオによると、ホフマン所長はヴィエトナム人が北と南に分かれて殺し合っているのに大きな同情を示し、避難民であるチャオを何の条件もなく筆頭秘書として採用した。ホフマン所長自身はユダヤ系で、ナチスを逃れ、ロシアへ逃げ、モスクワ大学で学位をとり、フランスに密入国した後は地下抵抗運動に入り、フランスに帰化したという経歴を持っていたからだ。

チャオが「避難民」と言ったときに、僕はやっと気が付く。そうだ、ヴィエトナムは南北戦争の真っ只中なのだ。ただ僕には戦争は余りに遠すぎる。ヴィエトナムに構っておれる人なんて、お金持ちで日々の生活に追われなくてよい人達に違いない。僕は世界の騒動から離れ、まず自分の目的を果たさねば。でもその日から、僕はチャオを別の目で見るようになる。

ある日チャオは、今度の土曜日はパリに出掛けるので、そこで会えるわ、と言った。

「地下鉄のモーベール・ミュチュアリテ駅で会い、近くに北ヴェトナム料理屋があるから、そこで食事しましょう。『モーベール』という名の店よ」

チャオはいつもの命令調なので、僕は答える必要もない。地下鉄から地上に出た所に市場で賑わう広場があり、そこからソルボンヌ分校へ向う坂道に沿って歩くと、学生食堂に似たヴィエトナム料理屋がある。そこに入ると、幾つかの集団から、鼻に掛った言葉が投げかけられる。誰も笑わないことから、軽はずみな挨拶ではないことは想像できる。

「ドング・チ、ドング・チ」

チャオは同じ言葉を愛想よく投げ返し、僕に説明する。

「『我々は同じ精神の寄り集まり』と呼び合うのよ。つまり『同志』よ」

チャオは皆に、ケンは日本人よ、と叫んだので、好奇心と新しい信者を迎えるような寛容な顔々がこちらを向いて頷く。

「ここは北ヴィエトナム同情派の集合場所なの。南ヴィエトナム派の溜まり場はここからモンパルナスへ行く道にあるわ。でも、南ヴィエトナム同情派がここに侵入している可能性があるから、知らない顔があると皆注意するのよ」

それから初めてニッと笑う。チャオが僕のためにヴィエトナム丼を注文してくれる。フォーと呼ばれる。それを食べ終わる頃、同志達はチャオと僕の食卓の周りに集まる。誰かからホー・チン・ミンの名前が出る。彼が大病で、いつ亡くなるか判らない、という噂が立ったらしい。別の数人が興奮した調子でエージェント・オレンジとか何かの話を始める。

「アメリカ軍がダナンの町の上で『農場手伝い作戦』を始め、エージェント・オレンジを飛行機で撒いたのよ」

「エージェント・オレンジって何だ?」

「枯葉剤よ。農産物を破壊し、住民や戦闘員を飢えさせるためよ。収穫に頼るゲリラの食料源を断つのよ」

「いや、密林に隠れる同志達を追い出し、逃げ出す者を一斉射撃で撃ち殺すためだよ」

「アメリカの大企業の製品だから、その企業が国へ盛んに売り込んだせいだよ」

「その中の毒物が、人を不具者にすることも判っていたのに」

「今後二十年は米を食べられないぞ」

「六十年代始めにケネディの命令でこの毒物の散布が始まったのだ。ケネディなんて、ニュー・フロンティア精神などと格好のよいことを言って」

どうしてそのような米軍作戦の名の情報まで入ってくるのか、僕には不思議に思える。

僕は戦後に母親と水田にＤＤＴを撒き、真っ白な粉の煙りの中で働いたことを漠然と思い出す。母はそのせいで肺を痛め、今でも苦しんでいる。僕も肺の検査をする度に、貴方は何かありますよ、肺炎を患ったことありますか、と医者に言われる。DDTはエージェント・オレンジと同じ種類の農薬なのだろうと僕は思う。

　五月にはカンヌの映画祭が始まる。この頃僕は帰国する日本人からテレヴィを手に入れる。ロミー・シュナイダーやオマー・シャリフやジャック・ニコルソンが会場の豪華なホテルの階段から勿体振ってカメラへ振り返る。『イージー・ライダー』という道中映画《ロード・ムービー》では、二人の若者がハーレイ・デヴィッドソンに乗り、時には麻薬を嗅ぎ、平和なアメリカ大陸を横断する。本当のアメリカの姿を求めて。この映画の周りには世界中の配給業者がドルを持って集まったらしい。

　パリではテニス選手権「ロラン・ガロス」が始まる。オーストラリア勢が最終戦に残る。テニスが職業化されたあとの最初の大会だ。僕の計算では、勝者が二週間の勝ち抜き戦で得る賞金は、僕の年給の数十倍に当たる。

　僕は試験管を振りながら、いつ日本へ凱旋できるかだけで頭が一杯だ。一方で、新聞で見たヴィエトナム人民解放軍の若者達を思い浮かべる。彼等の顔は泥まみれで、目だけが空を見上げ、敵方の飛行機を追う。多くはヴィエトナムの灼熱の下で、故郷のために死んで行くのだろう。でもヨーロッパは違う。カンヌではスター達が赤絨毯を上りながら、別の世界へ手を振って答え、スポーツマンは趣味のテニスで優雅に生きることができるから。

「私？　勿論よ。昼にこの研究所で働き、午後に大学に通学しているのよ。ケンも漫然と研究室に通うのではなく、博士課程に登録すべきよ」

ある朝、チャオは僕の部屋に寄ったときに言う。

「あと三ヶ月しかないのでしょう?」

「そう、もう五ヶ月経った訳だ」

「ムシュ・マルタンはその後のこと何か話した?」

何も、と言うとチャオは、

「ムシュ・マルタンは力を持っていない。ムシュ・ホフマンに次の奨学金を頼むべきよ」

「でも僕の室長はムシュ・マルタンだから、そんなことしたらいい気持はされないよ」

「そんな東洋的な考えは棄てなければ」

チャオは母親のように言い放つ。

「ケンに学歴がないのなら、『大学博士』の課程に登録するのよ、そうしたら長期滞在の奨学金が貰えるかも」

マルタン博士が自分の部下達から軽く見られている理由がやっと判る。チャオによると、大学博士という制度はもともとフランスの旧植民地からの留学生用に考案されたので、何の前資格も必要でない。旧植民地の権力者が子息達をフランスへ遊学させ、旧宗主国は彼等に大学博士という名の免状を付与し、旧植民地の権力者を喜ばせる。だからこの免状は在学証明書から一歩も出ない。こう呼ばれるのは、普通のフランス人用の「国家博士」と区別するためだ。チャオは、自分は国家博士へ登録しているけど、それはそれよ、と付け加えるのを忘れない。

「大学博士なら日本人は一年で取れるわよ。マルタン研究室の皆もそれに登録しているわ」

マルタン博士自身は研究助手のときに組合活動を始め、研究室長の地位が空席であるのを他人より先に知り、急ぎ大学博士の資格を取った。二年かかったが、組合の支援により無事に研究室長の地位を射止めた。組合活動はホフマン所長に対する反体制となる。研究所は政治的考慮から、旧植民地からの留学生を受け入れる。ホフマン所長は研究補助金だけを掻き集め、留学生はマルタン研究所や他の同類項の研究室へ送り込まれる。

チャオは言う。明日にでも大学本部へ行き、大学博士の課程に登録しましょう、僕はチャオの親切を受ける方が親切だと決めている。物事が何の努力なしに進むのも気持がよい。

パリ大学のオルセー分校の校庭は僕の生まれ故郷の村より大きそうだ。アメリカ映画で見たバークレー大学を思わせる。売店があり、本屋があり、カフェがあり、キャンパスの中で自給自足ができそうだ。チャオは僕の手を引いて校庭の芝生を横切り、目的の事務局の建物に着く。そこで係りの女性と大声で掛け合う。かくして僕はベルナールやガストンと同じく、大学博士を目指す学生となる。

僕が部屋に鍵も掛けなくなって五ヶ月になる。それとなくチャオがクロワッサンを持ってきてくれる朝を待つようになる。それは週に二、三回に増えるが、いつも部屋には数秒しかおらず、その後そそくさと小走りに階段を駆け下りて行く。

この日はいつものように戸をコツコツと叩く音が聞こえるが、僕は昨夜パリで日本からの留学生達と会ったのがたたって、寝台から起き上がる気がせず、布団にもぐったままで動かない。回りの空気が動かなくなり、ジンとした沈黙が続き、僕は再びウトウトし始める。そのときに下半身に暖かい吐気を感じる。僕は意地になって動かない。布団の被さった下半身から何かが半分眠った頭脳へ登るのを感じる。これはお化けの形をした神経細胞が刺激伝達部を通った証拠だろう。頭脳が今起こっていることを認識すると、下腹部で息が詰まり、体液の生産過程が発進し、生暖かい気分が急に体から抜ける。僕はそれでも意固地になり、体を動かさない。ジンとした沈黙が戻り、数秒か数分続く。軽い空気の動きが密かに布団から抜け出し、戸口を開け、階段へ出るのを感じる。僕は充分に時間をとって彼女がいなくなったのを確信し、寝床に半身起き上がる。外はまだ暗い、僕は躊躇しながら電気を点け、目を凝らして時計を見る。六時だ。汚したはずのシートの染みを探したが、どこにも見当たらない。

その日にマルタン博士の研究室に電話がある。ガストンはからかうように、ケン、同胞から電話だよ、と叫ぶ。チャオからだ。

「ケン、やはり大学博士ではなく、国家博士に登録しなさい。こちらは四、五年かかるかもしれないけど、奨学金をムシュ・ホフマンに頼んでみたら、うまく行くかも」

僕はチャオのお膳立てで、ホフマン所長に呼び出される。僕は国家博士の過程に登録したいので、ご推薦を頂きたいのです、と頼むと所長は、チャオによると大学博士に登録しているのでしょう？　その方が適当ですよ、とそれとなく押し返す。僕は抵抗する。修士過程を終えた者は国家博士に登録できる、とチャオから聞きました、僕は日本の学士卒ですが、日本の大学では修業科目がフランスよりずっと多いので、こちらの修士に該当すると思います、博士論文の発表前に、日本の学士で修業した科目を全部翻訳して提出します、と頑張る。この主張はチャオの忠告に従ったものだ。彼女によると、フランスの大学は休暇が多いから、東洋の大学の方が取得した単位が多いはず、だから日本の大学で取った単位と時間を合わせたらフランスでの修士に該当するはずだわ。教授は疑わしそうな顔をするが、特に否定もしない。僕は半分飛び上がりながら教授室を出る。

太陽と紫外線の当たりが強くなり、七月には研究者達が夏休みに出発し始め、研究所は徐々に空になる。アメリカではチャッパキディック島事件が起こった。ケネデイ家の末弟がワシントン近くで、若い女性を車に乗せたまま橋から落ち、自分だけ水中から逃れるが、女性は死亡した。ヴィエトナム戦争反対と米大統領選挙運動の真最中で、選挙運動の酒宴が終わった直後の話だ。末弟はすぐには警察へ報告せず、翌日のテレヴィで、自分の行為は非合理的で、弁護の余地はなく、説明もできない、と声明した。

同じ頃、アメリカの二飛行士が月に上陸した。ヴィエトナム戦争と平行し、月の上陸戦もテレヴィで追うことができる。月上陸はケネデイ政権が世界にアメリカの威信を示すために開始した新開拓精神の成果だ。しかしチャオには、ケネデイはヴィエトナムでの枯葉剤散布作戦を命じた人としてしか記憶されていまい。

僕は急に、あの自由なチャオにさえ家族への責任があることを思い知らされる。チャオは、葉書をだすから、と僕に言い残し、媚びのある微笑を浮かべて僕の前から姿を消したのだ。僕は急に孤独と自由を取り戻す。お金のない外国人は、夏休みは本当に一人ぼっちに感じるときだ。しかも一ヶ月は長い。シャトーの中は夏休みの間だけ、外国からの観光を兼ねる研究者達で膨れ始める。

しかし僕は間もなく、チャオと研究所から離れた日々に、孤独より自由を強く感じ始める。ある日、僕は、仕事用の文献と焦点の少しずれた中古ニコンを鞄に入れてパリに上り、ルーヴルに沿うセーヌ河畔を散歩し、近くのカフェ「ル・コロナ」に入る。僕は鞄を開け、文献を取り出し、それを読み始めるが、すぐに飽きて鞄をたたむ。カフェを出てセーヌ河畔への道を横断し、車道からセーヌ河へ緩やかに下る道の角に出る。土砂運搬船がセーヌの流れに逆らいやっとこさ上って来る。その甲板の上で四人の家族が食事しているが、その無頓着さが面白く、僕は中古ニコンを取り出し、写真を撮る。ついでに、坂下のセーヌ河畔でぼんやり河面を追う女性を構図の右隅に入れる。それから僕は坂道を下り始め、こちらに上って来るその女性とすれ違う。僕は彼女が少し口辺を緩めるのを見逃さず、坂道に誰もいないことも見極め、勇気を奮い起こし、彼女が通り過ぎようとする時に声を掛ける。パリに着いて初めて犯す危険だ。

「貴女、パリジェンヌですか」

そうでないことは初めから判っている。彼女の金髪と浮き上がる色白さは、よく日焼けしたパリ女性とは違うのだ。

「ドイツ人よ。でも、よくデンマーク人と間違えられるわ。貴方は日本人でしょう?」

「またどうして?」

「カメラをお持ちだから。私の友人の日本人もそうよ」

これがヴァリとの出会いである。僕はポーカーをする気持で、コーヒーを飲みませんか、と誘うと意外に、喜んで、という言葉が返ってくる。僕はヴァリと一緒に今来たばかりの坂道を上り、再び「ル・コロナ」に入る。先ほどの給仕が僕を横目で見ている。ヴァリはパリ郊外のシャヴィルで「オ・ペール」をやっていた。「オ・ペール」とは若い女性達が家庭に住み込み、家事や子供の世話をしながら家族と一緒に生活し、滞在地の言葉を学ぶ制度である。

この戦争と平和が共存する世界で、僕がヴァリとすれ違う特別の理由はなかった。彼女はライン河辺の小さな町のビンゲンに近い片田舎で育ち、僕は九州山中の数百人の村で育った。彼女はパリ郊外の「オ・ペール」の家族から離れてパリに出た最初の日で、僕はチャオから離れてパリに出た最初の日だった。もしあの瞬間に、僕が体裁に拘ってヴァリに声を掛けなかったなら、咄嗟に勇気を奮わなかったなら、僕等には明日から共通点のない生活が待っており、僕等は別の世界に住んだまま、お互いに巡り合うことなく、何の後悔もなくこの世を去ったはずだ。即興性が何と人生を変えることか。

八月に入り、出産寸前の女優シャロン・テートがハリウッドの自宅で、招待中の友人達と共に、刃物や銃で殺害されるという事件が起こった。死んだ胎児の父はユダヤ系の仏人映画監督で、幼児にナチスのユダヤ人収容所を生き延び、犯行時にはロンドンに住んでいた。しかしこの事件は、同じ時期にニューヨーク近辺で開催された、巨大な若者達の集会の話題で掻き消された。この集会には無数の若者達が何処からともなく、果てしない草原に集まった。草原の名は『ウッドストック』。そこでロック楽団が叫び、飛び跳ね、若者達は野原に座り、寝そべり、夜を過ごし、ＬＳＤが配られ、雨嵐が襲って野原が泥沼に化し、若者達は翌朝に近くの川で水浴し、終には裸になる男女が現れた。公衆の前で裸になり、テレヴィに現れても恥かしいことではないことが初めて判った。『ウッドストック』は平和と音楽の三日と呼ばれるが、ディランもストーンズもビートルズも来なかった。ヘリコプターが何台も出動し、ヴィエトナム戦争を思わせたが、ヴィエトナムのヴィエの名も出ない。今となってはヴィエトナム戦争などどうでもよく、単に、若者達の意志と関係なく転回する世界への抗議だったのかもしれない。いかにしてこんな集会が組織できたのだろう。五十万人の集会。お金はどのようにして集めたのか。手洗所はどうするのだろう。戦争もこのようにして組織するのか。

九月の始め、観光兼研究者達が帰国してしまう前に、ホー・チン・ミンが亡くなったという報道が流れる。僕はチャオやその同志達の顔を思い浮かべるが、皆はまだ夏休み気分から抜け出ていまい。ホー同志の逝去を悲しむ気持は、順を追って、休み気分が去った後に表明されるのだろう。春先みたいによく雨が降る。朝晩が冷え出し、陽気が軽くなり、シャトーの庭園ばかりか、他の広場でもスポーツをやる人達が多くなる。蟬の声を聞かないままに夏を越し、僕の季節感が揺らぐ。この、稚内より緯度の高い北の国には、蟬さえいない。

ある明け方、チャオのカタカタと階段を上る足音が聞こえた。

「ホフマン教授はインドの会議で不在だし、大学の授業もないの」

と言って、西洋人用の大きな寝台の端に腰掛ける。少し躊躇して、そこに入るわよ、と言い、僕の目の前で服を脱ぎ始める。日本人より肌の色が濃く、体毛は少ない。体は一見小柄で細いが、胸と腰と尻に日本人にない抑揚があるので、豊満に見える。それに、頭の大きさから脚の長さまでの均衡がとれている。裸のチャオが掛け布団の下に入ってくる。僕は何気ない風を装い、意味の無い言葉を発する。

「君は独立運動の闘士なのに、君の国を植民地にしたフランスに住んでいる。矛盾だ」

チャオは答えない。外はまだ暗いので、大きな窓から外には森の黒い影と街灯の周りの靄しか見えない。外からは僕等の行為は見えるはずだが、チャオは気にもしていない。まだ暗い朝には寒気と浪漫を感じる。僕はパリに着いた日のことを思い出す。

「ノートル・ダム寺院は外装中で、半分が煤で黒く、半分が白かった」

「文化大臣のアンドレ・マルローが始めたパリの清掃よ。あちこちの建物を洗ったの」

「大都会で、よく一気に、そんなことができるな」

「マルローがフランスの英雄だからよ、アジアから仏陀を盗んできて英雄になった人」

「もしアジア人がフランスの国宝を盗んだらどうなるのだろう」

「マルローは盗人だけど、アジア芸術を愛したの。よその国の芸術品が判るから、ヨーロッパでキュービズム運動が起こったときにもすぐに目をつけ、その運動を支援したの。彼は文化番組のためにテレヴィを初めて使ったの。芸術を民主化するため。でも去年の五月革命で全て終わりよ。反体制派芸術が流行になり、皆が勝手な芸術を作り始めたの」

僕はこんな会話はこの場に相応しくないと思うが、それでも、自信のない肉体以外の点でチャオを刺激できたことは嬉しい。

「フランスでは悪と善が裏表なの。良い点は、ヴィエトナム文化を愛したこと。ヴィエトナム語がアルファベットで統一されたのは彼等のおかげ、十七世紀のこと。そうでもなかったら、中国語が国語になり、今の国民性もないはずよ。十三世紀までは中国語が中心だったのだから」

日本のローマ字が十九世紀の輸入品だとすれば、ヴィエトナムの世界化は日本より早かった訳だ。

「日本や英国は大陸と地続きでないだけ幸運だ、絶えない国境戦争がないから。外に出ることだけ考えればよい」

「ヴィエトナム兵は日本占領軍へも抵抗したのよ、裸足部隊を作って。でも、私の国の独立を助けたのは、実際は日本軍よ。変なものでしょう。日本がヴィエトナムから引き上げた後、その裸足部隊がそのまま、フランスからの独立闘争へ鞍変えしたのだから」

僕はチャオが折につけ、日本人への敬意に近い感情を漏らすのを知っている。そんなとき僕はわざと、真面目に冗談を言うことにしている。

「日本が悪いことばかりした訳じゃないとは、僕も聞いていた」

「フランスは戦前に、ヴィエトナム共産党を禁じようとしたのが失敗よ」

「フランス自身が共産党主導の地下抵抗でナチスと戦ったというのに、皮肉だな」

「ヴィエトナム共産党はソ連と関係があり、当時のソ連はナチスと協力していたせいよ」

僕は、いつものように寝起きの悪い目を擦る。

「ポツダム会談で、ルーズベルトとスターリンとチャーチルは、勝手にヴィエトナムの分割を決めていたの。それによると、日本軍が去った後は中国がヴィエトナムの北を、英国が南を分割する。フランスは怒り、ドイツとの戦争から抜け出すと、すぐにヴィエトナムを取り返そうとしたの」

「フランスはナチス占領下で抵抗運動を起こし、解放されたばかりなのに、ヴィエトナムに同じ運命を課そうとしたのはなぜだろう」

「愛し過ぎたのよ」

チャオは僕の腹の上に掌を置く。一晩の布団で暖まった腹にはその掌は冷たく、僕は感じ始めた興奮を隠そうとして片足を立てる。そして頭を他のことにきりかえようとする……「今日もキオスクにル・モンド紙を買いに行こう、テレヴィを見るだけではこちらの会話にはついていけない、単語を視覚と聴覚の両方で覚える必要がある」

「私、ハノイの北で生まれたの。ハノイは中国語では『河の内』と書く水の都。紅河と呼ばれる大河を中心に、湖が多く、水は網目のように縺れ合い、蛇のようにクネクネと流れているの。マングローブが茂り、小さな水路ではナマズがおたまじゃくしのように泳いでいたわ。海老は私が近づくと鋏を水面から出して攻撃に備えるの。食べ物には苦労しなかった。町を離れると山の上まで水田が続き、畦には溝を作り、皆が水を分け合うの。皆が協力する。戦争が終わったら、ヴィエトナムを近代化するには灌漑用水の研究が必要だわ。南へ下ると森林や台地があり、象や虎もいる。野生の鶏もたくさんいるの。世界中の家禽の元祖よ」

チャオによると、ヴィエトナムの歴史は、もともと紅河に沿って住んでいたヴィエト種族が、北の中国への恐れから、南（ナム）へ進み始めたことから始まる。近くの黒河周辺の山岳地帯に住んでいたタイ種族も中国の南部やラオスの北部を通って南下し、それが今のタイ国になった。

「でも戦争中は皆、そんな歴史と文化を忘れているわね。節度のない競争、対話の拒絶。フランスはヴィエトナムの独立に同意せず、そのせいで百万から百五十万人のヴィエトナム人が死に、六万人のフランス人やアメリカ人が戦死したわ」

「君はそのフランスで働いている。どうしてヴィエトナムで戦わないの」

チャオはそれには答えない。

「アメリカは反共産党政策を維持し、アジアでのドミノ効果を避けることしか頭にない。私の国はそんなこととは関係ない。だから時にはソ連につき、都合によっては中国と仲良くし、要するに国を統一することだけが目的なのよ。アメリカが何の関係もないヴィエトナムまで来て、人を殺す理由がどこにあるの？」

「アメリカの前にはフランスが占領していたのだろう、どうして……」

「アメリカ人は戦争も将棋の駒を動かすようにやるのよ。兵隊の数を増やせば戦争に勝てると思うらしいわ。アメリカ人の計算では、今年は六万人の共産軍が戦死し、五千人の米兵が殺される。北ヴィエトナムの人口が四千万人だから、今年中に更に何人の米兵を補強すれば戦争に勝つ、という調子。それで、何とかいう米国総司令官が本国に、更に二十万人の米兵の補強を要求したらしいわ」

「歴史は前もって書かれないというけど、この戦争はエスカレータ理論に沿っている」

「アメリカ人は計算に恒数は使っても、変数には頭が回らないみたい。ヴィエトナム兵は国で独立のために戦っているのに、米兵は共産主義と戦っているだけよ。米兵は意気消沈しだしたら五〇％の効率しか発揮しないのに、ヴィエトナム兵は一五〇％になるのよ」

「ハノイからパリまでの、君の道も長そうだな」

「十五歳のときに北ヴィエトナムから小さな舟で海岸に沿って南へ逃げたの。そこからフランスの船に拾われ、マルセーユで下船したの」

チャオはやっと、さっきの僕の問いに答え出す。

「国を作るには戦う人ばかりでなく、知識人も必要なのよ、戦争の終わった時のために」

でも君はフランスでは秘書の職に甘んじて、と僕は言いかけ、押し止まる。

「戦場にいる同胞への道徳的な責任は感じないわ、不思議ね。でも自分に対する義務感にはよく苛まれるわ、知的には」

チャオはそう言いながら自分を説得する、知的な遊びの罠に嵌っているようだ。

「私には三人の子供がいるの。四歳と六歳と八歳。私の国には沢山の子供が必要なの。でも子供を連れて戦場の国へ帰れると思う？　それとも子供達をここに置いて戦争に行くの？」

僕は初めてチャオの子供の話を聞く。つまり夫もいるはずだ。それとも戦死したのか。

「そうだな。世界は二つあるからな」

「戦争中の世界と、平和の世界、ケンの国みたいに？」

「狂気の世界と、オタマジャクシの世界だよ」

僕はよく覚えているが、「オタマジャクシ」とは咄嗟に出てきた言葉で、新聞と辞書から学んだばかりだったからだ。

「オタマジャクシ、ね」

「僕みたいな者さ、水面下で右往左往しているだけ、水面の上は別の世界」

僕はこの機会に戦争の話から離れる。夜が明けてしまう前に、二人に相応しい雰囲気を作りたい。そこで、先週末の奇妙な経験の話をする。チャオの気を引くためにも。

フランス政府は各国からの留学生の交流を図るため、先週末に無料のバス旅行を組織した。旅行中、タイからの女性留学生が僕に親しく微笑みかけ、それからは僕を放してくれなかった。留学生達は名所に着くたびにバスから降ろされ、見物を終わるとバスへ戻る。彼女はその度ごとに僕の手を引いてバスの最後席へ滑り込み、僕の手を両手に取って離さなかった。何度も周りを見回したが、二人の東洋人に注意する人なんか誰もいない。彼女の顔には皮膚病の後らしい凹凸が多く、綺麗とも言えず、歳は四十近くに見えた。しかし僕が試しに口を近づけると、彼女は慌てて顔を振り、僕の手を強く握り返し、黙って頭を僕の肩へ持たせかける。僕は操り人形をやっている気になった。アジア人の気持はアジア人にしか判らない。しかし、東南アジア人の気持は東南アジア人にしか判らないのかもしれない。

「その女性はタイで結婚していたせいよ」

チャオは事もなく言い切る。

「僕はフランス人と一緒にいると、絶え間なく働きかけられ、攻撃されている気分になる。彼等は沈黙の美徳を知らない。でも、タイ女性は沈黙だけで、何も判らなかった」

「私はその中間のはずよ」

チャオは電灯を消すが、外の庭園の街灯が二階の窓の高さにあり、部屋の中ではチャオの無数の雀斑まで見極めることができる。いや雀斑ではなく、ハノイの紅河に住むヴィールスが寄生している姿かもしれない。彼女の顔は痩せて目だけが大きい。今見ると、食べ物も食べずに戦場で銃を担ぎ、米軍が蜂の巣のように爆撃した煙の影から湧き出てくる小柄な女性兵士を思わせる。チャオは手を伸ばしてくる。

「用心のため、侵入させた後、時期を見て引き抜くのよ、射精する前に」

チャオの機械的な表現が痛く僕の気を殺ぐ。僕は言われた通りに動き、ことは凄く早く進み、チャオの腹の上で射精する。目の下のチャオの顔はいやに静かで、落ち着いている。職業的でもあり、献身的でもある。僕は思わず言ってしまう。

「ありがとう」

チャオは腹の上を拭こうともせず、中腰に起き上がって言う。

「この週末、パリで北ヴィエトナム派が組織する友好会があるの。ケンも一緒にこない？　私の夫に紹介するわ」

夫がいるから言動には注意し、変な態度を見せないように、との予告なのかもしれない。

当日、僕はチャオから離れ、一人で会場に着く。受付会場では壁に黒布が掛けられて薄暗く、天井で回るヴィエトナム提灯から赤や青の水玉模様が流れ、デイスコを思わせる。そこから幾つかの部屋が、通しの戸口を経て奥へ続く。画家別に展示される小美術館の部屋のように。

僕は面食らう。夫という人はチャオみたいな茶肌の東南アジア系ではなく、中国系とも韓国系とも言えず、人相からも色相からも僕にそっくりなのだ。

チャオには三人の子供ばかりか、夫がいる。建国のためには山ほどの子供が必要なのよ、とチャオは言っていたが。僕は初めてチャオから見放される。彼女の夫が同じ部屋にいるのだから仕方がない。僕は彼女に操られた気もする。妻子持ちの男が女性を勧誘するのは容易ではないが、女性なら夫と子がいても、その気になれば男を勧誘するのは簡単なのかもしれない。もし相手が旧教の神父様でもなければ。

サイモンとガーファンケルの『ブリッジ……トラブルド・ウオター』が流れ、半分ぐらいの人々が混んだ中で手を取り合ってモゾモゾと踊り始める。プラターズの『オンリ・ユー』のときは殆どの人々が相棒を見つけ、スローに揺れ動く。流行の音楽がアメリカ製であっても、会場のヴィエトナム人達は不和感も抵抗感も感じないようだ。クロード・フランソワの『いつものように』が流れる。僕はそれを聞きながら、壁の横に立ち、踊り回る黒い群像を見流す。チャオが夫と組んだまま僕の目前を踊り過ぎ、熱っぽい目配せをする。御免なさい、と言っているようだ。この歌を一年後にフランク・シナトラが歌い、『マイ・ウエイ』となって全世界を風靡するとは、まだ誰も思っていなかった。

僕にとって音楽は、その時々の記憶の背景になっている。『銀座の恋の物語』を聞くと、荻窪の飲屋で体を任せたまま、別の思いに耽っていた年上のマダムを思い出す。『リスン・トゥ……フォーリン・レイン』を聞けば、大学構内の公衆電話から東女《とんじょ》の学生に、最後のダンスで踊った彼女に、必死に電話した宵が蘇ってくる。今宵のヴィエトナム人達は会場に流れる音楽を、この夜会の思い出と対米戦争との、どちらに結びつけるのだろう。僕は今でも『マイ・ウエイ』を耳にする度に、チャオの熱い目差しと、彼女の夫への奇妙な親愛感を思い出す。

ヴィエトナム人達は非常に人なつこく、見知らぬ僕にも積極的に話し掛けてくる。未知の人には話し掛けない日本人とは訳が違う。ただ、鼻に掛ったフランス語が判り難い。僕はその度に、自分を彼等から区別したい欲望を感じ、誇らしく答える。

「ご免なさい、僕、日本人なもので」

チャオと一緒のとき、僕はあれほど彼等に同情し、同志みたいな顔をしていたのに。結局、僕は観客席にいる方が気楽で、自分の意味のない誇りを満足できるのだ。これは自分に「識別性」があることへの誇りなのだ、と僕は自分に言い聞かせる。ばかばかしい優越感かもしれないが。その夜はチャオに再び会うこともなく、僕は会場を出る。

秋の始め、ヴァリはシャトーに遊びに来る。しかし夜がふけ、何とかせねばと思ったので、泊まって行くか、と聞くと、ヴァリは僕の意表を突いて、そうね、と答える。

翌朝、チャオのコツコツと戸を叩く音で目を覚ます。僕とヴァリは軽装のまま、大きな寝台に入っている。僕は口に指を当て、ヴァリの囁き声を止め、つけたままだった枕許の小灯を消す。しまった、消すべきではなかった。チャオは窓の外から部屋の灯を確認していたに違いない。あどけない顔のヴァリの横で僕は硬直し、顔から血が引くのを感じる。戸が再びコツコツと鳴る。僕は田舎者の頑固さで動かない。部屋の外でも沈黙が広まる。二十秒、三十秒、チャオはそれ以上には固執せず、靴音が遠ざかって行く。僕はヴァリへどう説明しようかと思いながら、自分の立場を不運というより、不幸だと考える。

秋の暮れになった。前年に起こった、ミーライという平和な村での大殺戮が初めて報道された。この村はヴィエトナムでの戦闘地域の中にはあったが、村民の生活は平和で、畑に出て作物を作り、家で休んで茶を呑むという、世界のどこにも見られる生活が営まれていた。そこに、アメリカのチャーリー部隊がヘリコプターで到着した。公式の写真家まで伴って。この村の不運は、戦闘地域の中にあったことだ。若い隊長は北ヴィエトナム兵達が村民中に紛れ込んだと考え、チャーリー部隊の砲火は村民全員に向けられ、大虐殺が始まった。ヴィエトコンを根こそぎにするには、村人を全員射殺することが必要だった。混乱の中でその殺戮を目撃したヘリコプター兵は、その光景に耐え切れず、殺戮を免れた女性や子供達を必死に機内へ救い上げた。同行の写真家は虐殺場面の写真を撮り続けた。軍から許可された白黒写真と、無許可の色彩写真で。僕は二十五年前、ナチスが抵抗運動への報復として、オラドゥール・スイル・グランヌ村の男性達を射殺し、女性達と子供達を教会に閉じ込め、放火し、村人を全滅させた事件を思い出す。

僕はチャーリー部隊の若い隊長の心理を想像する。若い隊長は、この村があまりに平穏なのでヴィエトコンが逃げ込んだせいだと誤解したのかもしれない。戦闘のストレスから、殺さないと殺されるという心理の下にいたのかもしれない。あるいは単純に、平和な村民が羨ましかったのかもしれない。戦闘員は不安と恐怖に向き合っていると、同僚さえ殺しかねない。軍隊に対する怒りから。怒れる者は急に銃の方向を変え、味方へ射撃することもある。これを友好射撃と言うらしい。

チャオはあの日の出来事からシャトーには来なくなる。研究所では時折彼女とすれ違うが、その度ごとにチャオは、あれは、これはと注意してくれるが、それから「私、忙しいのよ」と言って、半分走りながら立ち去る。しかしそれまでのチャオのお膳立てのお陰で、僕の仕事も生活も順調に進む。そして何より、僕には新しい種類の友達ができる。原住民のヨーロッパ人の友人達だ。

その頃カリフォルニアでは、車の盗みで服役中の若い女囚が同室者に、女優を殺した経験を自慢して漏らした。そのお陰で、ある「ヒッピー家族」の若者達が相次いで逮捕され、八月のシャロン・テート事件の犯人として裁判にかけられた。若いヒッピー達は首脳マンソンに操られ、自由と性と麻薬の生活を送り、お金がなくなると盗みや殺人を犯していた。ヴィエトナム反戦に始まった平和運動は、愛の運動となり、それから自由を求めるヒッピー運動に変わり、その運動もこの事件で最後を告げたように思われた。

二年後、僕は日本へ帰国して八年ぶりに大学へ行き、大学四年間に履修した科目と時間を証明する書類を依頼する。大学は、日本語ではなく英文の証書を発行してもよい、と言う。時代が変わったのだ。僕は翻訳し易い英文版を持ってフランスに戻る。なるべく早くフランス語へ訳し、大使館へ持って行き、公証の印鑑を押して貰うことにしよう。それで国家博士の免状を貰う準備は完了する訳だ。同時に、国家博士になった後の職探しを始め、ドイツのある大学の先生に手紙を出す。

僕はドイツの先生から、すぐ来独するように、大学院学生担当の研究者としての職が空席だから、という返事を受け取る。でも、僕にはまだ準備ができていない。僕は取り敢えずドイツへ渡って働き始めることにする。国家博士への書類はドイツで完成しよう。そして公開審査のある三月にはまたパリに戻って来よう。

ドイツへの出発の日、パリ東駅から夜十時半発のブダペスト行きの夜行列車「オリエント・エクスプレス」に乗る予定だ、翌朝六時にはドイツのシュツッツガルトに着く。汽車の時間までにはまだ間がある。友人のイザベルが二馬力車の「ドゥ・シュヴォー」を運転し、引越し用の荷物を後席に積み、シャンゼリゼから横へ出るピエール・シャロン通りに駐車し、二人で時間を待ちながら軽い夕食を取る。二馬力車は三つのドラム缶を組み立てたような簡単な構造なので、僕は後席に置いたままの荷物が盗まれないかと心配だ。イザベルは、すぐ側で食事するから大丈夫よ、別の駐車場を見つけるのも大変だし、と言う。僕も、書類やシャツやズボンだけの荷物を盗む愚か者もいまい、と思う。

冬の宵は早く、夕方の六時でも街灯の影は暗い。食事の後、僕等が二馬力車に近づくと、運転台の戸が少し開き、僕の荷物が消えている。しまった、荷物の中には焦点ずれの中古ニコンも入っていた。盗人は中古ニコンを見つけ、国家博士用の書類も一緒に持ち去った。僕はイザベルを睨みつける。お前が問題ないと保証したではないか。顔から血が引いて行く。ドイツへ出発する日を変えることは、もうできまい。

三月になって公開審査のためにパリの大学に戻る。研究所には盗まれた数冊の本が泥にまみれて届いている。奇特な人がいて、ゴミ捨て場でこれらの本を見つけ、住所として記入されていたこの研究所へ送ってくれたのだ。でも僕の国家博士用の書類は見当たらない。僕はドイツの大学から博士の資格で採用されたので、早く何らかの博士号をとる必要がある。新たに日本から書類を取り寄せる時間はない。仕方がない、国家博士号を諦めて大学博士号にしよう。外国人は誰もフランスの複雑な大学制度を知るまい。特にドイツでは博士号を取るには二年あれば十分で、時には先生にお金を払って取る人もいる、と聞く。日本で退院するときにお医者さんにお金を包むように。僕は決心する、ドイツの大学には何も言うまい。

一九七五年。僕はドイツからパリに戻り、ヴィエトナム料理屋「モーベール」の記憶を辿り、それらしい料理屋に行き着く。しかし自信がない。名前が「ミユ・ビュック」となっているからだ。僕が中に入ってみると、三人のフランス人客と、奥に小柄なフランスの中年男が見える。僕は奥まで進み、その男に聞いてみる。

「食事じゃありません。僕は昔このレストランに来たことがあり、懐かしくて入っただけです。昔ここは北ヴィエトナム派の集会場ではありませんでしたか?」

「そうですよ」

男は人の良さそうな顔で答える。僕は勇気を得て尋ねる。

「その頃の人達はもう来ないのですか」

「彼等はヴィエトナムが統合された後、国へ戻りましたよ」

「ご主人はその頃からこの店にいらっしゃいましたか」

「いや、私はごく最近、この店を引継ぎました」

「でも店の名はヴィエトナム名ですね。ご主人はヴィエトナムとご関係が？」

「妻がヴィエトナム人です」

「この店は昔……」

「『モーベール』と言いました」

「チャオという女性をご存知ですか」

主人は、チャオはヴィエトナムの農地改革に関し国家博士号を取った後、ヴィエトナムへ戻った、と言う。

「ホラ、入り口の隅の席、あれは今でもチャオの座席として空けてあります」

僕は主人にお礼を言い、店を出た。モーベール・ミュチュアリテ駅から地下鉄に乗り、東駅で降り、夜十時半のブカレスト行きの「オリエント・エクスプレス」に乗った。一晩寝ればシュツッツガルトに着く。

# カルガリの日暮れ

「ハロー、元気にやっていますか」

大木のようなジーパン姿の女性が通りがかりに親切そうに声をかけてきたので、ぼくは思い切り景気よく、ハロー、ワンダフル、と答える。陽気で大らかな、田園調の新大陸の女性は、ヨーロッパの気難しい女性より気持がよい。ぼくは机の上にある献立を取り上げ、それを盾にして、隣席の赤毛女性の、大皿に盛った紅色の料理を盗み見る。隣席と言っても、土地のあり余るこの大陸のことだ、ぼくから三メートルか四メートルは離れている。女性は三十代だろうが、少し場違いの感じを与える。ジーパン姿の女性が戻ってきて、ぼくの前に立ちはだかり、顎をしゃくる。ここで初めて、彼女が給仕だったことに気がつく。彼女は注文を促しているのだ。ぼくは中腰になり、やっと彼女のお腹あたり、そこに顔を寄せ、声を落として尋ねる。

「あの人が食べている皿、赤いカレーみたいな物、あれ何ですか」

「オーケー、『ケージャン』ね、辛いですよ、ニュー・オールリンズ料理だから」

店内も、いま歩いて来たばかりの町中と同じくだだっ広く、周りの壁に〝スタンピード〟と書かれたポスターが幾つも図柄を変えて貼ってある。土地の人達がそこかしこに散らばり、テレビに見入っている人もいるし、奥の机では五、六人の男女が黙ったまま向かい合っている。聞いたことのある七十年代の音楽が遠くから流れて来る。それまでのぼくの緊張感はその場の雰囲気ですっかり薄まり、快い倦怠感を感じる。ぼくはヨーロッパで感じたこともない異国情緒さえ感じる。

目の前に、皿に盛られた赤色の料理が出される。ぼくはフォークで中味を突付きながら検索を始める。何が入っているか、赤いソースを掻き退けてみると下にザリガニが入っており、玉葱、人参、セロリ、大きな胡瓜もある。それに赤い胡椒。この寒い国で地中海料理の擬似にありつけるとは、思ってもいなかった。

ぼくはたったの三十分前、カルガリのホテルに着いたばかりだった。ここはカナダ中南部の町。パリを出発してまだ十時間しか経っていなかった。ぼくはホテルを出て、半分死んだような町の一直線の通りに入り、夕食処を探したが。それらしい店が見つからなかったので、ホテルに戻ろうと思い始めていた。ホテルのレストランで食べよう。ただ、踵を返そうとした時に、大通りに沿う空地の奥の、兵舎のような平べったい建物から漏れてくる光に気を惹かれた。光はその建物から、降ったばかりの雨で飽和した外気へ滲み出ていた。灯台の灯のように、水平に。ぼくは空き地を横切るのを躊躇したが、再びこの地に来る機会はあるまい、と考え直し、それに近づいてみた。案の定、空地は草叢と水溜りで、ぼくの靴は泥と水でだるまみたいになってしまった。

その兵舎のような建物が、ぼくが諦めかけていた食事処だった。カフェ兼レストラン。ぼくは迷わずに店の戸を押し、靴の泥を土間で叩きはたいて中に入り、数群れの人々の頭上を見渡し、食事中の人がいるかどうかを探した。赤毛の女性が一人で食事していた。ぼくはその近くに席をとり、「ケージャン」を注文したのだった。

ぼくはこの夏にはカルガリから汽車に乗り、カナダのロッキー山脈を横断する予定だった。汽車が森林を通り抜ける間に、グリズリーという褐色の大熊に出会う予定も入っていた。運があれば、という条件付きだが。汽車の終点はヴァンクーヴァで、そこからは飛行機でロス・アンジェルスへ飛ぶ積もりだった。ぼくはパリからまずトロントへ飛び、そこで飛行機を乗り換え、カルガリで下りた。

ぼくはカルガリに偏見を持っていた。その名がカリグラ、血と性と近親相姦で悪名高いローマ皇帝、を思わせたからだ。カナダ人は趣味の悪い名を付けたものだ。でもぼくの偏見は、カルガリのカタカナ発音に由来していたようだ。カタカナで書くとRとLが区別できず、更に子音と子音の間に母音が無理に挿入されるので、アルファベットでなら明瞭に判るカルガリ（CALGARY）とカリグラ（CALIGULA）の違いがぼやけてしまうからだ。

ぼくはパリを出てから急変した時間と空間の中で、この店に到るまでの経過を時差でぼけた頭で思い返し、軽い後悔の気持に襲われていた。自分はまた、なぜこんな所まで流れ落ちて来たのか。

「注意なさって、辛いですよ、カジュンの料理ですから、新オルレアンの」

隣席の赤毛の女性がぼくの方を横見しながら注意してくれる。給仕女性と同じことを言っていたようだが、言葉の発音の感じが違う。彼女もぼくと同じよそ者に違いない。

二十年前のヨーロッパなら、女性がぼくに話し掛けてくるようなことはなかった。ヨーロッパでのぼくの立場は、東欧系やユダヤ系やアラブ系の外国人とは明らかに異なっていた。彼等は絶えまなく西欧の人間になるように要求されていた。ところがぼくは極東の人間だから、西洋に同化することを誰も期待していなかった。ぼくは西洋社会の外で牙城を守る誇らしい観察者として残ることができた。この西洋社会では、ぼくの日本性は日本社会に住んでいた頃より自分を解放してくれた。一方で、日本性はヨーロッパ人の開放性を測るための目安にもなった。ヨーロッパ人がぼくに話し掛ける時には、精神的な一線を越すための努力が必要だったようだ。それができるヨーロッパ人は世界を駆け回った地球的人種か、東洋と何らかの関わりを持った変わり者だった。

逆に、ぼくの方から知らん顔するヨーロッパ人に話し掛けるには、こちらから一線を越さねばならず、その踏切線を見つけるのが難しかった。そんな努力に対して過去に受けた失望感も、ぼくの躊躇心を深めていた。

例えばミラノのカフェで、ぼくはコルシカ帰りのドイツ男に話し掛け、一緒にミラノの町を観光し、食事し、コーヒーを呑み、コルシカがいかに綺麗な島かの話を聞いてあげ、ミラノの町を背景に彼の写真を撮り続け、住所を交換して別れ、封筒一杯の写真を送ってあげた。なのに、何の返答もなかった。

タイペイ会議で知り合ったイギリス人もそうだった。「蛇通り」という蛇酒を飲む通りに案内し、一緒に夜の市《いち》を徘徊し、暑い宵にビールを飲み乾し、ぼくは漢字が判るからと相手の手を振り切り、勘定を払ってあげたのに。別れてから相手からは何の返信もなかった。ぼくが勝手に身を入れ過ぎてしまったからだった。西洋人はこう思うに違いなかった。お互いに国に戻れば、異なる生活と違う文化が待ち構え、将来は互いに別れて生きるし、再会の機会も覚束ない、東洋人との束の間の出会いが長続きする訳はない、それなら今から深入りしない方が賢明だ、と。

ぼくは人との出会いに悲観的になり、パリに住みながら、いつも消化不良の顔をし、すれ違う人々を無視して生き始めた。本当のパリジャンみたいに、辛辣にもなった。そのうちに未知の人に話し掛ける、その潮時の感覚も失ってしまった。他人に働き掛けること自体が時間の無駄だと思い始めていた。時が自然に逃げ去るのに逆らい、とっさの勇気を奮って流れを変えようとする考えが無駄なのだ。

しかし二十一世紀に入ってからは、世界は変わった。人々は旅行し、今まで見たこともない人々とすれ違う。世界のどこにどんな人種がいても、変な人間がいても、今は誰も驚かない。しかも旅は、蚕の繭に入ったようなぼくの態度を反省させてくれる。こんな場所に来るのはこれが最後だと思う切迫感が、自分を前へ押し出してくれる。きみがいま躊躇している間に、一瞬しか回ってこない巡り合いの機会は逃げ去ってしまうぞ。後には後悔しか残るまい。ああ、あの時に一声上げていたら人生は変わったかもしれない、と思ったことはないか。

今日は他人がぼくに声を掛け、機会を作ってくれたのだ。ヨーロッパと違って、この新大陸に住む人々は、通りがかりの知らぬ人に声をかける機会を楽しんでいるのかもしれない。新大陸では人口が疎《あら》いから、人々は他人との交流を求めているに違いない。インターネットの利用者も、新大陸や僻地の人に多い。しかも彼等は、未知の人との社会交流を図るフェイス・ブック、ツイッター、マイ・スペイスなどの場に熱中する。日本人はそうでない。それらの場を利用する日本人は西洋人に比べてずっと少なく、韓国人に比べてもその半分に過ぎない。日本での実生活でも、見知らぬ人から話し掛けられることはまずない。それは日本の人口密度が高すぎるせいだろう。それが社会性のない人種を作ったのに違いない。

ぼくはそんな非社会性から脱皮する努力をすべきだ。自分に言い聞かせる。この広い地球ではこの赤毛女性とすれ違う機会は二度とあるまい。何とかしてこの機会を逃すまい。でないとせっかくの人生を、横切るだけで年を取ってしまうことになるぞ。そんな思いが頭の中を駆け巡り、やっと勇気を寄せ集める。声を掛けられてから五分も経っていたか。

「貴女、どの国のお方ですか」

「あたし、カナダ人よ」

何と素っ気ない返事だ。ぼくは少し怯むが、彼女の顔をよく見ると仄かに笑っている。そうだ、彼女はニュー・オーリーンズのことを新オルレアン、ケージャンをカジュンと発音していた、フランス系のカナダ人だ。途端に、彼女から熟成した女性の香りが漂ってくる気がする。ぼくは彼女の足元に気を惹かれる。食卓の下からは皮の長スカートと、その下にカウボーイの長靴が伸びている。土地の人ならデニムのズボンをはいているはずだ。しかもこのか弱そうな女性には、周囲に軽く抵抗し、土地の雰囲気に執着しない風が感じられる。今こそ、この情感ないグロービッシュ（地球英語）から離れ、自分が他の人と違うことを示すためにも、使い慣れたフランス語を話す好機だ、とぼくは感じる。

「ケベック人ですね？」

彼女は頭をまず上下に振って肯定し、それから左右に振って否定しながら、おどけるように顔を向ける。

「正確にはアカディ人よ」

「アカディ、アカディ、そう、ぼくはアカディ・めばるという魚を知っています」

ぼくはアカディの話題をすぐに見つけたことで余裕を取り戻す。

「どうしてそんな珍しい物を知ってらっしゃるの？」

「まさに珍品で、スシで食べたことがあるのです」

「嘘でしょう！　この魚は絶滅に瀕し、今は保護されているはずよ」

彼女が眉をしかめたのが煌々とした光の影で感じられる。ふだんは開拓心の薄い東洋人でも、食事にかけてはいかに勇敢か、ぼくはそれをひょうきんに表現したかっただけだ。強いて口にした冗談だが、それが文化の違う相手にいかに誤解を与えるか。ぼくは無用なへまをしたことを体に感じる。早く失地を回復しなければ。話し掛けてくれた彼女に報いるためにも。一刻も早く。

「ぼく、アカディ人と話すのは生まれて初めてです」

「アカディなんて国はもうないの。国境もないわ。残っているのは民族性。誰だって自分の独自性を失いたくないものね」

「国が無いとは、地図には出ていないという意味でしょうか」

「今ではノヴァ・スコチア州と新ブランズウィック州になってしまったの。スコットランド人たちに追い出されてしまった後は」

そして外国人に説明してもしょせん無駄だと思ったのか、彼女はぼくの方へ椅子の向きを変える。

話題を変えましょう、という合図だ。

「ところで、あなたは〝スタンピード〟祭に来られたの？」

「何ですか、それ、町中に張り紙があるけど」

「カウボーイの祭り。アメリカ全土からカウボーイが集まるの。それならあなたは、なぜこんな所に？」

　この逆質問のせいで、ぼくは彼女に訊く機会を失う。なぜカウボーイの祭りが、南国の熱気と大衆に欠け、一見して不便さしか残っていないカナダの田舎町で開催されるのか。

「ヴァンクーヴァへ行く途中です。ロッキー山脈を汽車で越えて」

「あら、私もそうよ。ヴァンクーヴァの中華街に友人がいるの」

　やはりぼくに話し掛けてくるような人は、どこかで東洋と関係している。東洋に対する免疫ができているからだ。

「私の名はジュリーよ」

　彼女は突然名乗る。ぼくはとっさには自分の名を言えず、思わず姓の方を言ってしまう。ぼくの言葉遣いが、彼女のそれより丁寧であることにも気がつく。彼女のフランス語には強い訛りがあり時々理解できないが、それがぼくに余裕を与えてくれる。彼女が足を動かす度にカタカタと床板が鳴り、彼女の体重の軽さが感じられる。髪が赤いだけ顔の色が白蠟に沈み、店の光の下でも薄い雀斑《そばかす》が一面に見える。

　ぼくは彼女と話しながら、彼女が発声した「アカディ人」という言葉と彼女の姿を交互に吟味し直す。赤毛の女性は世界で最も稀な人種だろう。赤色は男にとって最も魅力的だ。だから女性は赤色の上着を着けるのだろう。アカディには赤毛が多いのだろうか。赤毛の人の体毛はどんな色だろう。

スマトラ産オラン・ウータンの赤毛のように体中どこも赤いのか。

「何を見てらっしゃるの？」

そう言いながら、ジュリーはぼくの視線を追って後ろを振り向く。ぼくは別世界から来た未確認物体を見るような顔をして、彼女の頭を見ていたに違いない。

「貴女の髪の、赤さのせいです」

ぼくは出任せに、本当とも嘘とも言える返事を見つける。ジュリーは言う。

「ブラック・ミーツ・ホワイト、ゼイ・メイク・ラヴ・アンド……」

「はあ？」

「褐色の髪と金髪が結婚すると、あたしみたいな赤毛が生まれるのよ」

赤毛の人は肌が蠟のように白く、雀斑が多く、日光に弱く、病的にさえ見える。褐色と白色とは人種が二股に分れる分岐点に位置し、遺伝子の相性が悪いのだろう。

「あたし、ミックマック族の血が混ざっているの。アカディの奥地に住むインデアンの」

アメロ・インデアンの祖先は、日本人と同じ中央アジア人種だと聞く。しかし彼女には東洋系の遺伝子は隠れてしまっている。

「貴女にはアジアの面影はどこにも見えませんが」

「でも、お祖母さんはミックマック族よ」

「そうすると、お祖母さんの方の、原住民運動もせねば」

ジュリーは不審そうにぼくの顔を見る。

「家族とは関係なく、個人の問題よ。アカディ人としての同質性を主張するのは」

ジュリーは華奢な体に似ず、強い自己主張を持っている。家族との関係より、個人の、アカディ人としての同質性を重視する。ジュリーは家族のことには、それ以上一言も触れない。

「アカディって、まるでアトランチスの話みたいですね」

「アトランチスって、いつ頃の話でしたっけ」

「ギリシャ時代のずっと前です。ギリシャ人のプラトンがエジプトの学者から伝え聞いた話ですから。地中海の西に理想郷があり、地震のせいで大西洋に沈んでしまった島らしいです」

「それじゃ、モーゼがエジプトからシナイ半島へ渡る前の話ね。でも、アカディは十七世紀の話よ。だから証人の子孫もいるわ」

ジュリーは少しずつ、ぼくの東洋性が何かに興味をもってきたようだ。

「あなたの名前、聞いたことがある名前ね」

「そうかもしれません。日本で六九番目に平凡な名前です」

ぼくはトロントにいるはずの従兄弟の名を挙げる。

「同じ姓の従兄弟がカナダの原子力庁で働いています」

ジュリーにカナダ人の親戚の話をするのは、大切なことに思われる。ぼく個人だけより、世界に広がるぼくの家族の団結心を示すのは、ぼくの存在価値を倍加しよう。日本文化で育ったぼくの背景がそう思わせるだけかもしれないが。しかしジュリーは家族のことには冷淡で、家族はそこから抜け出すためにあると思っているようだ。にも拘らず、彼女の同一性《アイデンティティ》は、永遠に苦しんでも維持すべきもの、と考えているような感じがする。

「そう、日本人ね。おめでとう」

「?……」

「雪に埋もれたカナダに一滴こぼれた血痕みたい。日の丸は世界でいちばん官能的よ」

ジュリーにはぼくが考えてみたこともない感受性がある。彼女は芸術家かもしれない。

「日本人はカナダで最も才能ある集団ですって。平均収入がカナダ人の中で一番高いのよ。ケベックの新聞によると」

日本の社会では各人はそれぞれに、一から十まで細かくあてがわれた役割を演じなければならなかった。政治家の後裔は政治家、試験の優等生は官僚、理想の娘婿は大企業社員、コネのない若者は小企業社員、医者の家系は上層社会、農地労働者は変わり者、更に、歌舞伎の役者の子は役者、女役の子は女役。ぼくはどれにも合わなかった。自分の国にいながら、自分を異邦人みたいに感じた。そのうちにぼくには、日本社会に適応できない部外者の役があてがわれたように思われた。

ぼくはある役に嵌められるのが嫌で、日本を飛び出し、今では地球化の風潮を満喫している。

それなのに、ぼくはここでは日本人の代表を演じている。しかもそれに抵抗さえ感じない。

「つまり日系カナダ人は、普通のカナダ人とは違うとみなされるのでしょうか」

「カナダでは皆が外国人よ。移民の国だから。人種偏見ではないわ。その証拠に、カナダで一番の有名人はスズキよ」

ジュリーは、ヴァイオリン学校で有名になったスズキ先生のことを話しているのだろうか。しかしそのスズキ先生はカナダ人ではない。

「スズキは動物学者で、世界で初めて人間の自然破壊を警告した人よ」

ジュリーは芸術家ではなく、旅行記者なのかもしれない。でもぼくは、彼女の職業を訊くことは差し控える。少なくとも今の時点では。確かに彼女の華奢な肉体は、知性ばかりか一種の高貴さを感じさせる。しかしその態度にはどことなく隠されたものがあり、投げやり的なところもあり、あまり深入りしない方がよいと思うからだ。表の仕事はあっても、裏の活動もあるに違いない。そうでないと、ケベックからヴァンクーヴァまで一人で旅行したりはしまい。

「第二次大戦のとき、カナダはスズキ家族を敵国民として収容所へ監禁したの。恥ね」

「カナダで、アカディ人にはそんな問題はなかったのですか」

「勝者と敗者の関係だけよ。アカディは英仏の争いの末にイギリス領になった。でもアカディ人はイギリス王へ忠誠を誓うのを拒絶したので、カナダから追い出されたの。けど、忠誠さえ誓っていたらイギリス人となってしまい、アカディ人は存在しなかったはずよ」

ぼくのカナダの従兄弟は、戦争中はカリフォルニアに住んでおり、ぼくの叔父さんと一緒に収容所に入っていたはずだ。戦争の後にカナダへ移民したのはそのせいに違いない。日本人はカナダでも抑留されたことも知らないで。

「でも何でこんな寒い町でロデオ祭りをやるのでしょうか。カウボーイは暑いテキサスの方が様になるのに」

ぼくはやっと、気になっていたことを質問する機会を得る。

「カルガリはアメリカ人の町だからよ。米系企業の本社が沢山あるの、石油が採れるから。石油？　砂油から抽出するのよ。それにね、何と言っても、カナダではドラッグがアメリカよりずっと安い。ほとんど半額で買える。アルコールもそうよ。しかもアメリカと違って、法律的には十九歳になれば飲んでいい。何しろこの町はアメリカに近いから、アメリカ人達が揃って買いに来るの」

ジュリーはヴァンクーヴァの中華街に友達がいると言っていた。そうだ、中華街だ。新聞によると、ヴァンクーヴァの中華街の近辺はドラッグに酔う麻薬患者が徘徊し、要注意の場所だ。この町はアジアやヨーロッパへの麻薬の販売基地となり、町のギャングがコカインやヘロインを輸入し、カナビスやアムフェタミンやエクスタシーを作って輸出する。彼等は日中の通りでも縄張り争いで殺しあう、と言う。それが中華街の近くだ。

ぼくは彼女のか弱い純真そうな顔を改めて見直す。どう見ても三十以上だが、いやに純真そうで、しかも悪事でも平気にやってのけるような大らかさが感じられる。この広大な自然の下では、矮小な人間の行為は注目にも値しないのかもしれない。

「今度は何を考えていらっしゃるの？」

ぼくは媚びにならないように気を付けながら、なるべく朗らかに答える。

「哲学です、少し感傷的ですが。もし貴女がぼくに声を掛けていなければ、ぼく達はカルガリのレストランで隣に座っただけで、赤の他人のまま人生を終えたに違いない、ぼくはアカディのことも知らないままパリへ戻り、カルガリの宵も忘れ……」

「女性が声を掛けてはいけないの？　パリでは」

「パリでは女性はいつも走るように歩きます」

「……」

「足を緩めると、男に近寄られるからです」

「カナダは走り続けるには大きすぎるわ。でも、興味のない人に話し掛ける愚か者はいないわね」

ぼくはその意味が確かでなく、わざと何も聞こえなかったように、急いで話を変える。

「アカディ人の貴女が、どうしてこんな辺鄙な所にいるのですか」

「あたしはスタンピードの間、ここで臨時の手伝いをするの。そう、あなたに祭りの招待状を上げるわ」

「でもぼくは明日、汽車で出発することになっています」

「カルガリまでいらしてスタンピードを見ない観光客なんて。変わった観光客ね」

ぼくは冷えてしまったカジュン料理を突っつきながら、それを放棄し、ジュリーに尋ねる。

「スタンピードが終わったら、何日の汽車に乗るのですか」

「車でヴァンクーヴァまで行くの。あなたもヴァンクーヴァへ行くとおっしゃったわね。それなら私の車で一緒に行かない?」

ぼくは返事を躊躇して、明日カルガリの汽車の駅で落ち合うことになっている団体のことを考える。彼女の提案を受けて、この予約を取り消したらどうなるだろう。列車代を無駄にする位は何でもない。ただその後に自分で予約したヴァンクーヴァとヴィクトリア島とシアトルのホテルに電話して解約せねばなるまい。しかし、よく考えてみよ。ジュリーはぼくを毒のない男とみなし、車の油代を分担させる積もりで誘っているに過ぎまい。道々での用心棒として使えるかもしれないし。それに彼女は、男の気持を全て吸収して口には出さず、ぼくには全く別のことを話すような印象を与える。しかしそれより、彼女とカナビスを組み合わせたら、乗りかかった気分が削がれる。

「ぼくは団体旅行で、明日の汽車の予約がしてあるので」

「それでは、もし気が変わったらね、それじゃ多分あした」

ジュリーはそう言って席を立つ。ジュリーは住所も教えてくれない。ぼくから聞いてくるのを期待したのだろうか。ぼくはわざと大らかに、さよなら、と言いながら、危ない橋を渡ることを考えなくてよいのでホッとする。同時にとんでもない好機を失したのではないかと思い、顔が火照る。

ジュリーが払いを済ませて立ち上がるや否や、ぼくは衝動的にあの大柄な給仕を呼び、勘定を頼む。ぼくは端金《はしたがね》を食卓の上に残して立ち上がる。彼女は請求書を小突いて何か呟く。

「ハア？」

「チップの額が足りません」

ぼくは小銭を探すが、銀行で交換したばかりの札しかない。ぼくはその一枚を渡す。彼女は一言も言わずそれをもぎ取る。欧州大陸では心付けは勘定の一〇％として徴収されるが、この地では客が気分により額を決めるらしい。最初の給仕の陽気さには多分に金の臭いが染みていたのだ。

ぼくは故意にゆっくり立ち上がって戸口へ進む。ジュリーを追って店を出たと思われないように。外は霧雨に飽和されて薄暗く、彼女が左へ行ったのか右へ行ったのかも判らない。自分の中途半端な思い込みが、出口のない幻想に思えてくる。例え彼女に追いついても、いったいぼくに何ができるのか。いざという場合に自分にはどんな勇気が残っているのか。ぼくは戸口に立ったまま躊躇するが、店に入り直し、給仕に雨が降っている仕草をし、コーヒーを注文する。そして、テレビを見ている夫婦の後ろに座り、気が散ったまま画面に目を向ける。画面ではしばらく前にここで開かれた八大国会議の録画が流されている。

「八大国会議ですよ。去年ここで開催された」

五十代の男が誇らしそうに教えてくれる。それはそうだろう。地球の指導者達がこの片田舎に集まったのだから。カナダの首相をはじめ、欧米の首脳達は画面の中央に集まり、報道陣のために和やかに話しているが、日本の首相は画面の端で、一人あらぬ方を向いたまま、カナダの地平線を睨んでいる。日本では珍しく教祖的な首相と謳われている人なのに。でもフランスの大統領はいつもうまく立ち回り、必ず画面の真中で、カメラに向ってにこやかに立っている。

「『世界を変える運動』の連中で大変だったそうですね」

「そうですよ、ここには石油やテレコムの会社の本社が幾つもある。しかも環境を汚す砂石油を採掘しているから、環境保護運動派も、別の世界を謳う運動家達もやって来る」

確かに、世界の運営をたったの八ヶ国で話し合うという考えは、僭越で我慢ならないエリート主義に思える。この会議はエリート主義で固まったフランスの提案で始まったことを思い出す。世界の中堅国でしかないドイツ、フランス、イギリス、イタリア、カナダが、中国やインドやブラジルを脇に置いて世界の大国と名乗る。このような会議を始めたのがヨーロッパ人なら、それをぶち壊すために「世界を変える運動」を組織して戦うのもヨーロッパ人である。コロンブスの時代から、地球化はまだ西洋人の旋律だけで動いている。

ぼくは時計を見る。カナダというこの大地に足を下ろして、まだ二時間しか経っていなかった。

ぼくはジュリーから離れ、心が解放され、急に周囲を新鮮に感じる。

実にたった二時間前、ぼくはカルガリのホテルに着き、受付を済まし、〃管理人〃の名札を付けた大男を捕まえ、地図をくれと頼んだのだ。町を散歩するためだった。彼は口髭の陰から一言も発せず、地図だけをくれた。ぼくは旅人の開放感で、この町に着いたときから気になっていた疑問を呈してみた。大男は口髭も動かさず、慇懃無礼に答えた。

「カルガリは『迸る清水』という意味です。近親相姦とは関係ありません」

これ以上に無愛想に答えることは難しかろう、と思った。彼も少し考え直したのか、その後に短く付け加えた。

「カルガリはケルト語ですよ」

この男は奉仕精神に欠ける訳ではない。英国流の冷たい親切心で、実利的に最小エネルギーで応対したに過ぎない、日本人なら微笑んで答えるところを。ぼくはそう断定した。物は考えようだ。文化の違う国では、旅のストレスはなるべく減らすべきだった。

それから、ぼくは真夏の夕刻を利用し、夕食をとるためにホテルの外に出た。カルガリは七月終わりでも肌寒かった。冷えるので肩に掛けていたセーターを着込み、ホテルの前の大通りを歩き進んだ。宵の口の道路は降ったばかりの雨で湿り、重い雲が町に低く被さり、真夏の宵は奇妙に寂しかった。大通りは高い建物群の谷の間に延びているが、建物の中の明かりは消えていた。

ひやりとする感覚から、黒い背景には壮大な山と自然が広がるのが肌に感じられた。道路は低い家屋からの光と宵の残り日で、水溜りに足を踏み入れない程度には明るかった。夕方の七時だというのに、通りには人影もなかった。人間達は一体どこへ行ったのだろう。大熊が急に出現するかもしれない。道路を除いては町の灯が薄く、遠くまでは見えないが、建物と建物は密閉された広い通路で結ばれ、冬の間は外に出ないでも生活できるようになっているようだった。十五分。ぼくは終に誰ともすれ違わない内に馬の調教場みたいな木の囲いに出た。その手前に芝生が広がり、大きな水溜りがあり、その向こうに兵舎みたいに横に広がる一階建があった。そこだけは光で煌々と照らし出され、薄暗くて侘しい外に対して、別世界の暖かさを醸し出していた。建物の横っ腹には何枚もポスターが貼ってあり、どれも〝スタンピード〟という大文字と、怒り狂う牛に乗ったカウボーイの姿を描いていた。

ぼくは宵の新宿、歌舞伎町での地が響くような人の群れを思い出していた。そういう場所で一生を過ごす人と、このカルガリで育つ人では、生まれたときから違う人生が待っており、考えの次元も異なってしまうに違いなかった。同じヨーロッパ人種でも、カルガリに住む内に、ロンドンやパリの住民とは異なる人種となってしまったろう。ここでは、博物館や美術館に通って芸術観を洗練し、演劇やポルノの劇場に入って幻想の世界に触れ、ゲイやレスビアンのバーに寄って人生観を変える、そんな機会もなかった。外気の寒さから町は無菌状態になり、路上生活者もおらず、市民は彼等を避けて通る経験もないまま人生を終わってしまったはずだ。

そのようなカルガリの最初の印象は、ジュリーと会って完全に変わってしまう。このカフェ・レストランの町の人達は退屈している訳ではなく、この地方に同化した風情にすぎまい。この自然の中で、純粋の愛と人生を送るのも悪くない。しかもここには自然がある。それもたっぷりある。自然が厳しいときは建物の中に集まればよい。そこは柔らかい光に包まれ、室内樂のような暖かい雰囲気に溢れている。そして明日の仕事に備えればよい。あくせく働く必要のない生活は、考える時間を作ってくれる。あのレストランにいた町民の子孫から、世界をアッと言わせる天才が生まれるに違いない。その確率は人口当たりでは日本より高いのかもしれない。

ぼくは再び自分の踏ん切りのつかなさを後悔し、せっかくの人生に、貴重な機会をまた失してしまったことを感じる。地球化は進み、いろんな人に巡り合い、大まかな共通語で話し合うが、文化の違いの壁はなかなか超越できそうにない。

翌朝、ホテルの外に出てみたら、学校前の広場で祭り用の食事が準備されている。年に一回の興奮すべき祭典なのに、大柄な住民達は静かに集団を作り、そののんびりとした態度には間延びさえ感じる。サンドイッチみたいな物が机の上に出され、人々は曖昧に列を作って飲み物を注いでもらっている。奉仕する女性達はみな白い頭巾を被っている。衛生のためだろう。お金は必要でないようだ。まるでメイ・フラワー号で入植してきた新教徒を迎えるような、荘厳な団結心を感じる。ぼくはジュリーがいないかと思い、しばらく広場の門に立ったまま人の動きを見張る。だが、目深に被られた白頭巾のせいで、ジュリーの赤毛を見つけることはできない。

ぼくはホテルで教えてもらった本屋へ急ぐ。そこでアカディに関する何冊かの本を入手し、それから汽車の駅へ急ぐ。

カルガリの鉄道の駅には三々五々と観光客が集まっている。ぼくは近くにいる夫婦に聞いてみる。スコットランドからです、そうです、ヴァンクーヴァへ行く団体です、と夫婦は答える。カナダから先住民のアカディ人を追い出し、イギリス連邦にしたのはスコットランド人だから、カナダは自分の国の一部だとみなしているのかもしれない。この山小屋みたいな駅から、観光用のヴァンクーヴァ行きの汽車が出発する。

ぼくはアカディの本を開き、半分は昨日の夕食の思いに耽る。しばらくすると案内嬢が叫ぶ。

「あそこ、あそこにグリズリーがいますよ、ワー、皆さんはほんとに運がよいわ」

確かに茶色っぽい熊が線路の横の沼地みたいな低地で首を回してこちらを見ている。映画から想像していたグリズリーよりずっと小さい。自然が大柄だからそう見えるのかもしれない。グリズリーより周りの森林の方が壮観なのだ。樹木群が密生しているので、各樹木は横に枝を伸ばすことができず、縦に長く横に短い。そればかりか、各樹木が土地の養分を奪い合うので、どの木もか弱く見える。ときどき木が倒れているのは天災ではなく、他の木を救うために間引きされたのだろう。

途中のバンフ駅で下り、ぼくの団体はバスに乗り換え、ルイーズ湖へ向かう。雪が積もったときのためかバス昇降口の段が高く、乗る際に運転手が手を伸ばして手伝ってくれる。彼は東南アジア系と思われる、小柄で日に焼けた若い男だ。ぼくは西洋の世界で東洋人を見ると、躊躇せずに話し掛ける。東洋人に対しては精神的な一線を感じないからだ。カンボジア人でも、中国人でも、韓国人でも。彼等の心が少しは読めるし、ぼくと同じ受身の文化が期待できる。ぼくは慣れない英語を話すことにさえ余裕を感じる。どこの国から？　熊本ですよ、と相手は素っ気ない日本語で答える。オオ、私は福岡出身ですよ、世界は小さいですね、とぼくは理由のない懐かしさで一杯になる。この世界の果てで同郷人にお会いするとは、とぼくが感嘆すると、ここは世界の中心です、私は山とスキーが好きなので、と運転手は冷ややかに答える。福岡出身のぼくがヨーロッパ人の団体に入ってこんな場所にいることに、熊本出身の運転手は地球化の驚異も、恩恵も感じないようだ。

突然、案内嬢の興奮した声が頭の上で広がる。

「ボウ河です！　この急流で『帰らざる河』が撮影されました。誰が筏で下って行ったか覚えていますか？　そう、マリリン・モンローとロバート・ミッチャムです！」

バスの中の一同は半分照れたように顔を見合わせ、牽制し合い、それでもバスの片方へ体をもたげ、バス道に沿って走る急流を見やる。皆の照れた笑みは、案内嬢からの卑俗という名の奈落への誘い、その誘いに乗ることへの躊躇《ためらい》か。あるいは青春時代に観たこの三流映画を思い出し、それから自分を解離したいのか。それほど、『帰らざる河』は駄作だった。ぼくはチョット目を上げて河を見るが、案内嬢の誘いに乗るのを頑なに拒み、アカディに関する本を読み続ける。そして時々、本を閉じて考える。未知の世界が怖くてジュリーに同行しなかったことへの後悔と、二度とあるまい機会を逃した喪失感。でもぼくは同時に楽しんでいる。このバスの中での安泰感と心地よい孤独感を。

一六〇〇年代の始め、カナダの東部からアメリカ北東部のメイン州に渡る大地は、ヌヴェル・フランス（新フランス）と呼ばれ、その一部の大西洋側にアカディと呼ばれる地方が存在していた。その名前は、古代ギリシャ時代に詩で謳われた幻の天国アーカディに準《なぞら》えて付けられたとも言われる。一六〇四年、フランス人新教徒のピエール・デュガ・ド・モンはアカディに渡り、植民地を組織し始めた。同じ新教徒のユグノ達が南カロライナに入植した一五六二年から半世紀近く経っていたことになる。フランス中西部のメイン地方、アンジュ地方、サントンジュ地方の人々がアカディに入植した。その少し後の一六〇七年、イギリスはアカディの少し南に植民し、ニュー・イングランドと名付けた。アカディでも、後で入植してきたスコットランド系イギリス人の勢力が増してきた。その後、アカディは欧州での仏英交渉により、イギリス領になったりフランス領に戻ったりしたが、それと関係なくアカディではフランス人とイギリス人は共存し、数に勝るイギリス人達は自分の国のように行動していた。
一七一三年、フランスはアカディを最終的にイギリスに譲渡し、一七五五年にはアカディ人はイギリスへの忠誠を誓うか、アカディを去るかの選択を迫られた。イギリスへ忠誠を誓うと旧教を放棄するばかりか、祖国フランスと戦う危険を孕んでいた。アカディ人は宣誓を拒否し、国外へ追放された。そして一七六三年、アカディの名前は地図から消えた。アカディ人達は国外追放の船に乗せられて流浪の民となり、フランスやイギリスや、北米のイギリス植民地へ追放されたが、その一部はミシシッピ河口のルイジアナに入植した。一七六五年のことだ。そこのアカディ人（アカディアン）はルイジアナ訛で〝ケイジャン〟と呼ばれるようになった。一部はアルゼンチンの南にあるマルイン島（今の英国領フォークランド島）にまで移植した。現在は百万人を越すアカディ人が世界中に散在する。彼等は今でも定期的に世界大会を催し、世界中から何万というアカディ人達が昔の故郷である新ブランズウィック州に集まる。

ヴァンクーヴァは例年、世界で最も生活の質の高い町の一つに挙げられる。真夏なのに暑くなく、海岸には大小の船やヨットが停船する大きな港があり、周りの山の頭は雪を被っている。しかしヨーロッパの夏を象徴する海水浴用の海岸線はすぐには見当たらない。丘の上にある公園では日本の春のような植物が盛りで、幾つもの中国人の集団が太極拳という優雅でまだるっこい運動を実践している。ぼくは思い出す。香港が中国に返還された一九九七年、香港の友人が香港を逃げ出し、すぐにカナダ国籍を得て、ヴァンクーヴァに住み付いたことを。ここのホテルで新聞を読むと、今では東洋系の住民が四〇％は占める、とある。ホテルから出て魚市場のある海岸線の方へ出る。この季節には、ヨーロッパの海岸はメキシコ暖流のお陰で海水浴客が賑わうのに対し、ここの海岸は海の広大さを前に自然と神の偉大さに思いを馳せる哲学者に向いている。海岸線から内陸の方へ振り返ると、雪を被った山脈が見える。海水浴客がいないのは、北極から下りて海岸を洗う寒流のせいばかりではあるまい。雪を見るだけで体が凍える。ぼくは海岸通りから少し北へ上り、中華街の方向へ向かう。若者達がたむろする区画がある。フラついて歩く者もいる。カルガリで会ったジュリーも、何日か後にはここに来るに違いない。

追記：フランスでは「ドラッグ」と言えば麻薬を意味するが、アメリカやカナダでは普通の市販薬でも、麻薬と区別せずに「ドラッグ」と呼ぶらしい。ぼくはそのことを後で知った。カナダではフランス語を話すと言っても、そのフランス語は随分とアメリカ英語に影響されているようだ。

そんな誤解のせいで、ぼくはジュリーを永久に見失ってしまった。

# アメリカの友

もともとそんな所まで行く予定はなかった。ただ、数日前の電話が効いた。日曜の真夜中、平淡な静寂、と、闇を割く電話の響き。僕は緊迫感で飛び起きた。もう朝なのか？　予期しなかった電話の一瞬、僕の脳の中では昼夜の感覚も土地感も麻痺し、夢と現実の境目が霞んでしまっていた。

――ケンちゃんね。タケオだ、タケオ。ホラ、中学校で一緒だった。いま葡萄を手入れしちょる。そちらは何時か？　電話の声は割れ、振動していた。携帯電話からだ。僕は半分眠ったまま時計を見た。朝の二時、なんだ、まだ寝付いたばかりではないか。

今の世界では国境の線が曖昧になり、地球の回転が速くなった。昼と夜の差も薄まり、夜でも仮眠しかできなくなった。眠りながらも、昼間の仕事の返事、その電子便を無意識に追っているからだ。世界の裏側では世界の半分が働いており、事件や結果が実時間で伝えられて来る。それが問題だ。たった二十年前には、手紙を出せば返事が来るまで十日の余裕があり、幸せや哀愁を消化する時間があった。今ではすぐに結果が判り、喜びや後悔は幻のようにすぐに消え去る。結局、今までの境界や国境は必要だったのだ。境界は心に安寧と安心感をもたらしてくれていた。

しかし歴史が示すように、欧米人の征服欲と技術は全世界に混乱や不幸をもたらし、今や国際ネットや携帯電話を開発して肝心の境界までも取り除く作業を開始していた。武雄や僕みたいな善良な意識の下の人種は、その技術に踊らされる。しかも今では実時間で反応しないと、時流に遅れを取る。

——覚えてないとね？　九州の川原の武雄。君の電話は東京のヨッちゃんに教えてもろた。

あの武雄だ、九州での昔の思い出の中に埋もれてしまっていた。ところが彼の声を耳にすると、彼の人となりが蘇ってきた。学校では理科がよくできたが、勉強より自然が好きな男だった。そして相撲に強い農学校へ進学した。

——遊びに来いよ、いま、いい季節なのよ

僕は、どこにか、と訊いた。

——カリフォルニア。

時差から見て、パリの真夜中は、あちらでは電話するに便利な宵の口に違いなかった。そして僕には、昔の切ない、満たされなかった夢だけが蘇ってきた。

カリフォルニアにはロス・アンジェルスという町があり、サン・フランシスコという町もある。六十年代、日本での受験生活は、蚕の繭の中での自虐の生活だった。若者は英和豆事典を暗記しながら、立川の米国基地から流される極東放送を聞いていた。『カリフォルニア・ドリーミン』、『ホテル・カリフォルニア』、『カリフォルニア・ガールズ』が流れると豆事典を放りだし、自然に旋律を口ずさみ、肩を揺すり、頭で調子を取った。これらの町は、名を耳にするだけで若者に夢を呼び起こし、より良き世界を待ちながら隠れた力を与えてくれた。あと何ヶ月か我慢すれば試験は終わる、と。カリフォルニアからの楽天的なリズム。若者は目を閉じ、燦々と輝く太陽の下に海岸を走る人々の映像を瞼に浮かべた。乾いた心は緩み、早く受験の現状を離れ、いつかはその海岸で、眩しい太陽の下で、太平洋西岸の波に乗り、海岸で思い出の小石を拾うことを夢みた。

サンタ・バルバラの第一長老派教会にも行ってみたかった。あの映画では主人公は恋人を追ってこの教会に侵入した。恋人と恋敵は牧師の前で指輪を交換するところだった。主人公は獣みたいに恋人の名を吼え続け、式は中断された。彼は入口で見つけた十字架を振りかざし、家族達の罵倒と偽善に立ち向かい、恋人を取り返し、通りがかりの遠路バスに滑り込んで逃走した。僕は失恋する度にその場面を思い出し、夜は絶望の中で自分が十字架を振り回す場面を想像し、しかし、もし失恋相手にその気がなければどうなるかと躊躇し、そこで夢は消え失せた。あのサンタ・バルバラの町はロス・アンジェルスから日帰りで行けるのかしら。

僕はシアトルから新オルレアンへ飛ぶ予定を変え、ロス・アンジェルスへ、まだ見ないが思い出深い、あのカリフォルニアの町へ行くことにした。

ロス・アンジェルスの飛行場には武雄のお嬢さんが車で迎えに来てくれる。メルセデスのスポーツ車。娘です、と自己紹介するので、彼女の名前が判らない。お嬢さんは流れる柳風情の色白い顔の麗人で、しかも西洋的な自信と豊饒な雰囲気を漂わせる。焼ける太陽の下で、この色白さはどうして保てるのだろう。父親の武雄も確かに良い顔をした男だったが。しかも、お嬢さんは完璧な日本語を話す。両親の九州弁ではなく、標準語を。英語もそうなのかと思うと、なるべく英語は避けて通したい。武雄の家はロス・アンジェルスの中心から一時間の距離だという。この土地では距離の感覚は車の移動時間で測る。

高速道路の超速線は数人乗りの車だけに限られ、一人乗りの車より早く目的地に着けるようになっている。車の複数乗りを奨励し、燃料の消費を合理化し、カリフォルニアの空を浄化するためらしい。ヨーロッパならそんな規則を作っても誰も守るまい。それを守らせるには、違反車を猛追するパトカーと、けたたましく回転する警笛が必要だ。少なくとも、ハリウッドの映画ではそうだった。意外にもカリフォルニアの車は、欧州よりも整然と、車線に沿って「おっとり」と走る。だから、か弱いお嬢さんがこの巨車を操っていても、それは仮免前の練習場での加速練習の域を出まい。そう思うと、僕の引け目は幾分か立ち直せる。全ての車がこの速度なら、パトカーのスピード感は現実よりずっと強く感じられよう。実際にはカリフォルニアのパトカーは、映画の中での猛追の迫力からは程遠いのかもしれない。

ただ、僕等のメルセデス・スポーツは、この高速の上でそのようなパトカーにも警笛にも、ついに遭遇しなかった。


武雄の家はアメリカの映画やテレビでよく見る、そんな豪邸で、僕は圧倒され、玄関前の広場に立ったまま敷地を目算し始める。一見して二階建てだが、面積が広いので、欧州の二階建てに比べ低く見える。建坪は四十家族が入ったパリのアパートと同じ位はある。武雄が中から顔を出し、ヨーとか、ウーとか、喉奥でうめく。僕は思わず返事に詰まる。九州時代の若く細く、赤い頬っぺたの面影がなくなり、武雄は全く別の人間に変わっている。彼の体は土地で腹を支えるガマのように頑丈になり、顔が日焼けで黒い。眼は瞼が落ちて一線になり、昔は目尻が吊り上がっていたのに、今は垂れ下がっている。表情に変化がないのは、乾いた空気で皮膚が張り、満遍なく日焼けしているせいだ。砂漠的な乾燥と影のない太陽と無限に広がる地平線は、人種まで変えてしまう。

「来たか。早く着替えろ。ロスの良かとこは、一生半ズボンで過ごせるとこよ」

乱暴でぶっきらぼうな言葉は、この地で不便な言葉を使って働く間に培ったのだろう。お嬢さんの話では、武雄の経営する農園にはヒスパニック（米国で働くメキシコ人労働者）か、チカーノ（メキシコ系米国人）しかいない。玄関には時代物の振り子時計が二台動いている。居間は古いヨーロッパの家具で囲まれ、台所は僕の居間と書斎と寝室を合わせた大きさはある。

　武雄と僕はテラスに落ち着く。お嬢さんは美和と呼ばれ、日本を忘れないためと武雄は言うから、その名は「美しい大和」の意味なのだろう。メルセデス・スポーツを離れるとむしろ小柄に見え、慎ましく、何時の間にか僕等の前から姿を消す。奥さんは炊事場で何かを準備している。

　豪邸のテラスは長方形で、もう少し幅が広ければキャッチ・ボールで遊べそうだ。今は暑いので、ガラスの覆いが降ろされ、冷房が効いている。武雄と僕はそのテラスで自家製の梅酒を飲む。五分も経つと話は途切れ勝ちになる。豪邸さえ頭から抜けば、武雄一家の精神生活は日本色しかない。しかしこのお膳立てされた舞台では、何も話さなくても豊かさを感じ、自然さえ感じ、特に成功を感じる。沈黙は気にもならない。あまり深い話題に入れないこともある。数十年の空間のあと、お互いに相手の共感を呼べる共通の話題がない。それは時が追いついてくれるのを待つしかない。

　テラスからは庭を見渡せ、前に広いプールがあり、隣り合って温水のジャクージ（気泡風呂）があり、その向うに葡萄棚が広がる。葡萄棚が武雄の誇りらしい。武雄がそれから目を離さないからだ。炊事場にいると思っていた奥さんが急に庭に現れ、その後に金髪の若い大男が続く。若い男はプールに浮ぶ枯葉や廃物を掬い取り、水深を測り、殺菌剤を筒の水に溶かし、プールへ注ぐ。武雄に訊くと、この男は週に一回はプールの管理に来る。その費用もばかにならない。

　気になるのは、武雄の豪邸と隣の豪邸との境目がどこなのか、それが判らない。殺人があってもおかしくない。被害者はプールの中に浮かんで発見される。隣家から完全に隔離されているので、一家もろとも殺してしまえば証人がおらず、事件は解決すまい。そこにコロンボ刑事が現れる。古いプジョー車四〇三に乗って。テレビで見慣れたあの刑事だ。ぼくは武雄の家のテラスに座って外を見ながら、そんな光景を思い浮かべる。プール掃除の若者だって、家に女主人しかいないことが判れば……。

武雄は梅酒をちびりちびり飲みながら、独り言を言う。作業員と話すスペイン語か、英語か、崩れた九州弁かもしれない。僕の聞き違いかもしれない。

「何だって？　引退して九州へ戻るって、そう言ったのか？」

僕は武雄の次の言葉を待つが、彼は洩らしたのを後悔するように口を噤む。僕の計算では、武雄はアメリカに移民して四十年は経つ。日本での少年時代よりずっと長い。

「君が九州へ戻れば、葡萄畑や、農園や、労働者達はどうするのだ。田畑や人は他の道もあろうが、始めたばかりの葡萄は主を失う」

僕は、もし美和さんがこちらの人と結婚したら、彼女は日本を忘れ、君に会いにも来ないぞ、とも付け加える。

武雄は、ウン、それだ、と答える。娘は三十を越した、早く結婚してくれなければ、と呟く。娘婿がこの農園を継ぐか、または一緒に九州へ移住すればよい。博多市内の、中型のビルを探しとる。だが、日本に戻る前に、独創的なワインを造りたい、と武雄は言う。

「カリフォルニアには有名なワインが山とあるのだよ、君も知っているだろう」

そう言いながら僕は、土地の利用より情報の利用を選んだ者の優越感を感じる。

「俺のは違う。巨峰ちゅう葡萄を知っとるか。そこからワインを造るのよ」

巨峰は生で食べるのが美味しいから、単価が高い。それから葡萄酒を作ると、葡萄酒は高くついて競争力がないぞ。当たり前だが。

「皆そう思っちょる。だから誰もやらん。俺はそれをやってみるのよ」

種はどうして持ち込むのだ、と訊いてみる。米国は生モノの持込には煩《うるさ》いはずだ。

「なに、苗木をアメリカへ持ち込むのは簡単よ。持ち出すのは盗みになるけどな」

発酵用の酵母はどうしたのか、と僕は訊く。

「これは日本から買うてきた。この菌はワイン発酵に大切な亜硫酸耐性が高く、しかも雑菌を殺してしまうのよ」

ところが、困ったことが判った、と武雄は言う。

「八女《やめ》の近くに巨峰からワインを作ろうとしちょる人がおる、と聞いた。俺より早かったのよ。仕方ない、こんど日本でその人に会うて、様子を見てくるよ」

翌日はまだ夜のうちに眠りが妨げられる。窓の外から金属の触れ合う音と、押し殺した間投詞が断片的に聞こえたからだ。ふと、西部劇で見たインデアンの出撃準備と重複する。外はまだ暗い。僕は頭から掛け布団を被り込む。それから少し眠ったようだ。窓覆いを浸透する太陽熱で急に暑くなる。僕は寝床を出て、武雄家族が集まっていそうな居間へ向かう。

奥さんは言う。

「武雄はまた昼食に戻ってきますばい。足が弱うなって、少し休むとですと。朝ご飯は日本食か自家製のパン、どっちがよかとですか」

「せっかくだから、アメリカ製のパンを食べてみたいのです。この近くで買えますか」

「ここから十分。前の通りを左へ出て、大通りを真直ぐ進むとショッピング・モール、その中にパン屋がありますばい」

「僕、買いに行きます。アメリカのパン屋がどんなものか、見てみたいので」

「そんなら、鍵をどうぞ」

僕は考えを変え、やはり自家製のパンにして下さい、と頼む。奥さんは少し不審な顔をするが、パンを買うにも車を使うとは、僕は思ってもみなかったのだ。もう三〇年も運転していないし、免許証も持って来ていない。

「私、この粉と器械で、毎日パンを作るとですと」

武雄は昼食に戻ってきた。武雄は足を庇いながら、僕を葡萄棚の奥に導く。その横にイチゴ畑があるのに僕は気が付く。武雄は葡萄畑の陰にある作業小屋に入る。そこには何本かのワイン瓶やコルク装着器や樽が貯蔵してある。武雄は一本の瓶を僕の目の前にかざす。葡萄液は黄色からカーキ色に近く、武雄の腕の動きで浮遊物がチンダル現象でお互いにぶつかり合っている。武雄は自分のグラスと僕のグラスに上澄みを少しずつ注ぎ、僕等はそれを口に含んで、喉で転がす。

「どうだ、何の香りがする?」

僕は近くにイチゴ畑があったのを思い、イチゴの味だろう、と答える。武雄は満足そうに、

「そう。そこに少し鉱物の味を加えたいと。だから別の土地も考えとる。そこにも葡萄を植え、両方の葡萄を混ぜるのよ」

僕は武雄と奥さんと美和さんに提案して、同業者のY弁護士の事務所へ一緒に行くことにする。彼は日本人だが、ロス・アンジェルスの高層建物街で長く弁護士業を営んでいる。この区域には事務所はあるが商店はないので、中心街と呼んでよいのかどうか判らない。彼は電話で言う。事務所の建物では夕方の六時になると戸が閉まり、門番もいないから、建物の入口に着いたら電話するように。僕らはセメント板を一杯に敷き詰めた広場に辿り付き、周りを囲む物凄く高い建物の中から、やっとY氏の事務所の建物を見つける。Y氏はむしろ小柄で口髭をはやし、日焼けし、一見して日本人とは思えない。米国の気候は、その食事と生活様式と一緒になって、日本人の容貌を一代で変えてしまう。何代か後には完全なアメリカ人に変わってしまうのだろう。人間の体は環境に適応する。アフリカ人は五万年前にヨーロッパに移民し、数千年の内に白人に変わって

しまった。そうだ、こんな話がある。色が黒いとメラニンが多いが、過度のメラニンは太陽光線によるヴィタミンDの合成を妨げる。一方で、骨形成にはヴィタミンDが必要だが、ヨーロッパでは太陽の光線が弱い。だから黒人がヨーロッパに住むと、ヴィタミンD合成の効率を上げるために白くなる必要が生じたのだ。ふと疑いが湧く。人間の心も姿と同じように変わるのだろうか。確かにアフリカ人は欧州人のように信仰心に富み、部族的で、侵略的で、攻撃的で、個人本位で、共通する心を持っている。アフリカ人は欧州人になれる心を持っている。だが、日本人の心は欧州人になれるのか。Y氏は僕等を事務所の倉庫に案内してくれる。そこにはY氏の収集による、エディソンの発明した当時の電気器具が麦藁みたいに積んである。正確にはエディソンが使った電気器具ではなく、エディソンが最初に作らせた型の電気器具らしい。

Y氏と別れた後、僕は提案する。今日は皆一緒に、外で夕食をしましょう。武雄の家では奥さんが台所に閉じ籠って食事の準備をする、それを一杯飲みながら待つのは心苦しい。それに、カリフォルニアの雰囲気のある場所で食事してもみたい。武雄はすぐに提案する。

「ジャパン・タウンには日本より美味しい寿司屋があるのよ。そこに行こう」

僕は日本食と聞いてほっとする。カリフォルニアまで来て、日本食を、とは提案できず、アメリカ風の食事を、とも言いそびれていた。だが、この地で日本食を試す口実はある。大西洋の寿司と太平洋のそれを比べてみたいというのは、優雅な口実となる。

夕食には少し早いので、食前酒がてらビールでも飲もうと、我らは居酒屋風のカフェ・レストランに入る。入口の傍に長方形の机があり、そこに十人前後の若者達が座っている。美和さんはその中の一人、東南アジア系の男を見つけ、ア、と小声で叫び、僕等を離れて挨拶に行く。その男は恥かしそうに僕等の方を見やる。後で美和さんは僕の耳に囁く。

「あの人は医者の卵で、去年まで私のボーイ・フレンドでした」

僕は美和さんの率直さと、気のおけない態度に好意を感じる。なぜこの僕に内輪話をしてくれるのか。僕は、ホウ、良さそうな人なのに、どこが気に入らなかったのですか、と賢人の思慮深さを示す顔になる。

「いえ、両親が反対なのです」

僕は、またどうして？　と訊く。アメリカでは医者になるのは成功の象徴なはずだ。

「両親が、日本人でないから、と反対するのです」

新人種しかいないアメリカでそんな贅沢を言っていると、その内に四十歳になり……。

「外国人でも、日本語を話せる人ならよいのですが」

翌日、武雄は、仕事を休むからどこかに行こう、どこがよいか、と訊いてくる。僕は、サンセット大通りへ行ってみたい、と頼む。

「何でそんな所へ行きたいの？　何もなかとよ」

『サンセット・ストリップ・七七』という番地がある。何度もテレビで見たから間違いない」

「……」

「せっかくここまで来たから、三人の英雄が闊歩していた場所を見たいのだ」

「何時頃の話だ?」

僕が東京で生活を始めた頃の、テレビの連続探偵物だ。ロス・アンジェルスの太陽には陰りがなく、その下で生活する人達は底ぬけに明るく、寛容で、自由だ。それは日本の若者に憧れと夢を与えてくれた。僕の意味する憧れと夢の差を武雄に説明する。憧れは希望を与えてくれ、夢は不運を癒してくれる。君は当時の日本の若者達が抱いた憧れと夢のメッカに住んでいるのだよ。気が付かなかったか。

「アメリカという国は、そこに住んでない方が、簡単に好きになれると」

武雄はそう言うと、前を向いたまま無表情にアクセルを踏む。僕が熱中すればするほど、武雄は疎外感を増すようだ。考えてみれば、僕の精神解放の時代は、武雄には肉体的犠牲の時代だった。あのころ武雄は九州を離れ、アメリカに移民したばかりで、生きるのに精一杯で、テレビも何も持っていなかったに違いない。武雄は自分が逃した時代を思い出したのだろう。豪邸は手に入れても、失った時は返ってこない。

サンセット大通りは一線に延び、通りは途中から分枝している。通りの両側は観光客相手のみやげ物屋、Tシャツを売る店や軽食屋、アイスクリームの店、クラブなどが建ち並び、ときどき休憩用のカフェがある。テレビの中ではサンセット・ストリップはサンセット大通りへ連なる小道だったが、そんな小道はない。サンセット大通りには七七番という番地もない。この大通りの番号は全て四桁、つまり千の位なのだ。小道も七七番も架空のものらしい。僕はそれでも心残りがして、もう一度サンセット大通りとサンセット・ストリップの幻影を見渡す。武雄が不審を示したように、サンセット大通りはどこにもある普通の通りで、何も目を惹くものはない。僕は早々に、帰ろう、と武雄を促す。


僕は昨日の失言から、武雄に固執する。今日はどうしても君の仕事場へ行き、君の働いている現場を見たい。仕事用の大きなメルセデス・ワゴンで着いた場所は住宅団地で、仕事はその通路と周辺の灌木と草叢だ。そこに着くと、武雄は僕を車に残し、散水用の水路の弁を開けて回る。彼はカリフォルニアの金持ち用に日本庭園を造り、それを保全していると僕は信じていたので面食らい、これも君の職業か、と訊く。

「そうよ。この種の庭園のメンテを幾つもやっとる」

住宅団地の中の灌木と草叢の間に、日本庭園の体裁をした個所があるのに気が付く。僕は武雄に、幾つ仕事を持っているのか訊いてみる。

「苗畑と、苗の販売店と、葡萄畑と、この庭園管理。そんなもんよ」

「苗畑とは何だ?」

「これから連れて行く」

途中で集落が少し集まった町に着く。

「ここは電車の駅からそう遠くはない」

それからメルセデスは町を突き抜ける。町を離れる道路に沿って、貧しそうな家並みが続く。

武雄は車の速度を落とし、指をさす。

「俺はあの屋根裏に住んじょった」

僕は意表を付かれ、武雄の顔を見直す。

「次にこの町の外れに家を買い、それから別の町、今の家は五回目の引越しよ」

僕には武雄の気持が判りだす。なぜ今の必要以上に豪華な邸宅に住んでいるのか。社会的活動から隔離された不便を凌いでまでも。

武雄の苗畑は電力の高架線に沿い、百メートルは延びている。数十の苗棟がそろばんの桁状に並び、温度調整盤が働いている。外から覗くといろんな種類の苗木が栽培されている。すれ違う作業人達は僕等に慇懃に頭を下げる。僕は太陽よけの帽子を脱いで挨拶するが、武雄は帽子のまま、知らぬ顔して通りすぎる。

「高架線の下は危険だと思わないか。電磁波も放射されていると思うよ」

「だから、安く買えたのよ」

僕は何も言えなくなる。

「ここをぜんぶ巨峰の葡萄畑に変えてしまう予定でおると」

「いい考えだな、電磁波で攪拌されて、よい葡萄ができるかもしれない。でも、葡萄酒の生産を始めると、日本へ帰れなくなるぞ」

武雄はそれには答えない。アメリカを棄てて日本へ戻る話になると彼は黙ってしまう。その問題は彼の心を焼き尽くすようだ。

「ハリウッド大通りに行って昼食しないか」


舗道には一定間隔で大きな白い星印が彫ってあり、そこに人名が書いてある。有名な俳優の名前もあるし、聞いたこともない名前もある。「名声歩道」という表示が出ている。多くの若い観光客達が星ごとに立ち止まって写真を撮っている。僕は武雄に言われて腰を屈め、幾つかの名前を読み続ける。僕達は広い舗道を右や左へ泳ぎながら、わざと星印を踏付け、歩き続ける。十数個もやると無為さに我慢できなくなり、武雄の一声で幼稚な遊びを放棄する。その内にグラウマンズ・チャイニーズ・シアターと呼ばれる建物に出る。前庭にはセメント板が敷き詰められており、それが掌広場へ拡がる。地上のセメント板にスター達の掌が押印してある。観光客達が集まり、自分の掌をスターのそれと比べている。僕は日本で見た、マリリン・モンローの新聞写真を思い出す。彼女が艶やかに腰を屈め、掌をセメントへ押し付けている。いやジョーン・ウッドワードだったかもしれない。モンローの掌の場所では人々が列を作って番を待っている。僕はその列に加わるほど単純になれない。周りを見回し、列が途切れたばかりの場所に近づく。ジョン・ウエインの掌の跡だ。また来ることもあるまいから、僕のと大きさを比べてみよう。僕は申し訳にジョン・ウエインの掌の跡に自分のそれを合わせてみて、急いでその場を離れる。誰も僕を見ていないのを確かめながら。後になって、映画では巨人のウエインの掌が、僕の掌とあまり違わなかったのに驚く。

近くでは骸骨に扮装した若者が観光客に反戦を訴えている。僕は掌広場の方へ顔を向けたまま、感嘆のふうを装いしばらく立ちどまる。ハリウッド文明の極致の場をすぐに立ち去る訳にはいかない。でないと案内の武雄を失望させる。立ちどまっている間、僕は骸骨男の演説に聞き入る。英語の聴力を磨けるから、無駄な時間にはならない。

サンセット大通りでも、ハリウッド大通りでも、僕の描いていた像と現実の違いに戸惑う。陽気さと華やかさの外観に似ず、心地よさそうな食事の店は見つからない。どこもサンドウイッチの軽食や持ち帰りの店で、お客の出入りが激しく、落ち着きがない。

「やっぱり、ジャパン・タウンで食事しよう」

武雄は当然のように言う。

「日本食に越したものはないもんな」

武雄は帰りにビヴァリー・ヒルズの横を車で通る。一方に海が広がり、他方は木や林で囲まれて屋根しか見えない豪邸の連なりだ。今の武雄の家に比べると、場所が海に近く、屋根がヨーロッパ風に少し高い点で異なる。

「ここに家を買うことも考えた」

武雄は何気なく言う。本気かどうか判らないので、僕は答えない。

翌日、武雄に提案する。僕は公共交通機関を使って散歩するから、君は農園で仕事をしたらよい。

「どこに行くと」

僕はゲッテイ博物館のことを話す。案内書によると、電車も止まるそうだ。ただ、君の家から電車の駅への行き方が判らない。

「いちばん近い電車の駅が二〇分行った所にある。でも、帰りはどうすると」

その駅まで戻ってきて、タクシーでも拾えばよい。

「日本とは違う。タクシーなんか見つからんよ」

そのときには君に電話する。

「駅には公衆電話なんかないと。君はポータブルも持っとらん」

武雄はしばらく迷った後に言う。

「やはり俺が車で連れて行く。俺もそこは初めてだし、いい機会よ」

「まだ行ったことがない？」

僕は武雄の言葉に感動する。成功するために野良仕事で追われてきたせいだろう。ただ、どうしても息抜きが必要だ。武雄は日帰りならディズニー・ランド、週末ならラス・ヴェガスに賭博しによく行った、と言っていた。

「それなら君の提案を受ける。しかも案内書によると、博物館の入場料は無料だ」

武雄の車でこの博物館への道程を追って行く。車でしか行き着けない場所へ果てしなく進んで行く印象を、僕は受ける。博物館は丘の上にあるが、そのずっと手前で否応なしに駐車場へ入らされる。武雄が払う駐車料金は、欧州の通常の博物館料金より高い。土地は余るほどあるのに、どうして駐車場はこんなに離れているのだろう。僕の案内書には駐車場の値段と、そこから博物館までの距離が書かれていない。

博物館はルイ十四世時代の家具で溢れる。欧州の製品はヨーロッパの博物館で見るより、アメリカで見る方が注意を惹かれ、興味もそそられる。日本の浮世絵や根付《ねつけ》は日本で見るより、外国の博物館で見る方が綿密に鑑賞したくなる。武雄は気もそぞろに展示物の前を歩き回り、もう見た、外で待っているからな、と言って博物館のテラスのカフェに向かう。

「あそこで待ってるよ。動かずに何か見るのは、物凄く足に答えるのよ、俺には」

今日まで、武雄の家に訪問してきたのはプールの殺菌にきた大柄な若い男だけだ。僕は武雄に訊く。隣人との付き合いはないのか、交互に家に招いてお茶を飲んだり、バーベキューをしたり、ほら、よくハリウッド映画で見るように。

「隣はアルメニア人らしい。ロスのごみ集めの会社を作って成功した人よ。でもまだ顔を合わせたことはなかと」

「ド・トックヴィルという名を聞いたことあるか。彼は十九世紀始めに既に観察していた。アメリカの民主主義は協会や倶楽部を土台とし、弁護士が国を治める、と。これら団体が政府や議会で陳情運動し、アメリカ式民主主義に貢献する。宗教団体も多い。プロテスタント、カトリック、福音主義新教、ペンテコスト、モルモン、ユダヤ教、回教、仏教。彼らもアメリカ式民主主義に貢献する。同胞同志の同好会もある。君もどれかに参加すべきだ」

アメリカの協会に比べると、フランスの協会は何と非民主的か。民主政府に貢献するより、それに挑戦するからだ。協会はほとんど秘密結社に近い。フラン・マソン、フランス貴族協会、世紀の会、などなど。そこに入るには推薦が必要で、僕になんか入れる余地もない。入れるとしたら労働組合だ。その労働組合は労働者の一割も加盟しないのに、罷業運動を起こすと民主国家の機能を麻痺させる。我々の民主主義は、何も持たない者を保護しない。そこで民主主義の犠牲者の面倒をみる慈善協会が必要になる。これらの協会は民主政府に反抗する。ちょうど金融市場が民主主義と対立するように。

「君の言うことはなかなか底が深い。そして間違えちょる」

僕は気を悪くするより、武雄の一言に驚く。

「アメリカは何より自由主義よ。その下に同胞会がある。つまり故郷を偲ぶ会よ。欧州系、中国系、韓国系、フィリッピン系、ヴィエトナム系。その脇に宗教という奴がおる。何れにせよ、国民には文化的な共通点がないから、金がその代わりになる。金を稼ぐのが共通の文化よ」

武雄の観察は平明だ。自分の経験に基いているから、足が地に着いている。

「ロスには英国人だけが集まる飲み屋があるそうよ。英国人でもアメリカ英語の中に住んどるとストレスが溜まるらしい」

僕はあるイギリス女優の談話を思い出す。ハリウッドで働いていると気が疲れる、アメリカ英語を追うのに気を集中せねばならないし、ここの習慣にも馴染めない、と。

「東洋人でも、人によっては宗教の強さを持っとる。何かを信じとると強いと。韓国人のプロテスタント、ヴィエトナム人の仏教、フィリッピン人のカトリック。みな団結心を持っとる。ところが、日本人には何もなかろうが」

だからこそ武雄君、と僕は勧告する。こんなに人口がテンデンバラバラで、しかも密度の薄い国に住んでいると、協会にでも入らないと、人と知り合う機会もないのではないか。

「子供が学校へ通っていたころ、父兄との付き合いはあったが。みな日系よ。他にも、この地域には南カリフォルニア日本人会があり、四百人ぐらいの会員がおる。しかし若い会員は何年かで日本へ帰ってしまい、帰れない者は歳ばかりとっとる。平均年齢は上がるばかりよ」

武雄はアメリカに移民して、天の与える生命の半分以上を過ごしたことになる。アメリカ人の友人は日系であり、彼らとは日本語で話し、農園や庭管理業では片言のスペイン語と、身振りと、沈黙とで生き延びてきたらしい。ラスベガスは息抜きには悪くない。車で四、五時間だから、週末を遊べる。

「賭けのこまを回し、お金が増えるか無くなるまで時間を過ごす。自分一人、孤独よ。その時間を農園で過ごしたら幾ら儲けるか、と考えだしたらもうお終いよ。飽きた。もう嫌になったと。俺にはあと二十年は残っとる。だから最後は日本でと思っちょる」

武雄は自分の考えを持ち、行動的で、現実的で、視野があり、実は僕よりずっと考え深い賢人に思える。

翌日、美和さんが案内すると言うので、太平洋の海岸に連れて行ってくれるように頼む。ザ・ドリフターズの歌った『渚のボードウォーク』という歌の感慨を味わいたいからだ。

OH WHEN THE SUN BEATS DOWN

…………

…………

UNDER THE BOARDWALK

DOWN BY THE SEA, YEAH

僕は美和さんにこの歌を聞いたことがあるか、と訊いてみる。アンダー　ザ　ボードウォーク。これが彼女へ向けた初めての英語だ。昔、この歌の旋律が何と僕らを楽天的にしたか。美和さんは育ちがよく、否定形を使わない答え方をする。

「判りますわ」

僕は自分の熱情が通じないし、それを伝える手段もないことに気が付く。三十数年前には美和さんは生まれていなかった。日本の半鎖国時代を話題にしても、アメリカへ移民した両親から生まれたアメリカ人には通じない。例え僕と同じように日本語を操る人でも。

「海岸は幾つかありますわ。どこにしましょうか」

「泳ぐというより、鼻歌を誘い出すような、ロマンテイックで、陽気で、詩的で……」

美和さんはそんな海岸があったかどうか、長いこと思案する。そして、

「ボードウォークはどの海岸にもあると思いますが、ロング・ビーチにしましょうか。ここからそう遠くもありませんし」

ロング・ビーチでは木造の二、三階建の家が海岸に沿って広がり、その中には裁判所や官庁の建物も混じっている。僕等はそれらの間を通り抜けて海岸に出る。海岸の砂浜は目が眩むように白く、数人の男女が義務を果たすようにジョッギングしている、裁判官が走っているのか

もしれない。逆に、海には泳ぐ人はいないし、砂の上に寝転んで太陽を浴びる人もいない。美和さんは日よけ傘を開く。

「外気は暑いのに、海は冷たいのです」

美和さんは言う。

「日本沿岸を登った太平洋の暖流が北極の近くまで上昇し、そこで冷却されてカリフォルニア海岸へ下りてくるせいです」

僕はここで、美和さんが大学では地理学を専攻したことを知る。

「そればかりか、カリフォルニアの太陽が強すぎるのです。太陽熱が海の表面を暖め、熱くなった表面が風で移動し、その後に海底から冷たい水が湧き上ってくるのです」


ワオー、僕はやっと見つける。暑い砂の上を皮靴で歩きながら、たまたま陸地の方を見やると、砂浜の境目にそれらしい物がある。「ボード・ウォーク」だ。僕は美和さんから離れ、ボード・ウォークの方へ突進し、その前に立ち止まる。長方形の木材が鉄道の枕木のように並び、歩道になっている。腰の高さもない。それが、砂浜へ突き出る草叢と草叢を繋ぐ陸橋になっている。そのお陰で、革靴の散策者は海岸に沿って一直線に散歩することができる。砂地を迂回することもなく、砂地に下りて砂に靴を取られることもなく。要するにボード・ウォークとは、砂浜の上に架かる、革靴者のための橋渡しだ。カリフォルニアの大木から切り出した板棒。ここの国ではあらゆるものが頑丈で大きい。僕の田舎でならさしずめ、裏の山から切り出してきた太竹を並べて作った橋だろう。砂地からボード・ウォークの高さまでの隙間があまりないので、僕は屈み込み、その下に入り、板の下面の粗い表面に手を当ててみる。容赦ない暑さの下では折った膝にズボンが纏わり付くのが不愉快だ。僕は、昔の夢と今の失望にけじめをつける気持で、歌詞の残りを暗誦する。

板歩道の下、太陽から逃れ、
板歩道の下、何か面白いことがありそうだ、
板歩道の下、人が上を歩いている、
板歩道の下、恋が生まれるぞ。

遠くに美和さんがチラリと目に入る。昼間の灼熱の下で海岸には誰もいない。ボード・ウォークの上を歩く人もいない。海岸をジョッギングしていた人達も引き揚げたようだ。僕は中腰の格好に我慢できなくなり、ボード・ウォークの下から、カッと照りつけるカリフォルニアの太陽の下に這い出る。その不細工な格好を、傘下の美和さんは慈悲に溢れる目で見守りながら、微笑んでいる。僕は瞬間に思う、この歌は冷房のよく効いた別荘で作詞されたに違いない。広いテラスから太平洋を見渡しながら。美和さんには日本人とではなく、土着のアメリカ人と結婚して貰い

たい。僕と違う人種の方が我慢し易い。僕は少し妬いている。何れにしろ、もうサンタ・バルバラの教会へ行くのは止そう。

「俺は九州の川原へ戻る積もりだが、君はどうする？」

「どうするって、僕には君みたいな財産がない。奨学金での生活が長く、年金積み立ても少ない」

「ヨーロッパで骨を埋められるのか」

パリには理性はあっても、合理的でありすぎて、肝心の「間」がない。日本の幼時や青年時代の思い出に戻れる機会がない。それが僕の人生から情感を削いでしまう。パリで僕に欠けるのは、町のバーで、止まり木の端に座り、昔の同級生だったママと下らんことを話す、そんな雰囲気だ。

「俺はいつも川原の、一面の菜の花畑を考えとる。そして『菜の花畑に、夕陽受けて……』、と歌ったころを思い出すと。いや、『入日薄れ……』だったかな。

カリフォルニアには目と肌で感じる季節がない。暑くて水をかぶることも、寒くてコタツに入ることもない。今は真夏だが、空気が乾燥し、木陰にいるとただ乾燥した砂を感じるだけ。海は冷たくて海水浴もようしない。自然が流れる物を乾燥し、河は残っても魚さえ生きることができない。

九州の田舎なら、冬なら通りに霜が降り、冷たい山風や海風が頬を刺す。その後に梅が咲き、桜が咲き、菜の花が畑を埋め、畦の小川では赤いメダカが逆流を泳ぎ上る。メダカみたいに小さく、金魚みたいに赤い小魚よ。つつじの後には湿気が村を包み、雨が途絶えることがない、その直後に熱帯より熱い夏がやってくる。これら全てが小さな箱庭の中で起こるのだな。だから時間と空間からの制約、それらの限界を感じる。それが何とも言えん。ここカリフォルニアには箱庭の制約はないし、自然の繊細さもないの。町は商売のためにあり、その外には無人の山と森があり、その奥には果てしなく乾燥地帯が拡がっちょる」

「君の想う九州は、田舎にダムができ、農薬で魚が消えてなくなる前の姿だよ。それでも日本へ戻るのなら、こんな立派なプールは見納め時となるな」

「川原の庭には小川が流れとる。幅は五十センチぐらいだが、大川から引かれ、水に欠けることはないと。畦草が川面に影を作っているから、赤いメダカも集まって来るはずよ。あと二年ぐらいしたら一緒に引っ越さないか。いや、君の家族のこともあるから、まず遊びに来い。庭の外れに離れ家を建てるから」

翌朝の暗闇の中、僕は物音で目が覚める。ここでの最初の夜にはインデアンの出撃準備を想像したのを思い出すが、今の僕は違う。布団の中で、あらゆる音を聞き逃すまいと耳を澄ます。外で武雄がヒスパニック達やチカーノ達とやり合っている。美和さんは、父の会社には労働許可証のないもぐりのヒスパニックが多いのです、と言っていた。彼らには英語を学ぶ機会もない。

ヤーとかヨーとか、擬音と動作でやり取りしているようだが、時にスペイン語か英語らしい発音が入る。会話というより、スペイン語や英語の単語の間に想像できる限りの擬音が挿入される。その合間に鍬や鎖の接触する音が入る。僕は興味をそそられ、電気を点けないまま少し窓を開ける。まだ昇らない太陽の影で、二十か三十の同じ背丈の形が並び、服装はどれも黒く見え、頭の輪郭が浮かぶだけで、武雄がどこにいるのかも判らない。そのうちに了解が成立したらしく、声が消え、黒い一群は沈黙したまま暗闇の奥の方へ動き出す。その方向の奥には夜明け前の紫色に薄明るい空が広がり、豪邸の門と、両脇に聳える槇の大木の形を描く。その一端に一段と黒く大型車の影が延びている。皆はその車の方へ進む。一番後ろの列の一人はがに股で、片足を引き摺っており、足の運びと共に肩が上下する。それが武雄に違いない。少しずつ列から遅れる。中学校の頃は体が軽く、しかも陽気だった。手足の動きが素早く、草取りの名手だった。他の者が校庭の半ばに到るときに、彼はもう反対側に達していた。今の武雄には、朝の起床時のこの時間が特にきついようだ。歩きながら仕事と、九州と、美和さんの三極を考えているのかもしれない。素早い動きを失った後ろ姿からは、葡萄酒に寄せる情熱は消え、疲れた感じと、無為感と、喪失感しか残っていない。音のない暗い後ろ姿の群はインディアンの出撃ではない。鎖で足を繋がれ、隠れた地獄へ向かう一群の奴隷を思わせる。武雄にはこの地での最後の日は容赦なしに迫ってくる。しかもその日に向かって働き続けざるを得ない。この倒錯の図に救いがあるとすれば、武雄の背景の紫色が少しずつ明るさを増し、別の世界もあることを示してくれることだ。昼になると、武雄の姿はもっと明るく見えるかもしれない。

　僕は武雄に最後の頼みをする。市内の旅行斡旋所へ運転して貰うことだ。僕は堪らないほど、最初の予定の新オルレアンに行きたくなっていた。カリフォルニアからなら飛行機代もそう高くはあるまい。そうだ、新オルレアンで本場の「カジュン料理」を食べるのだ。そこで辛い料理を食べながら、自分の中途半端で宙ぶらりんの状態を忘れたい。そして武雄の悩みを、僕も少しは共有してあげたい。武雄は、恐らく僕も、踏ん切りのつかないままに時を食っている。太平洋のこちらの現実生活と、その反動で想う太平洋のあちらの理想郷、その間に苛まれて生きているからだ。世界化は地理上の境界をなくしたかもしれないが、現実と心の想い、それらの間に我慢のならない境界を作ってしまう。


　パリにヨッちゃんからの手紙がきた。

　武雄は九州の故郷の村に大きな家を建て始めた。気が狂ったらしい。物凄く大きな家で、数組の家族を全員泊めてあげられるくらいはある。

　そうなら武雄は、ビヴァリー・ヒルの家にも、博多市の中規模の建物にも興味を無くしたのだろう。

　Y氏はその後まもなく、大学の先生になって日本へ戻った。エディソンの電気器具は、それらを展示してくれそうな日本の博物館に寄贈されるそうだ。

# アンリの見た虹

一

フランスの社会は濁った池のように不透明だが、エリート、つまり選良になる道だけはボラボラの珊瑚礁のように透き通って見える。知識層の星になるにはユルム校を、産業界の雄になるにはイックス校を、政界で成功するには修士二年のエナ校を出ることだ。この国では医者も裁判官も国のエリートではない。なぜなら彼らは悪を駆逐することはできても、善を作りだすことはできないから。

中世のヨーロッパでは、知識人はボローニャ大学からパリ大学の軸に沿って旅行した。偉大なパリ大学のソルボンヌではラテン語が話され、その周辺はラテン区域と呼ばれた。パスカルやデカルトが現れ、思想はルソー、ヴォルテールに継がれて黎明期（シエークル・デ・リュミエール）を迎え、フランス革命を導き、革命は旧体制の支配する大学を廃止した。ナポレオンはそれを復活し、バカロレア試験に通れば誰でも、どの大学へも無料で入れるようになった。ところが民主化が進むと、平凡な学生まで大学へ進学する。大学は秀才と凡才を同時に教育するという不可能な使命を負う。かくして偉大なソルボンヌも二流校に成り果てた。だがナポレオン時代には富国強兵を図るため、世襲制度から脱却し、科学に強い指導者を育てる必要があった。かくして、少数精鋭から成る幾つかの学校が、ソルボンヌ等の大学に取って代わってエリートの選ぶ道となった。それらの学校が今では「大学校」と呼ばれる。それでも、大学校の学生の学力は不充分とみなされ、エリートの卵はバカロレア試験の後に「プレパ」という準備学校で二年か三年のガリ勉時代を過ごし、その後に初めて大学校を受験できるようになった。このようにして選ばれたエリートは予定された通りの道を辿る。一方で、取り残された民衆は常に不服と謀反の間で生活する。この民主社会では、摂理ある国家が選良を選び、彼らに国を運営させ、計画統治の恩恵を民衆に与え、その欲求不満を牽制し、その反感を窒息させる。民衆は世界一の社会保障を享受し、長い休暇を楽しみ、とりあえず不満を脇に置く。次の暴動までだが。

僕、朝倉健が、アンリという男と知り合ったのは、そんな濁って頑なな社会の中でだった。僕が今の事務所で働き出したときには、まだ会ったこともないアンリの後遺症が到るところに残っていた。三十歳そこそこで所長の一人に抜擢されたのに、その職を蹴って転職してしまったからだ。残された者達は靄に包まれたらしい。

間もなく、ある男が職場にやって来て、秘書のマリアンヌの部屋で話し込んでいた。その後に同僚フランソワの部屋に寄り、フランソワが僕にその男を紹介してくれた。それがアンリだった。アンリは僕の入所と入れ違いに退職し、その日は必要書類を取りに来ていた。アンリは僕と幾つかの会話を交わしたあと、急に尋ねる。

「日本語を学びたいけど、どうしたらいいかな」

アンリには中世の貴族から退廃したまま生き延びてきた風情があり、僕に対する態度は気どりではないけど、どこか距離を置いたところがある。彼の印象を正確に描くのは楽でないが、そうだな、ノルマンディ公がイギリスを征服したときの歴史を思い出してもらいたい。そこに参加し、ヘイスティングスの戦いで武功を挙げた騎士が貴族になり、そのまま現代まで生き延びてきた、そんな印象を与える人間だ。これは出任せに言っているのではない。彼は実際にド・ラ・エというノルマンディ貴族の姓を持ち、北欧人みたいに金髪だし、何より、ノルマンディの牛のように窪んだ細い目をしている。ご存知のようにノルマンディ人とは、北欧から入植したヴァイキングの子孫達だ。

僕はアンリの問いに異常な圧迫を感じ、役に立ちたい衝動に駆られ、急いでパリのあらゆる日本語学校の住所を探し、知り得た住所をぜんぶ送ってあげた。ただ、その褒美がひどいものだ。マリアンヌを通じてお礼が伝えられて来ただけなのだ。僕は肩透かしを喰い、自分が分別なく身入れし過ぎたことを反省する。アンリは何もそんなことまで僕に頼んではいなかったようだ。この地では、もう一生会うこともない人にもにこやかに、それじゃまた会おう、と言って別れるではないか。その類の言葉だったのだろう。

マリアンヌによると、我々のアンリは二年飛び級した後、理科系で最高のイックス校と、二番目の秀才校ピストン校を受験し、両方に合格した。イックスは科学に強い若者を育てる最難関校だが、ナポレオン戦争に勝つために発展した軍事学校でもある。そこの卒業生には、産業・経済界での成功と、社会的な敬意と、上流社会の娘との結婚と、それに豊かな収入が約束されている。しかしアンリは二番目のピストンを選んだ。その理由は、アンリが平和主義者であり、イックス校での軍事訓練を嫌ったからだ。更に、ピストンが自宅から歩いて通える距離にあるのも別の理由だった。それならなぜイックスを受験したのか？　自分の学力を測るためだけだった。だが実は、隠された理由もあったらしい。それは、親友がイックスに失敗したがピストンには受かったので、一緒にピストンへ入学したという話だ。それほどアンリは特定の友情に繊細だったのだ。「特定の」なる言葉を使うのは、僕に対しては必ずしもそうとも思えなかったからだ。

プレパの先生は、アンリは他の学生達より二歳も若いのだから、ピストンへ入学するより次の年にユルム校を受験し、哲学者になることを勧めた。先生が、アンリはピストン向きではない、いや、もっと才能を活かせる分野がある、と思ったからだろう。しかしアンリにはそんなにまでして知識層の仲間になる気はなかったらしい。

僕はマリアンヌの話を聞きながら、アンリがなぜこの事務所を退職したのか分かってくる。僕の職業は秀才にはあまり向かず、むしろ労役を厭わない凡才に適している。アンリは何しろ秀才過ぎるのだ。

僕がそのアンリに二度目に会ったのは、フランソワが企画した遅ればせのアンリの送別会でである。アリスチドという男もいる。僕ら四人はエトワール通りの粋なレストランで食事する。そのときに、フランスのいわゆる選良の、我慢ならない尊大さと、指導力と、身勝手さと、頭脳の明晰さに遭遇する。

「確かに、自分は秀才だと言われ続けたが、コツがあるのだ。まず、何が問題かを掴む。しかも過去の問題より将来に予測される問題の方がよい。そしてその解決法を探す。そのためには、どの場合にも答えられるように、予め様式を作っておく。自分は夜中に眠っている間も、何らかの様式を考えていた。そして夜が明けると、場合々々にその様式を当て嵌めるのだ。だから決定が速い。決定が速いことはフランスで成功する重要な鍵だ。ただ、その様式に嵌らない場合には時々、的外れの答えをすることもあるが……」

アンリは、自分の人となりは自分の責任ではない、と言っているようだ。なぜなら才能、秀才になるのも一つの才能に違いない、その才能は天から与えられたものだから。彼の冷たく笑うような目はそのような自然が成し遂げた結果だ。自然が選んだ者だけが到達する性格には、周囲の弱い光を消してしまう力がある。

アンリはある委員会で会議を仕切る委員長のように、すぐに全体の情況と雰囲気を掌握し、話の中心になる。しかもアンリには、どんな分野にも素早く適応できる才能がある。そして男が四人も集まると、話はよく帯の下へ降りる。それは海を見ると海に入りたくなるようなものだ。

「自分は級友より二歳か三歳は若かったから、彼らとは話が合わない。話が合うのは異性しかいない。彼女らとの付き合いでは、会話は必須ではない。むしろ惹き付ける態度が大切だ。自分は背伸びし、いろんな衝撃的な経験を試みた。女学生の家には滑り込むし、海岸では夜遅くまで女の子といちゃついて、土地の悪漢に脅されたこともある。相手の女はいつも年上だから、いろんなことを学ぶ」

アンリは高慢な話し方だが、逆に自分を茶化すのも好きなようだ。

「学生時代の自分の望みは、早く大人になって同級生に追いつきたかったことに尽きる」

僕等は神妙に、黙ってアンリの話を追う。アンリは僕の中に、男の経験と歴史を呼び起こし、それを雄弁に代弁してくれる。癪にさわるがアンリは、僕に欠ける男の精力と魅力を感じさせる。

「だから社会的にも努力し、X映画も観に行った。今では皆が相互網《インターネット》で密かに家で観るが、当時はそれがなかった。サン・ドニ大通りには幾つかX映画館があり、若者なら一度はそこに行ったものさ」

アリスチドは契約によりフランス経済産業省で働く役人である。フランスとカナダの二国籍を持っているが、もとはハイチ生まれで、カフェ・オ・レの色をしている。この島国はフランスの植民政策が解決し忘れた、カリブ海に浮かぶ、フランス語圏の独立国だ。

「俺らの夢は公務員になること。警察でも、税関吏でも、何でもよい」

アリスチドは言う。何より安定し、首にならず、侵襲《ストレス》感のない仕事が見つかればよい。そうでないと、彼の中途半端な人となりでは、この砂漠みたいな人の群れの大都会では幸運のきっかけを摑むのが難しい。アンリはアリスチドと知り合った機会をおどけながら紹介する。

「自分は実はそこでアリスチドと知り合ったのさ。あまり大声で言える映画館ではないが、胡散臭さを晴らすためと、人生経験のためさ」

実は僕はそれまで、アリスチドはフランソワの友人かと思っていた。アンリとアリスチドは社会的環境と、ひょっとしたら教育水準でも、違いすぎるように思えるからだ。

食事の後に、アリスチドとフランソワの二人はカフェ・エクスプレスを注文し、アンリがデカ、カフェから脱カフェインした代物、を頼み、僕はカフェ・クレームを注文する。少し経って、店の女主人が恭しく珈琲カップを二つ持って現れる。

「カフェ・クレーム？」

と促すので、僕です、と答える。すると彼女は僕を通り越し、向こうの二人へ手にしたカフェを運び、残りもすぐに持って来ます、と言う。信じられない、と僕は呟く。

「普通なら、エクスプレスを持ってきたのなら『エクスプレスはどなた？』と訊くと思うが」

アンリは冷たく言う。

「別におかしくないよ、『エクスプレス？』と二回繰り返して言うより、一回だけ『クレーム？』と訊く方が合理的だよ」

「でもアンリ、君はデカを注文した。女主人は君に『デカ？』と訊いてもよかったはずだが」

アンリは、そこには三つの可能性が考えられる、と澄まして言う。

「一つは、デカを注文したのが僕であることは、彼女には当然だった。二つは、エクスプレスとデカは見た目では区別できないから、彼女がデカを注文した僕を頭に刻んでいた。三つは、女主人はデカの注文者が君か僕かを忘れたのさ」

アンリの強みは、普通の人間が漠然と現象を追う代わりに、素早く分析し、答えを出す前に仮定を作ることにある。僕は感心して、やけに理論的だな、と言う。アンリは、むしろ合理的というべきかもしれない、と呟く。

僕は自分のクレームを待つ間、この変わった遊戯の底に流れるものに吸収されてしまう。アンリの表現は辛辣で、まずは他人の発想へ反抗するという原則がある。しかし、その裏には後悔と不安がつきまとっている印象を受ける。僕はその時から、フランス秀才の思考法に淡い疑いを持つようになる。ある人の才能なる物は、他人の不備を利用する詐欺能力に過ぎないのではないか。

人の内心の奥底へ近づこうとするのは地球の中への旅行みたいなものだ。アンリはあれほど自我が強いのに、それを意識さえしていない。ただ、才能を活用するのは自分の使命だと考えているようだ。だが僕には、才能なる代物は比較的な価値しか持っていないように思える。キリストが教える、タレントと呼ばれる通貨に関する話を思い出す。主人は旅に出る前に、三人の召使に五タレント、二タレント、一タレントと分けて預ける。先の二人はそれを利用してお金を増やし、利子と共に主人へ返す。三人目は預かったタレントを大事に保存し、利子も増やさず、預かった額をそのまま返す。主人は三人目の召使を怠け者とみなして追い出す。西洋社会ではタレントは才能だ。才能は利用しなければならない。そして利子を付けて返さなければならない。僕の孔子の教えでは、三人目の召使が最も奥床しく忠実で、主人から誉められるべきだろう。キリストの教えは思いやりの情ではない。才能は見せびらかしても恥かしくはないものだ。

僕らは真夜中過ぎにレストランを出る。僕とアンリとアリスチドはフランソワから別れ、エトワールで同じ方面の地下鉄に乗る。車両の乗客は三人だけで、アンリと僕は向かい合う席に座り、僕は食事の会話の疲れを癒すため、黙って深夜の地下鉄の金属音に耳を傾け、夜中のコオロギの旋律を思う。アリスチドはそんな雰囲気に我慢できず、これがハイチの歌だと言って、窓ガラスを指で弾きながら反復旋律の歌を口ずさむ。簡易な歌詞の愛の歌。アリスチドはアンリと違い、それほど思いやりのある男だ。覚え易い歌だな、と僕が言うと、アリスチドは、愛は複雑でない方がよい、と笑う。そして僕のために繰り返し歌ってくれる。

二

幸いにして僕には、息の詰まるアンリとはかけ離れた、屈託のない庶民の生活もある。五月になり、日本から二人の仕事客がパリを訪問し、セーヌ河の遊覧船に乗って夕食をしたい、という便りを受け取る。僕は仕事が終わった夕方、バトー・ムッシュという船会社へ電話する。

「ハイ、ダイジョブ」

と、日本語で女性の返事が返ってくる。僕のフランス語にはまだ日本訛りがあるのか。僕は軽い失望を感じながらも、電話の相手の日本語を話そうとする努力を褒めてあげたい。僕は素早く日本語で相手の名前を訊く。ヘレン？　明日の船に乗る、それから食事もしたいです。

「スミマセン、ヨク、ワカリマセン。フランスゴ、ハナシ、クダサイ」

彼女は片言の日本語を放棄してフランス語を話し出すが、それには微かなゲルマン訛りがある。僕はフランス語で三人分の予約と名前を伝える。

「貴女はフランス人じゃありませんね」

これは僕の日本語訛りを見抜いた彼女への、友情ある仕返しだ。彼女は再び日本語で、ドイツジンデス。アナタ、フランスゴ、オネガイシマス、と短く答える。周りの同僚達に会話の内容がばれるのを気にしているようだ。彼女の片言《かたこと》の日本語に別の言葉で反応するのは、思ったより難しい技だ。

「ドイツのどこですか、僕はシュツッツガルトの近く、チュービンゲン大学で働いていました」

相手が一息おくのが分かる。

「あたしも近くのロイトリンゲンよ。チュービンゲン大学にもいたわ」

僕は少し興奮して、大学の近くにあった喫茶店や、丘の陵に沿った散歩道を挙げる。彼女は声を低めて、今はあまり話せないからと言い、自分の電話番号を一字ずつ日本語で発音する。そしてわざと大声で、

「ハイ、デハ、アシタ」

翌日、二人の日本客と共に、セーヌ河畔のイエナ橋にあるバトー・ムッシュの船乗り場に着く。建物に入ると広間があり、一見して判る外国人達が船の出航を待ちながら、シャンパーニュのグラスを手に騒いでいる。その奥に、一段高くなった受付があり、数人の従業員が動き回っている。その中で二人のアメリカ人客に説明している背の高い女性が見え、彼女はお客の頭越しに素早く僕等に横目を流す。それがヘレンに間違いない。

係員の他の男女に比べて、彼女はずっと成熟し、背が高く、潑刺とし、洗練されて美しい。僕はいつも思う。パリの女性達は魅力的かもしれないが、それはパリに住む外国女性達が魅力的だからだ。外国からパリに辿り着く間に、女性は既に自然淘汰され、魅力のある女性が多くなるのかもしれぬ。ヘレンはこちらを見てニコッとし、僕の推定が当たっていることを確認してくれる。

「綺麗な方ですね」

客の一人が遠慮がちに言う。僕は鷹揚に、まあね、と答える。僕の客にその国での土着性と人脈を示すことは、商売上の影の力になる。僕の業界では拾える好機はなるべく利用し、後は鷹揚に構えるのがコツだ。僕はヘレン以外の事務員には近づかず、二人の先客が去るまで辛抱強く待つ。これがヘレンと知り合ったきっかけだ。僕、朝倉健は、日本へ帰ってしまった客に今でも感謝している。

ヘレンは夕方からバトー・ムッシュで働いているから、朝か昼間は自宅にいるはずだ。僕は彼女のくれた番号に何度か電話してみるが、受話器が鳴り続けるだけ。しかし数週間経って、やっとヘレンの声が聞こえてくる。

「あたし昼間も働いているの。明日から三週間の中国旅行に出るので、今日は会社を休んだの」

ヘレンは明日の朝六時に出発すると言うから、今は準備で忙しいに違いない。気のせいか彼女の息が切れている。僕はいま会話を続けるより、彼女が中国から戻ったときの約束を早くとりたいと思う。今やらないと、折角の機会が逃げ去ってしまう。

「四週間後の水曜日、サン・ジェルマン・デ・プレの教会、その前の広場で会いましょう」

一ヶ月先の約束なんて、彼女は忘れるかもしれぬとも思うが、彼女の真摯さを試すことにもなる。僕が咄嗟にその場所を提案したのは、広場が小さく、人があまりおらず、分かり易いからだ。

「分かったわ。四週間後の水曜日ね」

次の日から四週間、時は初めはゆっくりと、それから足早に過ぎ始める。その間にいろんな事件があり、ヘレンと約束したときの興奮は少しずつ重荷になり、冒険前の軽い危惧感に変わってくる。

## 三

ここでエルミンヌを紹介せねばなるまい。エルミンヌは僕の働く事務所で先代所長の秘書をしていたが、その所長の引退で仕事の意欲をなくし、まだ若いうちに引退した。僕よりかなり年長、五十もいいところの女性で、人々の取り持ちをし、いわゆる面倒をみるのが好きな型の女性である。どういう訳か、僕を好いてくれて、ことあるごとに誘いの声を掛けてくる。しかし僕への異性としての気がある訳ではない。彼女はいつも夫のポールと一緒だったから、それは確かだ。僕に目をかけてくれるのは、この夫婦に子供がいなかったせいもあろう。

エルミンヌは僕にとって天使のガブリエルだ。このフランス社会では誰もが他人事には口を噤《つぐ》み、ことは暗黙のうちに運ばれるのだが、彼女は不可解な出来事間の繋ぎ目を暗示してくれる。そのせいで、分かり難い人間関係や社会事象の全体の像さえ想像できるようになる。しかも彼女は、自分の天使の役を意識していないようだ。

この時代にパリで一軒家に住むことは夢に近いが、アンリの父母はその夢に最も近い、パリに近い郊外の、大きな一軒家に住んでいた。そう、ピストン校のすぐ近くだ。しかし将来のことを考えて、少し前に父母はフォンテンブローの町の外れにある、はいからな老人の家へ引っ越したばかりだった。この老人の家に行くにはパリから汽車で正味四十分はかかるが、アンリは月に一回は必ず会いに行く。父親は一流半の大学校を出た技術者で、若いときに第二次世界大戦を経験し、地下抵抗運動で足を傷めた。地下運動のお蔭で結構な人脈と地位を築き、官庁で高い地位を占めた。父親はアンリがイックス校とピストン校に合格したときは、再び人生の頂点の近くにいた。自分が入学できなかった大学校だったから。父親はカルヴァン派の新教徒で、その仕事ぶりはスパルタカスを思わせたそうだ。しかし父親はアンリがピストンを選んだときから、息子の気持を見失い始めていた。そのうちに脳卒中を起こして引退し、今は車椅子の生活をしている。母親は高校の先生なので、よくあるように、左よりの政治活動家となり、次に、貧しい人を助ける社会運動家へと変身した。アンリが両親の愛に包まれて育てられたことは明白だ。殊にアンリはこの夫妻の一人っ子だ。アンリを見ていると、この積極的な父と母の精髄が唯一の小さな息子の中に凝縮され、昇華され純化され、大きなアンリができあがったように思える。だが人間の精神革命は、そんな両親の気持とは関係なく、急速に変わりつつある。

四

ヘレンは中国風の着流しを着て待っている。北京と西安と香港に行ったはずだから、香港で買ってきたに違いない。僕の東洋性に合うような衣装を着けてきた。その場の雰囲気に合った気の遣い方が、パリジェンヌの粋を思わせる。しかし彼女はドイツ女性だ。背は高いので、僕に合わせて草履みたいに薄い靴を履いている。痩せて胸は低いのに胸当てを着けず、乳首の部分が心持ち突起している。

僕等は近くのリップというビストロに入る。不機嫌そうな給仕が現れる。時間が早く、ヘレンは酢漬け葱と帆立貝しか注文しないので、僕もあまり食欲がないと言って、軽い葱スープを注文する。ワインは、と訊くと白がよいというので、僕は習慣の赤をやめて白のシャブリを注文する。

僕等はチュービンゲン大学での思い出を話す。ヘレンは商業関係の学科に在籍して、東洋との出会いはシュツッツガルトの中華料理店で臨時に働いたときだ、と言う。僕は、ある日本の先生がチュービンゲン大学を訪れたが、町には余興がなく、仕方なくもっと大きなシュツッツガルトの町に遊びに出掛けたときの話をした。そこでも何もやることがなく、駅の近くの映画館で映画でも観ようということになった。当時のドイツはX映画の全盛期で、軽いX風の喜劇が氾濫し、他には映画らしいものはなかった。そんな一つに入ろうとしたら、高校生達が入口の階段の両側に座ってX反対の呼びかけをしていた。僕らは目的を果たせず、若者達に、賛成だ頑張れ、などと格好の良い言葉を投げかけて、駅の反対側の公園へ引きあげた。そこのベンチに腰掛けて現在のドイツの文化砂漠について語り続けた。そのうちに、周りを散歩している女性達に癖があり、徘徊する男達にも特徴があることに気が付いた。実は、公園に沿った建物は政府公認の売春宿舎だった。僕らは早々にチュービンゲンへ引き返した。ヘレンはそんな宿を知っていたか？　ヘレンはそれには答えず、

「それでは、パリでいつかその夢を果たしましょう」

と言って、掌を僕のそれの上に重ねる。僕にはその言葉の意味がよく摑めないが、二人の外国人が第三の言葉で話すのだから、言葉の綾がずれるのは当たり前で、重要なのは本質、それが経験から得た原則だ。

「日本女性は男性にこんなことはしないのでしょう？」

僕は、貴女は日本女性じゃないから問題ないよ、と変な答えをする。食事のあとサン・ジェルマン通りを地下鉄の駅の方へ歩く。ヘレンは足がヨロヨロしている。僕はヨーロッパ人が酒に強いという先入主を持っており、彼女が本当にそれほど酔ったのか、軽い疑いが横切る。先ほど待ち合わせたサン・ジェルマン・デ・プレの教会の横に戻ってくると、ヘレンは教会の石壁に寄り沿って僕を抱き込み、壁へ押し付け、口にむしゃぶりついてくる。まるで狂ったように。僕は少し怖くなる。横を通る人々が彼女の強引な態度を横目で見て、微笑んで通り過ぎて行くのが気になる。僕は急な展開に、少し引っ込み腰になる。

「今日はもう帰った方がよい。君のタクシーを捜してみよう」

「タクシーで一緒にあたしのアパルトへ行きましょ。コランタンだから、そんなに遠くはないわ」

「君みたいに酔っていたら、アパルトに着いても何もできないよ。今度にしよう」

すぐにタクシーが止まってくれたので、エレンをそこに押し込む。彼女は車の中から手を伸ばして僕の腕を摑み、

「本当に来ない？」

僕は威厳を正し、今度、酔っていないときに行くよ、と言う。自分の判断は間違っていない、と一種の自己正当化に浸って考える。僕だって、少し飲んだから、とても性行為などできまい。

僕は今度は権威をもって言う。

「今日はだめだ。来週、君がしらふのときに会おう」

　翌週の金曜日、僕等はタクシーを探し、ヘレンの指令でコランタン公園の近くの百貨店に寄り、ビールとワインを買う。アパルトは公園の横に立つ建物の五階にあり、窓を開けると郊外の林の匂いと、霞んだ公園の明りが見下ろせる。この町には田舎の匂いがあり、それが魅力だ。

　僕、朝倉健は密かに気が浮つき、これからの行動を考える。ヘレンは微かな笑みを浮かべ、いやに落ち着いて見えるので、本心が分からない。だが僕は、事がここまでスルスルと運んだことに怖気《おじけ》を感じ、同時に成功の興奮を感じる。ヘレンはこんな場合にもお膳立てを忘れない。ここにいて、と言って寝室に消え、中国製の着物を肩から着流して、前を帯で結ぶ代わりに手で引き寄せ、すり足で出てくる。歩調に逆らって着物の前が開き、長い脚のふもとが淡い明りの下で暗く露見する。ヘレンは手で裾前を合わせ、ソファの僕の横に座る。まずビールの小瓶を飲み干し、次に白ワインを飲み始める。僕は興奮が高まり、幻覚が身を包み、体が震え出し、口から出る声もかすれて来る。良いことに、ヘレンがすこしセッカチに僕に抱きついてくれる。ヘレンはまるで自分の前の方を触られるのを防ぐように、前屈みになって僕の腰へ抱きついてくる。僕は仕方なく彼女の背の上から左手を伸ばしてポポタンの谷間に到り、暗黒へ指を進める。僕はある女性から同じことをされ、気持が良かった経験があったからだ。技術は生活を豊かにする。そのときの彼女はそう言った。ヘレンは何も抵抗しない。しばらくして僕の手をとり、照れたように微笑みながら、寝室の方へ僕の手を引く。その後の行為は夢中で、印象にさえ残っていない。ただへレンは僕の上で体を強く揺するので、先程のように、彼女の前方には手が届かず、別の手で彼女のポポタンの裂け目に達したのを覚えている。一本の指、二本の指。痛い、と言うので、悪かった、と謝ると、ウウン、気持が良かった、と言う。それが僕に余裕と、一種の優越感を与えてくれる。だが、僕らはそのまま終わってしまう。

五

エルミンヌの夫ポールが急死したとき、実際、僕はエルミンヌへの同情より、ポールなしでの僕とエルミンヌの付き合い関係に身を緊張させる。ポールの葬式の通知を受け取ったとき、僕は、エルミンヌはポールの死を予測していたに違いない、と考えるに到った。エルミンヌが早く退職した理由は、ポールと共に、または一人で、残る人生を楽しむためだったに違いない。

教会での葬式では、神父が安置された棺と家族・友人たちの前でポールへの賛辞を述べ（これは一時間続く）、あと我々は棺を乗せた車について教会から墓場まで行進し、棺を担ぐ四人の従僕がそれを既に掘られた穴へ静置し、その上に各人がひと摑みずつの土を投げ被せる。僕は伝統的なフランス家族の中で、東洋を代表するような気持で固くなる。実際、基督教風の葬式では、土着の欧州人のやり方を観察し、それを真似なければならないので、舞台の上で演技をするように面映く、自然に固くなり、ぎこちなくなるのだ。そのとき僕は、前列にアンリの横顔を認め、更に心の安寧が崩れる。ここにもアンリの網が張られているのか。

そのエルミンヌが、自宅での夕食会に招待してくれる。

「人生の悲しさを祝う会よ」

僕は、人生の喜びをいとおしむ会だ、と提案する。その場ではそうした方が態度が積極的で、エルミンヌへの頌歌だと思えたからだ。エルミンヌの顔には、ホッとした感情と、これまでにない晴々しさがはっきりと読める。伴侶の死後、鬱病へ落ちこみさえしなければ、残る半生をどう生きるかを考えるのは悪くはあるまい。新しい希望と夢を計画して、それに賭ける良い機会にもなる。

その夕食には、アンリの他に英国人のフランクという男が来る。面白いことに、僕は既にフランクを知っている。以前の勤め先で英語を教えていた男だ。だが、アンリとフランクが知り合いだとは考えてもみなかった。ある教会の合唱団で、一緒に歌っているそうだ。

フランクは普段はロンドンに住み、新幹線のユーロスターで英仏海峡を渡り、週日はパリで過ごす。風変わりなフランクはその移動を暗黒大陸への上陸とみなし、一式の生活用具とイギリス茶を抱えてエルミンヌの家に現れる。しかし葡萄酒だけはフランス産を飲んでも気にならないようだ。フランクはユーロスターのお陰で、パリで働けるようになったに違いない。それなのに突飛なフランクは、ユーロスターが開通してから生活が平凡になった、と自分の受ける恩恵に難癖をつけ、そして平気でいる。

「昔、英仏海峡を船で渡り、普通列車でパリの北駅へ着いた頃のことが懐かしいよ。当時のパリの北駅は、イギリス人には有名だった。ティー・ルームのせいだ」

「ティー・ルーム？」

ティー・ルームとは隠語で茶碗を意味し、つまりは公衆便所を指し、実は公衆便所の中で行われる種々の性行為を示唆するそうだ。パリでは北駅の公衆便所がそれだったらしい。フランクは六十九とは立派なフランス語で、その道を示唆する隠語だ、と言う。6と9は二人の人間が逆さに絡み合った図を示すので、性的な含蓄があることは推定できる。しかしアンリもエルミンヌも知らん顔をしている。フランクの奇抜さを思うと、彼が勝手に作り上げた話かもしれない。奇異な言動はイギリス人の国民性だ、とアンリは断定し、これも平気でいる。

「マリアンヌって、そう、君の知っている女性だ。昨日一緒にお茶を飲んだばかりだ」

アンリは話題を変えようと思ったらしい。彼と僕の知る世界に戻る。僕はすぐにマリアンヌの淡い緑の目と金髪と白い顔と、少し太めの脚を思い浮かべる。事務所を初めて訪れる人は、誰もがその容姿に振り返る。

「自分があの事務所にいた頃、彼女が僕に恋をして、ある日、輪をかけてきてね。今では一種の和解が成立したけど」

一般に、僕ら男達が女性の話をするときは、一種の獲物を得るような話し方をするものだが、アンリには相手に言い寄られる話が多いのに僕は気がつく。しかも誇張されている訳ではあるまい。アンリの教祖的な存在感と、会話の上手さと、魅了する力から、それが想像できるのだ。しかも僕が初めてアンリに会った日、マリアンヌがアンリの経歴を話してくれたときの、アンリへの傾倒ぶりを思いだす。

「そう言えばケン、ある展覧会で日本人の画家が、僕の顔には特異なものがあるから、ぜひ肖像を描かせてくれ、と頼んできた」

名誉なことだな、君の家族の歴史になる、君のお城に飾ればよい、と僕は出任せに言葉を捜す。

「たかりだと思って、提案を断わったよ」

「それはまずかった、その画家は君の顔に、芸術的な霊感を得たからに違いないのに」

「そう考えるのは簡単だが、画家の提案には懐疑に価する幅がある。純粋に芸術的な熱情からとみる極端と、よいカモとみなしたからとみる極端。両極端の間には幾段階もの思惑が考えられる」

「まずは、相手の善意に優先を与えるべきだ。それが礼儀だし、そうでないと相手が真摯だった場合に失礼になる」

その点では僕に疑問はない。まずは相手に潔白推定の利益を与え、その善意を信じてあげるのが孔子の教えだ。

「自分の仮定では、人間は利己的だから、各人が利益を追い求める。人間なる生物は、生き延びるためにそうする本質を持っている。その画家は本人の都合で自分に提案してきた、他人のためではなく。それをそうはっきり言わないのは偽善に過ぎない。自分としてはお金を守るために、画家の悪意を推定して対応するのは当然だ。そのようにして初めて、両者の間の均衡が取れる。もし自分までが画家の善意を推定すれば、一方的に画家の有利に傾き、彼を牽制できなくなる。それがどんなに恐ろしいことか。例え画家が純粋な閃きで提案したのだとしても、それには猜疑心をもって立ち向かうべきだ。そうでないと真実の探求に必要な透徹した知性が陰ってしまう。それが人間の理性というものだ。初めから相手の善意を信じ、下手に妥協する者は敗者になる」

日本は明治の開化で、フランスの民法や地方制度ばかりか、彼らの猜疑心も輸入したと言われる。しかし本場の、しかもエリートの猜疑心を消化するには、まだ時間がかかろう。

六

ヘレンは澄ました顔をしていて、型に嵌らないことをする。そのせいで窮屈なドイツを離れてパリに住んでいるのだろう。聞き流されたと思っていた過去の会話が、急に彼女の口から出てくる。僕がアンリから得た、サン・ドニの映画館の話をしたときもそうだ。

「サン・ドニにはまだ何軒かそんな映画館があるわよ。行ってみない？」

金曜の午後、僕らはお互いの仕事から抜け出し、ヘレンの指図に従ってサン・ドニの映画館に向う。ヘレンと僕は他の観客から離れて、中列の真中のあたりに席を取る。半分ぐらいの席が埋まっているが、皆よく席を変える。僕の横にもある男がやってきて、ヘレンの顔をジロジロ窺う。密かにやるのではなく、僕やヘレンがそれに気付くようにわざとやる。僕はヘレンに合図し、その男を離れて奥の端の席へ移動し、ヘレンを端に座らせ、僕の隣席には鞄を置き、誰も近づけないようにする。

　数列前の席に一人の女性が現れ、中ほどに席を取る。すぐに両側から男が集まり、暗闇でも分かる、照れた顔をして話しかける。ひそひそと話し合いが始まり、その内に女性が屈んで見えなくなる。再び頭が上がり、左側に座る男の上に股がり、顔が僕の方に向く。音程の高い女性のうめきが、ハア、ハアと、のどかに部屋一杯に流れる。客は立ち上がり、映画などそこのけ、彼らの周りに黒い塊を作る。僕は暗闇の中でのそんな実演には興味がない。もっと物を明瞭に見たい。

「前の人、座ってくれ、画面が見えないぞ」

と叫ぶ。立ったままの男達は照れたように一旦は頭と体を屈める。僕は自分の叫びの効果にむしろ驚く。ここにいる男達はみな、ちゃんと分別のある輩なのだ。だが好奇心には抵抗できない。彼らはまたすぐに立ち上がってしまい、映写幕の半分は黒くなってしまう。映画が見えなくなったので、僕は周りの動きに集中する。女性は左側の男が終わると、右側の男へ同じ動きを繰り返し、音階を少し下げた声を洩らす。女性は急に周りの男達を押し分けて立ち上がり、通路に出て前へ進み、映写幕の一端に出て挑戦的に観客席へ振り返り、微かに微笑む。彼女は映写光の中で、脚の長い、若々しく細い体からスカートを引っ張り下げ、埃を叩き、その度に長い髪が映写幕に踊る。それから映写幕の前を横切り、劇場の前方左側の洗面所へ向う。そこで体を洗うのだろう。四、五分したら席に戻ってきて、別の男と活動を始める。

しかしここでの活動はそれだけではない。半数に近い男達はその女性とは別に、頻繁に席を換えて別の男の横に座り、ちょうど僕にやったように隣人の加減を窺う。相性がない場合は近寄られた男は立ち上がって席を変える。うまくいけば、近寄られた男は席に滑り込んで体を伸ばし、近づいた男は席の背の影に見えなくなる。そのあとは近づいた男は例の洗面所へ体を洗いに立つ。そこを出た男は先ほどの相手に見向きもせず、映画館の出口へ向う。射精により今日の仕事を終わったからであり、ここが女性と違う。別の組では、一方の男が洗面所へ立つと、他方の男は少し時間を置いてから洗面所へ向う。そこでの光の下で相手の顔を確認したり、住所の交換をしたり、次の約束をしているのかもしれない。

しばしば、館内放送が注意を流す。

「洗面所に長く滞在することは法律により禁じられています」

しかしここは交通信号さえ守らない国だ。そんな注意は誰も気にしない。

僕、朝倉健は詳細に疎いが、同性愛には男役と女役の両方をこなせる柔軟型がいるのかもしれぬ。数列前の空席に一人の男が滑り込み、隣の男を覗き込む。そこでどちらが男役か女役かを決める。言葉が交わされている訳ではないので、身振りか目配りで決めるのだろう。そこでポンプが始まる。洩らした方は洗面所へ立って行く。そして射精しなかった方の男は別の冒険を求めて席を立つ。

一見して、男役と女役の役割分担が初めから明瞭な場合が多い。同性愛の割合は十人に一人と言うではないか。それならその中から反対役の相手に出会う確率は更に半分となってしまう。そんな情況の中で生き延びるには、他人からの違いを象徴する行為がどうしても必要になる。女役の男は他人から離れた席を取り、男役の男がそれに近づくという不文律があるのかもしれない。僕らの前の一列全部空いた席に、一人の男がポツネンと、囮《おとり》になるように席を取る。数分もすると勇気ある男がその隣に滑り込む。

同性愛、つまりホモに関して不思議なのは、男と男のゲイ同士が、男と女の間で演じられるX映画を観ながら興奮し、男と男の性行為を始めることだ。ゲイの憧れの的は必ずしも男ではなく、女優や女性歌手に多いというから、ゲイの心理は僕なんかよりずっと複雑だ。通常の男対女または男対男という二分法の枠を越えて、次元が一つ高いから、僕に見えない物まで見え、その分だけ彼らの心は繊細であるに違いない。

この映画館には白人ばかりか、黒人も、アラブ人も、少しは東洋人もいる。カトリックも、ユダヤも、イスラムも。少しは仏教も。性では差別しても、人種では差別しない珍しい世界を作る。立派な服装の中年男、社会の余白に棲息する労働者、若い色男、ネクタイを締めた髭男。ここはお金では差別しない民主的な世界でもある。十フランかそこらを払えば誰でも入館できる。ただ館内放送が、一旦外に出ると館内には戻れません、と繰り返し囁く。

人の数が増えだす。時計を見ると六時過ぎだ。企業の退け時で、勤め人風の男達が多い。彼らは鞄を抱え、帰宅前に立ち寄り、ここで弾丸を消耗し、家の妻へは残業で疲れたと言い訳するのかもしれぬ。

　僕は映画館を出ようと思ってヘレンの方を見ると、彼女は何かに憑かれたように前方に目を凝らしたまま動かない。僕は彼女の手を取り、出ようか、と言うが、返事もない。固く閉じられたヘレンの掌が汗で濡れている。

　館内放送がまた流れる。

「今晩の九時からはヘテロの相手の夕であり、独身の人や男同士の客は参加できません」

　つまり、ここでは僕とヘレンのようなヘテロの関係は特別で、そのために特別の時間が作られている訳だ。僕が発見したのは、座席でのホモの行為、映写幕に写るヘテロの行為などが相互網《インターネット》のように繋がり、もはや境界のなくなった小さな世界だ。淀んだ空気の中で、皆のただ一つの目的は現実を忘れ、思い付きと気紛れで夢幻の世界を作ることだ。世紀の終焉、混乱、頽廃、アポカリプス。ただ、アポカリプス（黙示録）によれば、その後には新しい秩序が生まれなければならぬ。だが、ここではそのような規律は生まれそうもない。各人はここで会い、ここで別れ、また数日後には戻ってくる、実世界に平行する、小さな虹の世界。

　僕はハッと息が詰まる。あの好事家の日本男だ。音楽家と称し、滞在許可証の期限が切れ、国から退去するように勧告され、僕に意見を訊きに来たことがある。彼が映写幕の前を横切って洗面所へ消える。パリの小さな別の世界がここに集まる。フランクの言う北駅の公衆便所がこの映画館へ移動したのかもしれない。僕は今度こそ強くヘレンの手を引き、音楽家が洗面所の中にいる間に映画館を後にする。

七

エルミンヌが声を殺して電話をしてくる。アリスチドが何とか症候群という病気で亡くなった。三十四歳。

「アリスチドはエイズに罹っていたのよ」

なぜ僕に知らせてきたのかは、よく分からない。だが僕は、そんな謎に甘い義務感を刺激され、夕方にエルミンヌの家へ向かう。

「アリスチドは病状について日記をつけており、あたしに預けたまま死んでしまったの。あたしには読む勇気がないわ。貴方それ読んでみて、後で話してくれない？」

僕だってそんな日記は読みたくない。エルミンヌは付け加える。

「英語での日記なので、あたしにはとても分からないわ」

僕はフランソワかアンリに頼むべきだ、と勧める。エルミンヌは躊躇しながら、僕を諭すようにゆっくりと続ける。

「アリスチドがあたしにこれを残したことには意味があるはずよ。今のところ適任者は、ケン、貴方に違いないわ」

僕は仕方なくその日記を持ち帰る。呪われた文章を読むには、よほどの巡りあわせの良い環境か、軽い気紛れ気分が必要だ。ちょうど、試験に不合格のあと訂正されて返ってきた答案を読む時のように、僕は五月晴れの太陽の下で、チュイルリ公園の中のカフェに座って、やっと日記を手に取る。嫌な報告書を読むときの常で、僕は結論に近い最後の方から読み始める。

今日は雲が低いから憂鬱だ。俺は他人に美徳を説教する傾向があった。その度に自分を傷つけ、痕跡を残す。自尊心がなくなる。俺が他人と違うことを劣等とみなす。愚かな行為をして、俺の体へ復讐する。やけになって危険を犯す態度をとり、英国幌《コンドーム》も付けないで見知らぬ他人と性交し、後で病院にエイズのテストを受けに行く常習となる。それが鬱状態に抵抗する作戦だ。向精神薬も使う。車でもよく事故を起こす。精神分析を待つまでもなく、自己嫌悪が背後に潜む。俺には二つの選択がある。一つは、秘密を保つ。俺の精神生活を秘密の周りに構築する。俺を保護するために皆に嘘をつく。ただ、これは精神を消耗する。今日、力が尽きる。二つは、俺の性向を打ち明ける。家族や皆から拒絶反応を受けよう。誰か俺の性格をあるがままに認めてくれるか。

……。

俺みたいなカフェ・オ・レは、普通の子より社会的な偏見を受けた。でも親からの愛に関しては、白人の子と同じだ。だがゲイに関しては話が違う。それがばれると親からの保護さえなくなる。俺は自分の性向を親に話せず、それが鬱病の原因となり、分断を感じ、自殺へ走る。運悪く兄貴に発見され、近くの病院へ担ぎ込まれ、逆さに吊るされ薬を吐き出した。新聞では、正常な若者に比べてゲイの若者が自殺する割合は十三倍。未成年者の自殺の半分は同性愛に関係する。

……。

休暇でトロントへ。俺がお袋に話すと、お袋は俺の小さいときの写真を取り出して、息子は同性愛者、同性愛、そう叫び、興奮で痙攣しながら親父の腕の中に雪崩れ込む。お袋は自分の子供が突然に見知らぬ人間になってしまったと思うらしい。自分の息子を知らなかった、十分に保護できなかった、あるいは保護しすぎたのか、自分の責任なのか、などと呟く。

……。

お袋はどうにか俺を受け入れる気持になったらしい。でも俺の気持を理解した訳ではない。お袋はすぐに精神分析医を見つけてきた。そのうちに俺の性向が変わるとでも考えている。俺が性転換するか、老人の愛人になるか、そうでなければエイズに罹ると思っている。愛童症とも混同する。お袋に請われて行ったオタワの病院では、何と残虐な、精神分析医が二人の看護婦の前で、貴方は子供が好きか、と訊いてくる。そして一人の看護婦が全ての記録を取る。

……。

パリ。俺はマルレーネ・ディートリッヒみたいな、男装の似合う女性が好きだ。ジュデイ・ガーランドも。彼女が謳うオーヴァー・ザ・レインボウ（虹の彼方に）。虹の七色がホモの象徴の旗となる。俺は男を求めるが、憧れは知的で情動的な女性だ。

……。

俺は入れ墨をしようか、と思う。俺は自己を最も遠い極限まで経験してみたい。そのように挑戦的になる。こんな社会ではそうならざるを得ない。同じ問題を持つホモと話したい。

………。

俺はゲイの協会に入会する。偏見のない人に会って話し、何と嬉しかったことか。自殺したくなる衝動から俺を救ってくれる。

………。

ヒョンなことからボブと知り合う。劇場は音楽会場のようにばか広く、数十人の観客がパラパラといる位だ。俺が後ろの席に座っていると、「出口」とある扉の外から、棒か何かで叩く音と遠い声が聞こえる。何しろ劇場が広く、誰もわざわざ立ち上がってまで見に行こうとはしない。耳を澄ますと、遠い声は助けを求める声だ。「誰かこの戸を開けてくれ！」と聞こえる。俺は後ろの席にいたので仕方なく扉に近づき、騒ぐな、すぐ開けてやる、と小声で宥めて扉を開けようとするが、それが非常に重い。体をぶっつけて、やっと扉が開く。そこには彼が興奮して立っている。彼は声を荒げ、低めに「有難う。有難う」と繰り返す。

………。

バレー界の巨星ヌレエフが亡くなった。今日は一九九三年の年明け。担当医の声明。

「ヌレエフ氏は長い病気で苦しんだ後、心臓病を併発して死亡。氏の遺志により、それ以上のことは申しません」

言外にしか読めないが、彼の最後の写真、車椅子に座った、やせ細った姿を見ると、死因はエイズに違いない。彼みたいな英雄さえ、自分がゲイだったと言える社会ではない。一体、無名のゲイは、どうしたら今の社会に受け入れて貰えるか。俺は運悪く、エイズ時代に偶々ゲイだっただけ。俺は人間の作った全ゆる制度や習慣に懐疑的。

……。

俺は今は幸福でも、気持は混乱する。自分に何が起こるのだろう。自分はどんな生活に入るのか。自転車を買った。日課として二十キロ走る。ペダルを強く早く踏む。その分だけ考えを押しのけられる。なぜ自分がそれなのか。それがなぜ俺の上に落ちてきたのか。俺はなぜ孤独なのか。ゲイだからか。泣きたくなる。

……。

診断を聞いていて、俺は思う。野原で自転車を漕いでいて、車輪の鎖が飛び、ペダルをうまく漕げなくなる。そんな感じだ。もとに戻そうとするが、もとに戻らない。初めは他人事に思われる。定期的に痙攣が起こりだす。予測ができない。咳が出る。病気だ。ゲイには当然の結果だ。しかし考えると、病気だっていろんな種類がある。本能的にはエイズだと思うが、そうでないかも知れぬ。俺の心理は何と歪んでしまったことか。ボブは俺の病気の間、看護し、買い物をしてくれる。夫婦と同じだ。社会は認めないが。貸家さんからは出て行くように言われる。そこで俺たちは家を買うことにする。ゲイでも他人に迷惑をかけない間はゲイの問題はない。ただゲイを嫌う社会があるだけ。

……。

僕、朝倉健は、強い太陽の下で日記から目を離し、頭を休めるためにチュイルリ公園の空を見上げる。僕は思う。エイズはゲイ共営体を破壊することはなく、逆に社会の連帯感を生んだ。ゲイは社会にも受け入れられるようになったと思わないか。有名な芸術家や学者がエイズに罹ったせいもある。普通は伝染病があると病人を隔離するが、エイズの場合は病人と社会が団結した。新しい文化が生まれた。悦楽と死が隣り合わせにあることを知り、衝撃が強かったからだ。でも僕はゲイでもエイズでもないから、アリスチドの本当の苦しみを分かっていないに違いない。ただ社会の寛容な態度は往々にして偽善的。ゲイを受け入れると広言しても、それは問題を深く掘り下げる前に種を摘み取り、真に問題に立ち向かうのを避けるためかもしれない。僕は日記に戻る。

……。

俺の寝台の横で、ボブは笑いながら語り始める。

覚えているか、サン・ドニで出会ったときのこと。あのような映画館では入口と出口は人目を惹く大通りにあるが、第二の出口が人の疎らな細道にある。入るときは地下の暗闇に消えるからよいが、問題は出るときだ。暗闇から人通りの中へ出るとき、誰かと出くわす危惧がある。第二の出口から出る方が安全だ。ところがそれが悪夢に変わった。俺は今までに、これほど血の気が引いた経験はなかった。出口の表示のある防音内扉を開けて、内部通路に出た。背後で扉がガタンと閉まる。細道に出るには更に外扉がある。内部通路には工事中と書いた立札があり、外扉には鍵がかかっていて外に出られない。夕方だったので、労働者は作業中のまま家へ帰ってしまっていた。工事中なので電気もなく、真っ暗なまま。仕方なく通ってきたばかりの内扉に引返すと、当然だが通路側からは開かないようになっている。拳で内扉を叩くが、それは重くて防音されているので、音が外に出ない。俺は叫んだ、叫び続けた、誰か扉を開けてくれ！　だが、X映画に熱中している連中は誰も聞き届けてくれない。分かるだろう？　新しく買った携帯電話は持っていても、誰に電話でこんな場所を説明できるか。下手すると明日の朝に作業員が戻ってくるまで、この通路から出られぬ。しまった、今日は土曜だ。次の月曜まで作業員は戻って来ない。家族から行方不明の届けが出されるかも知れぬ。新聞に出て、勤め先に伝わったらどう言い訳をしよう。暗闇の中で五分、いやもっと、今度は血の気が昇って来た。俺は再び叫び始めた。誰も来てくれない。周りを手探りしたら、工事用の厚い板切れが手に触れた。それを担ぎあげ、必死に内扉を叩き続けた。最後にはその板を内扉の合目に押し込み、同時に、開けてくれ、開けてくれ、と叫び続けた。

　このときに俺は初めて、今まで我慢してきた、日常生活の間に貯まりに貯まった、異常な圧迫感と、自分を偽る不実感を吐き出す勇気を感じた。俺は他の人間と異なる。普通の人間ならこんな場面にも、特別の圧迫感は感じないかもしれないが。

……。

僕、朝倉健は、蔓を辿るように何かの記憶の源に辿り着く。しかし一点が繋がらない。僕はエルミンヌに電話する。

「アンリね、正確にはアンリ・ロベール・ジョプラン・ド・ラ・エ、だったと思うわ」

ロベールは英語ではロバート、カナダやアメリカでの愛称はボブだ。覚えているか、ボブ・ケネディ、ボブ・ホープ。フランスでは、好みにより二番目の名で呼ぶこともある。つまり、ボブはロベールか、ロベールはアンリなのか。

## 八

あの異常な経験いらい、ヘレンの態度が微妙に変わったのを感じる。僕は今では愛惜の気持で振り返るが、あの日の少し前、サン・ラザール駅の前、カフェの止まり木に座り、彼女から受けた愛らしい女性教育を思い出す。ヘレンは少し恥かし気味に、リビドが何かを説明してくれるが、彼女の会話が乱れ、僕がうまく追従していないと知ると、終には手帳の一頁を破り取り、そこに月経の日から一ヶ月を横軸に引き、縦軸にリビドの程度を作図して説明してくれた。躊躇しながら、科学的に、いかに女性にとってリビドが重要かを。それなのに、あの日の映画館の後、彼女の心の中に何かが起こったように思う。ヘレンは自分が両性使い（ビ・セクシュエル）かもしれない、と言い出す。夜、彼女のアパルトで寝るとき、ヘレンは僕のビットに英国幌を被せるとき、いつもと違って目を反らせる。そして付け加える。

「男は穴ばかり探している。貴方がポポタンに指を入れるとき、ときには侮辱に感じるわ」

僕は弱く抗議する。こないだ君は少し痛いけど気持がいい、と言ったではないか。しかもドイツやフランスでは風邪薬や睡眠薬にも座薬を使うばかりか、体温をとるにもそこだから、その道には慣れている、とさえ言ったではないか。

どうみてもヘレンの非難は辻褄が合わない。僕は彼女に何かが起こったのを感じる。考えてみると、サン・ジェルマン・デ・プレでの酒の酔い具合も、強引な態度も、それが過度であっただけに無理をしているようで、黒い考えを押しのけようとしている感じがあった。僕はヘレンの生い立ちに暗い影を見たような気になる。ヘレンはドイツの母親には毎週電話するが、父親とは昔から問題があると言っていた。父親は心臓が悪く、もうすぐ亡くなるだろうと、人ごとみたいに言う。僕らが夜を迎えるとき、ヘレンは静かに寝ようと言いだし、僕が固執すると、逆に急に僕に覆い被さってきて、無理に体を前後左右に動かし、声を上げる。そのことが気になり出す。何かを忘れようとする衝動かもしれない。その誇張された奇妙な態度から、僕は密かに、ヘレンは小さいときに父親から性的に玩《もてあそ》ばれたのではないか、と疑い始める。

ヘレンの昼間に働く会社が、パリ郊外のヴィルパン国際展示会場で自社製品を展示することになり、ヘレンは会社から接待係として選ばれる。ヘレンはドイツ語とフランス語とイギリス語を流暢に話し、日本語さえ片言では話せるし、しかも三〇代の落ち着いた美貌を持っているから、彼女ほどの適任者はいないだろう。僕はヘレンから会場に来るように催促されたが、彼女の仲間とも一緒になりそうなのが嫌で、昼間は仕事で行けないが、夕食を一緒にしよう、と提案する。その日の約束のレストランに、ヘレンはミュリエルという女性を連れて来て、会場で知り合ったのよ、と紹介してくれる。その女性は態度が粗雑で、男の成り損ないという印象を僕は受ける。僕は折角の夕食を台無しにされて不愉快になり、その後はしばらくヘレンへ連絡をしない。

夏が近づく。ヘレンから電話がないので、こちらからヘレンを誘い出してみようか、と思っているときに、ヘレンから封筒に入った絵葉書を受け取る。ミュリエルも署名している。

「二人でマルセイユの夏の大学に参加したの。そこからフリウール半島へ行く。その半島では皆が真っ裸になって泳いだり、ビーチ・バレーをやったり。女性仲間には男達の体さえ見たくないという人達がおり、男達の体の線に今でも嫌悪感を持っているの。彼女達は女性だけの会へ出席したけど、私達は普通の混同総会に参加したわ」

僕はヘレンが完全にレスビアンになってしまったと信じる訳ではない。僕はほんの数ヶ月前の彼女の顔を、叫びを、肉体を、体温を知っている。彼女が急にしかも完全に、相手を男から女に変えることは考えられない。少なくとも、バトー・ムッシュで働いていた頃は、男にしか興味はなかったはずだ。その後にヘレンは、自分は両性使いかもしれないと言い出した。その頃はまだ僕の出る場所があった。両性的な人は、男がよいか女がよいかの問題ではなく、誰と恋に落ちるかの問題なのか。その場合は、僕がヘレンを回収する可能性はまだあろう。あるいはヘレンには、女と男の関係は羊と山羊みたいなものか。羊は山羊を自分の仲間と間違え、しばらく一緒に遊ぶかもしれないが、結局は同じ羊の仲間へ戻って行くのか。あるいはヘレンは今まで自分に禁じていた一線を越してみて、初めて自分の本性を発見したのか。またはヘレンは父親との関係から、男に対する潜在的な嫌悪感をもっていたのか。または、ヘレンが僕に抗議したように、僕の態度に屈辱を感じ、男に対する欲望を失ったのか。レスビアンが男と関係しようと思わなくなるのは、そのような経験の後なのかしら。僕は半分あがきながら、ヘレンの気持の変遷を追い始める。その真実を知ることは、僕の今後の対策にも役立つはずだ。

ダーウインを信じれば、雄孔雀がはっきりした機能のない、しかし綺麗な尻尾を持っているのは、その尻尾で雌を惹きつけて交配し、子孫を作るためだ。もし人間の進化が子孫の保存にあるなら、レスビアンやゲイの存在はその線から逸れる。だが、ヘテロとホモを同時に実行するのなら、ダーウインの原理には反しまい。レスビアンの行為が、社会の安定と維持に必要な性的態度の変種にすぎないのなら、ヘレンはそのうちにもとのヘテロに戻ってくれるかもしれないぞ。

僕はいろんな文献を調査した。日本尾長猿にはレスビアンが多いらしい。それはセロトニンなる脳細胞間の神経伝達体の水準が低すぎ、同性愛の性格が誘導されるかららしい。このセロトニンは脳の中で、トリプトファンなるアミノ酸から生産される。そこで、蠅や動物に特定の遺伝子を挿入し、トリプトファンを消尽する酵素を合成させると、脳中にトリプトファン、つまりはセロトニンも欠けるようになり、レスビアンが多くなるそうだ。

最近、このような事実も発見された。雌蠅のフェロモンというホルモンは雄蠅を刺激するのだが、雄蠅のフェロモンに関しては、それは異性を刺激するのではなく、雄蠅の同性愛攻撃を撃退する役をする。蠅は頭と足にある神経細胞の末端でこれらフェロモンを感知する。もし蠅の神経細胞の中へ神経伝達体の変異遺伝子を挿入すると、蠅の感性は温度により変わるようになる。かくして、温度が三〇度より下であれば神経細胞束の中で伝達が起こり、雄蠅は雌蠅を追いかけるが、温度が三〇度以上になるとその伝達が中断され、雄蠅は同性の雄蠅を追い回す。僕に興味があるのは、暑い環境でホモ性になった雄蠅でも、温度を三〇度以下の寒い環境に戻すと元のヘテロ性の雄蠅に戻るという事実だ。

蠅と人間には何百、何千万年という進化の差があろうが、同じ動く物の王国に属する生物だ。ヘレンの同性嗜好は、生活条件が変われば異性嗜好へ戻って来るかも知れない。あるいはヘレンは、ある時期には女性に興味を持ち、別の時期には男性に興味を持ってもよいはずだ。僕さえ我慢強ければ、いつかヘレンと撚りを戻せるかも知れない。しかも待ち時間の間は、別の男がヘレンに取り入る恐れもないではないか。

その後ミュリエルは自分のパリの部屋を他人へ賃貸し、ヘレンのコランタンのアパルトに住み込んで同棲生活を始める。僕は何度も二人に招待され、コランタンで三人一緒に食事し、彼女らの住屋でヘレンの父親が発酵させたと言うドイツ産の黒い森シュナップスを飲む。二人の女性は僕を完全に無害とみなしている。積極的なミュリエルが受身のヘレンに接吻するとき、僕は目のやり場に困って顔を背ける。軽い屈辱感も感じるが、一方では自分の寛容さに淡い満足感を覚えることさえある。但し僕は、このような林檎でもない梨でもない関係に、いつ迄も甘えるのはご免だ。だから僕は二人からの招待を断るようになり、ヘレンとは電話だけで付き合いを繋いでおく。僕の我慢が実を結んだのはずっと後の話だ。

九

僕はヨーロッパ法の弁護士の資格試験を受ける決心をし、受験勉強に入る。今までの生臭い世界から離れ、学究的な世界に入るのは気が清々する。だが三年は長い。その間にヘレンの世界も、アンリの世界も、第三の世界も変わってしまった。

ある日ヘレンから電話を受ける。コランタンのインド料理屋で食事したい、二人がよいか三人がよいか、と訊いてくる。僕は勿論、三人でもよい、と答えるが、そのときに僕は微妙な風向きの変わりを感じる。それから何ヶ月経ったか、またヘレンから電話があり、今度は近くの中華料理屋で食事しよう、と提案してくる。ヘレンは一人で現れる。食事が終わってヘレンの家へ向かって歩きながら、ヘレンは右側を指差してそれとなく、ミュリエルがこの病院へ入院したの、と言う。どんな病気か、と訊くと、精神分裂症らしいわ、と言う。その頃からヘレンとミュリエルの愛の生活は終盤を迎えたらしい。ミュリエルは精神病院から退院した後ヘレンとの同棲生活を解散し、昔の男ピエールと撚りを戻し、パリの自分の小部屋へ戻ったという。そのことを淡々と語るヘレンをいとおしくなり、僕は心にもなく、ミュリエルはまた戻って来るよ、と慰めると、ヘレンは、問題ないわ、昼は時々一緒に食事しているわ、と答える。しかしヘレンは夜は一人に違いない。僕に何度か誘いの電話をして来る。僕らは何回か食事し、昔のように彼女の家で黒い森シュナップスを飲む。だが、まだミュリエルの影が邪魔する。それにヘレンの僕に対する情熱は、すぐに昔に戻ってくれるとも思えない。それは彼女の態度の変化から感じられる。

アンリの母親が亡くなる。僕がその通知を受けたのではなく、エルミンヌが教えてくれる。彼女によると、アンリが葬式の通知を出したのは、ほんの限られた親族と友人だけだ。彼女はアンリの代わりに、僕に弁解しているようだ。葬式の日、僕はアンリには予告せず、仕事場を抜け出して電車に乗り、パリ郊外の教会での葬式へ向う。参列者はまばらで、フランソワとエルミンヌとフランクだけはすぐ眼に入る。葬式はもともと陽気ではないが、場所がうら寂しい田舎の教会で、参列者が少ないこともあり、僕らは誰もが自分の人生の末期に思いを馳せざるを得ない。

アンリの周辺では、最も天国に近いのは彼の父親だ、と誰もが信じていたが、実際には母親が先行した。これは神様が苛立ったときに起こす、皮肉な現象だそうだ。横にいるエルミンヌによると、父親は重病で、この葬式にさえ出席できない。父親は老人の家でどんな気持なのだろう。

アンリは僕を目にして驚いた顔をし、僕に近づき、肩に両手を置き、僕を抱きしめ、ロシアの政治首脳達がやるように頰を左右交互にすり合わせ、ありがとう、と言う。アンリの青い目は涙で潤み、僕もいやに感動し、青く深いヴァイキングの北海のような涙に引き込まれる。僕とアンリの間に潜在し、時々顕在化していた軽い敵意は急に融けて消える。

「ぼくの義理の母親が来るはずだから、着いたら君に紹介するよ」

自分の義母を紹介してくれるとは極上の友情に違いない。いかに僕らが近くなったかは想像に難くあるまい。しかし僕は困惑する。僕は彼が独身者だと決め込んでいた。アンリが僕に直接に家族のことを話すのも初めてだ。そして、いたずらっぽく付け加える。

「日本人は大嫌いだから注意しろ。戦争中の思い出のせいだ」

その瞬間から、アンリは心の中から僕を特定の仲間の中に入れてくれた気がする。アンリは僕を困惑と快感の状態に残したまま、横の参列者達に礼を言いながら握手して回る。しかし僕は結局、アンリの義母に会うことはできなかった。汽車が事故で遅れたからららしい。

十

僕はアンリから、我々の主催する田舎の祭りに招待する、という手紙を受け取る。非常に重要な祭りだ、出席か欠席かの返事を乞う。君は一人で来ても、誰かを連れて来てもよい、席は充分に取ってある。僕はすぐにヘレンのことを考える。

僕はヘレンを誘って、パリのリヨン駅からフォンテンブロー行きの汽車に乗る。真昼の太陽の下では、僕がヘレンに何を話しかけても、不細工で、わざとらしく聞こえる。昔、サン・ジェルマン・デ・プレ教会で会ったときも、シャブリを飲みだすまではそうだった。僕らはこれまで、今のように無菌の状態で、向き合って座ったことはなかった。必ず、暗闇と酒と幻覚が空間を埋めていた。ヘレンは一度だけ自分から口を開き、森は大好きだけど、そこで何があるの、と訊く。僕も知らないけど、単なる森の祭典ではあるまい、僕の尊敬するエリート崩れが両親を失った悲劇の直後の祭りだから、と僕は答える。ほぼ四十分後、僕らはほとんど無口のままフォンテンブローの駅に着く。市バスに乗り、森の入口でおり、招待状に描かれた地図を頼りに、指定されたカフェ・レストラン「隠れた森」を探す。強い太陽と乾いた大気に洗われる白い大陸、その白っぽい森に入って、木陰を探しながら歩く。フォンテンブローの森は奥へ進むにつれて厚く薄暗くなり、密かに隠れている生き物の息吹さえ感じられる。僕はヘレンに呟く。不思議なものだな、暗闇の中に待ち伏せする動物のざわめきを感じないか、しかも君の好きなグノーのアヴェ・マリアの旋律が聞こえて来るよ。ヘレンは、気のせいよ、と言って足を早める。実際、進むにつれて旋律は遠くなり、旋律は人の気配に変わり、まだ見えない目的地から木々の間を伝わって流れて来る。まるで砂漠の中で急に文明の香りを感じるようだ。終に、曲がり角にカフェ・レストラン「隠れた森」が暗く見える。人の気配はその裏側の中庭から流れてくる。僕らは少し緊張して、建物の裏に回る。そうだな、三十人位か、招待客が夏の太陽の木陰で飲み物を手にしている。僕は中ほどの席にエルミンヌとフランソワの顔を見かけるが、その近くに空席がなく、ヘレンとの関係を説明するのも億劫なので、彼らに仕草で後ろの席を取ることを示し、通りかかった給仕にビールを注文する。

カフェ・レストランの中から、ジュディ・ガーランドの歌う『虹の彼方に』が流れ始める。先ほど聞こえた旋律は、試験的に流されたこの歌だったに違いない。今度は本番らしい。二、三分すると、歌に合わせて脱色金髪の女性が我々の前に現れる。注意して見ると、彼女は男に違いないことに気が付く。金髪の鬘を付け、化粧はしているが。僕ら招待客は意表をつかれ、話声を落とす。女装者は『虹の彼方に』の曲に合わせて踊り出す。しかしこの歌は踊りに合う曲ではないので、踊りは奈落へ落ちるときのもがきみたいに見え、女装者のひょうきんさだけが悲しみとして残る。誰かが少し強いた笑いを洩らし、遠慮深そうに手を叩いたので、皆から一斉に拍手が起こる。僕も後ろから立ち上がって拍手を送る。そして肘でヘレンを小突く。

「彼女はフランクに違いない」

フランクは女装していても勿体ぶる訳ではなく、誇張もせず、ごく自然に聞き知っていた声で自己紹介をする。

「私はある夜、キャバレーで踊る夢を見ました。フル・モンティというイギリス映画を観たからです。フル・モンティとは真っ裸になることです。夏の、心が晴れる季節に、精神的に真っ裸になろうと決心したのです。

私は昼間は専門職を持っていますが、夜はバーをさ迷い歩く彷徨者でした。しかし今は住家をロンドンからパリに変え、週末は教会で歌う宗教芸人になりました。私は皆さんの言う、いわゆるゲイです。この言葉は俗っぽすぎて、好きな言葉ではない。むしろ右利きと左利きと言うように、ヘテロとホモという呼び方が適当だと思います。ゲイとレスビアン、つまりホモは自分が選んでなるものではありません。アズナブールが謳うように、自然がそうしました。責任者がいるとしたら、それは自然でしかありません。

しかし、今日の状態に到るのは容易ではありません。自分はホモだと認識しても、それを理解するための語彙がなかった。社会も、なぜホモだけを蔑視するのか。その理由はヘテロ自身の心にあります。汚い行為を想像するからです。それは想像する人の間違いで、我々は何も汚い行為をしません。しかし我々の社会も、ホモへの意識で、ちょうど言葉を習うように徐々に進歩しています。

本質的な権利、つまり生きること、自由、幸福の追求。それはホモの目標でもあります。誰でも八十歳を越すと亡くなります。人生は誰にたいしても同じ様に過ぎて行く。そうなら、なぜホモをヘテロから区別する必要があるのでしょう」

そうだ、そうだ、招待客の中から声が挙がる。フランクはそこで一息入れる。

「ここでアンリを紹介します」

アンリがネクタイ姿でカフェ・レストランの中から現れ、僕らを見渡し、目を据える。僕らも拍手や笑いを止めて、アンリから目を逸らさない。僕らの六十対の目は一種の敬意と友情で溢れていたに違いない。僕はヘレンの手の甲の上に手を乗せて握る。

「彼も僕の友人だ」

アンリはいつもの、委員会を仕切る委員長みたいに、雄弁で、いつもは尊大と思われた態度で、話を始める。しかし今の僕には、アンリの態度は自然の与えた権威と真実を象徴している。

「共産主義者と農民だけは自分の本心を打ち明けないそうです」

僕らはほとんどシンとなり、飲み物を口に持っていくのを躊躇《ためら》う。

「実際、自分は田舎では解放されず、都会市民になってから初めて自由を得たのです。そこで今日は、パリという都会ではなく、この田舎で、人間として、真の正体として、自分の最初の『門出』、そう、『名乗り出る』式をやりたかったのです。自分には一つの勝利宣言だ、と言えます。

怪しからぬことに、フランクは紹介を忘れましたが、その前列の方がフランクの母親で、私の義理の母親に当たります。ロンドンからわざわざこの田舎まで来てくれました」

アンリの最後の言葉に皆から拍手が起こる。アンリは前席の端にいる、帽子を被った中年の淑女を指差す。僕には謎が解けてくる。アンリはフランクと「市民連帯契約」を結んでいるのだ。市民連帯契約とは、結婚ではないけど、普通の結婚家族と同じ権利を得る制度だ。しかし僕は、その権利が義父や義母という呼称にまで拡がるとは、考えてもみなかった。僕はヘレンの気分を測ろうとして、彼女の肩に腕をかけるが、彼女はそうさせたまま反応もせず、青い目をアンリへ凝集している。

「自分には尊い友人がいましたが、エイズで亡くなりました。そのとき母に、好きな人が病気で亡くなった、と言ったら、母は私の手を取り、『かわいそうに、だけど、別の女性が現れるわよ』と言ってくれました。自分が中性代名詞を使ったので、男性か女性か分からなかったのです。母は噂に聞いていたマリアンヌを想像したようです。自分はその機会を利用して宣言しました。相手は男だよ、と。死んだような沈黙。自分は忘れもしません。そのあと母親は、『おお神様、あたしコーヒーを準備してくるわ』と言って席を立って行きました」

僕もヘレンも周りの皆も、少し気まずい雰囲気から解放され、ホッとしたような笑いが流れる。

「父は何も言わず、ただ車椅子についた腕で顔を覆ったきりでした。『どうして泣くの？　自分は立場が決まって、ホッとしているのに』と非難すると、父は何と言ったと思いますか。『私が辛いのは、お前が悩み苦しんでいる間、私が横にいて助けてあげられなかったからだよ。私の息子の気持さえ分かっていなかった。そのことが悲しいのだ』

父は愛情の表現を知らない人でした。これは父から受けた最初の、そして結局は最後の純粋な愛の言葉になりました。父母にとっては、それまでの息子が亡くなり、新しい息子に生まれ代わった気持だったのでしょう。母はその後、間もなく亡くなり、父は予想に反して母より生き延びましたが、間もなく亡くなりました。今の自分の幸せな状態を知る前に。しかし自分とフランクがお互いに求めるものは、そんなに醜聞的でしょうか。我々は他の人々と同じように、神様とその創造物の間の愛を求めていることに間違いありません。

我々は自然を治める主ではないので、初めは自分の本質にさえ気が付かない。若いときは何かやりたいという願望と、そのために汗をかくことしか考えませんでした。しかし、自分の本性を意識した時、その願望が無くなり、汗をかこうとも思わなくなったのです。だがその時期を通り越し、自分の本質を受け入れるようになると、今度は活動的、積極的な態度が生まれます。そうでないと絶望が自分を破滅に追いやるからです。この積極的態度のおかげで、我々はいろんな事実や真実を発見しました。普通の人なら見過ごしてしまうような美しさや醜さも。プラトンによると、『同性愛が奨励される軍隊は不敗である、なぜなら愛は一番の臆病者さえ奮い立つ英雄へ転換するから』。アレキサンダー大王、ハドリアン皇帝、リチャード獅子王、アラビアのローレンス。プラトンはこれらの英雄の到来を予言していたのです。我々が共有するのは宗教でも地理でも人種でもない。感受性や情緒なのです。また、それが世界の芸術や歴史で大きな役目を果しました。それは、その名を敢えて言えなかった愛のお陰です」

ヘレンが自分の本性を名乗り出て、神秘的で遠い見知らぬ者になってしまったときのことを、僕は思い出す。僕にはヘレンを他の女性のために失うことは衝撃だが、ヘレンが他の女性を愛し始めることには少しも驚かなかった。ヘレンが求めるものはそれほど醜聞的には思われなかったからだ。僕にはアリスチドが地下鉄の中で繰り返したハイチの歌が頭を掠める。

それら全てに別れを告げることは何と辛いことか
私があれほど愛し、今でも愛する全てを
私の優しい友を、その人の全ての夢を
そしてその人の二つの唇の味を
……
そして二つの魂が絶望に身を任す
それら全てに別れを告げることは何と辛いことか

僕は気を散らすために、頭の中で反芻する。アンリは「名乗り出る」式だと宣言しながら、その中でホモとかゲイなる言葉を一度でも使ったかな。しかし、どうしてか僕の目頭が熱くなる。堪えようとすればするほど我慢ならない。瞼を大きく見開き、面積を広げ、涙がそこで吸収されるよう努力する。僕の努力が切れて、涙が溢れ出す。ヘレンが、どうしたの、と訊くが、声を出すと震えそうで、答えられない。アリスチドへの涙が自然にアンリの父親への涙に重なる。ヘレンが昔のように僕の手の上に手を重ねてくる。それはもはや昔の愛ではないことが感じられる。お互いに変わった。昔の熱情はなく、日本の女性がそのような行為をするかという質問もなく、ただ本当の友達の間の行為みたいになった。僕はこれが最後かもしれない、と思いながら、ヘレンの頭を強く抱き寄せる。彼女は固くなったまま僕のするままに任せている。僕のこの、レスビアンに対する愛には、どんな名前を付ければよいのだろう。

十一

僕、朝倉健も少し年を取り、物事に距離を置いて考えられる年齢になった。いろんな経験もし、ホモと聞いても動じなくなったし、息子がゲイだと白状しても理解してあげる自信さえある。ただ、一つだけ分からないことがある。創世記が述べる神の設計の一つは、出産によって人間の存在を永遠なものにすることだ。神はアダムとイヴを祝福して言う。産めよ、増えよ、地に満ちて地を従わせよ。しかもダーウインの言うように、人間の進化が子孫の保存にあるのなら、自然はなぜ、子孫の増加に貢献しない同性愛を保存するのか。ホモ、つまりゲイやレスビアンはどうして消え失せないのか。本人達もあれほど苦しんでいるのに。

最近は科学も進歩した。特に遺伝子だ。僕はゲイやレスビアンが自然のチョッとした悪戯、つまり遺伝子の浮気、から生じるという証拠を幾つも見つけた。つまり人間として、ホモは本質的にヘテロと異なるものではない。もし同性愛が遺伝子、つまり神が決めた運命、によるのなら、男女の差や、皮膚の色や、背丈の違いと同じで、それで差別されることは侮辱的なことだ。

フランクはホモとヘテロを左利きと右利きに例えたが、的を外れた話ではない。まず、右利き用にできたこの社会で、左利きは不便を忍びながらも存在し続けている。これはホモがヘテロの社会で生き続けるのと同じで、ダーウインの進化論の線に沿うまい。しかも男も女も、左利きはへテロよりホモに多いと言うではないか。左利きになるか右利きになるかは、胎児中に、親の脳の中にある性ホルモンの影響によって幾分か決まるらしい。それならホモになるかへテロになるかも、左利きか右利きかの理論に従うのかもしれぬ。ゲイの遺伝子はへテロ母親を経由して男性に引き継がれる。兄弟の多い家族では末弟にゲイが多いのに気が付いたか。これは社会的な原因だと思われたが、実はそうでない。母親の中に男児を懐妊するたびに数を記憶する機能があり、それが子宮の中の環境を変え、性的傾向を変えるらしい。ところが、レスビアンの遺伝子はまた別ものらしい。

しかし遺伝学は機械的すぎて、複雑なことでも単純にしてしまう。今は反省しているが、人間を蠅と同視してしまう危険さえある。ホモに関してはもっと社会学的な考慮が必要だとは思わないか。思い出してみよう、ひと昔前は人間の幸福度は国民総生産だけで測ったものだ。今は間違いに気付き、生活環境や犯罪率や収入格差まで考慮される。僕らが幸福を感じるには、お金ばかりでなく精神的な満足感も必要だ。人間の進化とは子孫の保存ばかりではない。いま生きている人間がもっと質のよい生活を楽しむようになることも、進化の中に入るのではないか。

あの日アンリは、一息置いた後、次のように付け加えた。

「我々には芸術家が多いばかりではありません。子供がおらず、お金が余っているから、芸術作品や質の高い物に興味を持ち、自由に消費して芸術家の質を上げるのに役立ちます。子供の面倒もないから旅行し、観光業は栄える。我々の存在価値は、実は沢山あるのです」

このごく平凡な冗談に、僕らは心から笑ったものだ。

僕、朝倉健には、今の世界は進歩しているのか退歩しているのか、時に分からなくなる。古代のギリシャやローマでは人をその性嗜好で差別することはなかった。同性愛みたいなものも公認されていた。それは、大人の貴族と、公職に就く前の未青年や奴隷との間の、成人式みたいに陳腐な儀式にすぎなかったらしい。ところが二十世紀に入り、ナチスはブッヘンヴァルト収容所にバラ色の三角地帯なる区域を建設し、そこに一万五千人に近いゲイを収容し、ホモの遺伝子群から劣等遺伝子を抹消しようと試みた。だがそれは成功せず、この二十一世紀の初めにはバラ色の三角地帯からの最後の生存者が九十七歳になり、レジオン・ドヌール勲章を受勲したという話だ。

# 先生の匂い

# 一

これは、朝倉健がシグムント・フロイトの住家を見つけた日の話だ。

そこは古いごつい石の建物で、今では安ホテルとなっている。健は外から帰ってきた客みたいな態度をして中に入り、雰囲気を嗅ぐが、受付の階は新装され、二階へ登る手摺は今風に黄銅で渋く光り、フロイトの住んでいた十九世紀末の精神は無残に掃き消されている。しかし建物は古いから、昔風に、各階に借家人共有の手洗いがあるはずだ。

健は既に三年間もヨーロッパでの生活に揉まれ、生き延び、昔とは比較できないほどいい加減で、ふてぶてしい人間になっていた。健は帳場にいる主人らしい男に話し掛ける。

「手洗いはどこですか」

健が手洗いに行ってみたかったのは、そこには木製の戸や柱や壁があると思ったからだ。石には魂がないが、木材はかつては生き、呼吸する気孔を持っていたから、昔の記憶を残しているかもしれない。ひょっとするとそこに、フロイトの手垢か、少なくとも彼を思い出させる何かが見つかるかもしれない。主人は顔を上げずに答える。

「このホテルは公衆便所じゃないよ」

健は主人に、自分はフロイトの研究者だと偽り、手洗いに行ってみたい事情を説明する。しかし主人の態度は、この建物の石のように、悪い方向に老化している。

「今度は部屋を予約して来ることだな」

# 二

健がフロイトの昔の住家に行き当たったのは、ゲイ・リュサック通りの十二番地に住み始めたお陰だ。十二番地の建物はフランス政府が招聘留学生のために使う宿泊所で、階段の登り口の壁に、忘れられたような二行の文字が彫ってある。

「ここにポール・ヴァレリ住みけり、一八九一から一八九九」

健は三年の間パリの郊外に住んだ後、ほんの一ヶ月前にここに引っ越して来たばかりだ。十二番地の建物は煤で薄黒くなった八階建で、入り口には「12」という数字以外には何の表示も飾りもない。内側でなされる私生活を隠す分だけ石の壁は厚く、ここが健みたいな外国人達の滞在用のホテルだとは誰も思いも付くまい。

実は健は、この十二番地に、日本からヨーロッパにやって来たばかりの三年前、一週間だけ泊まったことがあった。

三年前の当時、健が日本からヨーロッパに向かったときは、八ヶ月だけの滞在予定だった。あの時、空の航海はアンカレッジで一時間の給油寄港があり、健はその間に建物の屋上へ出た。マッケンジー山脈から降りてくる、凍って殺菌された空気を吸いながら、自分の足の下を飛び交うプロペラ機やヘリコプターを眺めた。日本では飛行機は頭上にしか飛ばないが、ここではプロペラ機が下方の空間を鳥のように飛び交っていた。仮想の別世界。アラスカの人間は健と同じ時代の世界には生きていなかった。彼等は鋤や鎌の使い方は知るまいが、飛行機を操縦することはできた。それはここで生き延びるために必要だったからだ。あらゆる先端技術へ挑戦し、それを最高に利用する気構えがないと、彼等は冷えた空気で凍え死せざるを得なかった。日本では季節の変化を防備なく受け入れ、順応するが、アラスカでは環境へ挑戦することが社会の風習なのだろう。外国への第一歩で健の心は既に怖気づき、これからの成り行きを想像して動揺していた。

しかし再び飛行機に乗り、一晩ウトウトとしてパリに着いたときには、アラスカの衝撃も忘れていた。東京から二十二時間の航海と、八時間の時差の影響は、多感な脳に達する前に、肉体そのものを催眠させてしまっていたからだ。

もっと昔、太平洋戦争の前、横光利一や高浜虚子が洋行した時代は、一ヶ月と一週間の航海だったそうだ。当時の知識人達は日本では無縁だったのに、国境を越えた船上で初めて出会うことさえあった。彼等は日本を出航した後、上海、香港、シンガポールなどで停泊し、そこからマラッカ海峡を回り、ペナンに停泊した後ベンガル湾に入った。話では、東洋と西洋の狭間で悩む弱者は、時代を憂い、淡い浪漫で悩み、マラッカ海峡を通過する頃に、二週間経った船旅の倦怠と絶望から、金具を体に巻いて海に飛び込むこともあった。ペナンの後はコロンボ、アデン、それからスエズ運河を上り、スエズの町に停泊した。スエズでは船が接岸するや否や、無数の車やバスが雲助みたいに殺到し、旅する「カモ達」を乗せて、ピラミッドまでの一泊旅行に散って行った。旅人はスエズから地中海へ入り、マルセイユで上陸し、そこから汽車でリヨンやパリへ上った。

健の現代の旅では、海に飛び込む必要のある者もその機会がなくなり、自分の鬱を到着地まで持ち越さねばならなくなった。飛行機で時間が凝縮され、土地や気候の変わりに慣れる間がないままパリに着き、数日の催眠と興奮から醒めると、弱い日本人達の気持は揺らぎ始めた。

三

三年前に上陸した時の、パリの冬は暗くて陰鬱だった。この街は、低い直方体と正方形の石が積み木みたいに、薄暗い空を背景に並び立ち、合理性だけが街を支配していた。そんな合理性は外来者の意気を消沈させるに十分だった。不機嫌な冬の街、会話のない冬の街、皆が急ぎ足で通り過ぎる冬の街。重い雲の下で、冷たい石造りの街は住民の顔から微笑みを消し、通行人から会話を奪っていた。健ら無縁の国から来た人間は、興奮を控え目に持ち続けるか、密かな又は深い憂鬱に襲われた。街の人々は他人に無関心で、日本人は同胞人仲間の下宿に集まるか、又は大学都市の中の日本館へ足を運ぶしかなかった。

　ただ、パリまで来て日本人仲間に加わりたくないという頑なな連中もいた。彼等が冬のパリで、住民の人間味に触れたければ、石の建物の壁を通り越し、明りの灯った建物の中へ入らなければならなかった。手頃なのは、燦々と輝く光の下のカフェに入り、そこに出入りする人々を観察し、居座った人々の会話に耳を傾けることだった。そしてそこでは街の人と、片言の会話を交すことさえできた。

　どの枠にも入れない、純粋培養の者は、どこかで平衡が崩れたようだ。健と同じ頃にパリ入りした神経科の医者は、間もなく神経衰弱になり、病院で一ヶ月を過ごしたあと日本へ送り返された。

　健だって、初めのうちはこの街に不安を感じた。歩道を歩く人間より街を突っ走る車の方が多く感じられ、街の空気には車の埃が浮遊していた。車は信号を守る代わりにその隙間を縫って暴走し、黄信号は減速せよとの警告ではなく、加速して赤信号を避けよとの勧告だった。車は平気で前後の車にぶっつかり、空間さえあればどこにでも駐車した。街の人に道を訊いても、その答えは荒々しく、潜在的な暴力さえ感じさせられた。春を待ちながら革命も待ち伏せている印象さえ与えられた。東京なら、地震の後に次の地震を待つようなものだ。そんな雰囲気は革命家のマルクスをパリに惹き付けたが、逆にパリが彼を危険人物とみなし、国外へ追放した。同じ雰囲気は、半世紀後にパリに来たフロイトを神経質にし、彼はロンドンへの亡命を選んだ。

ただ、健に関して言えば、一度パリの人間を無視できるようになると、自分が他人から無視されるのを居心地よく感じるようになった。健自身がパリの人間に近くなったせいだ。燦々と輝く喫茶店に入ることも覚え、その常連にもなった。そんな喫茶店の一つがカフェ・ロワイヤルで、ゲイ・リュサック通りとサン・ミッシェル大通りが交わる角にある。

今やパリの街の灯や建物の窓の光が、健に哀愁を感じさせるようになり、考えに耽る雰囲気を作ってくれた。少し自分を茶化す気分さえできてきた。

健は一七〇センチに少し足りないが、九州の田舎では大きい方だった。しかし上京したら周りが急に一回り大きくなり、パリに来たら今度は周りが急に無秩序になり、大きな人や小さな人、白い人や桃色の人、陽で燻《いぶ》された人や黒い人、何しろ日本みたいな統一性がなく、大きな人は本当に大きかった。小さな男を見つけると健は嬉しくなったが、それは外国人であることが多かった。

日本にいる、あの、既に背の高かった先生に、健は訊いてみたかった。

「何を食べたらそんなに大きくなり、広い肩と、長い脚と、太い腕を作れるのでしょう」

無邪気な、しかし答えのない、しかも健には絶望的な問題だった。でも、あの先生はたぶん答えを見つけて、慰めてくれたろう。

「世界ニハ、小サクナリタイ人、タクサン、イマス」

# 四

今や健には、この地で軽蔑や侮辱や無関心を三年も耐え凌いだという実績があったし、余裕もできていた。八ヶ月の留学予定が切れたときには研究室長から新しい奨学金を捻り出させるまでに成長していた。不愉快な者へは口答えもできるようになり、研究室長とは喧嘩もしたが、健が首になる前に室長が転勤させられるという幸運にも恵まれた。年遅れの新学生が別世界で別の青春を迎えるのに相応しく、健はパリでの研究生活や、フランス人との葛藤や、垣間《かいま》に楽しむチェコやドイツやフランスの女性達との仄かな愛の遊びや、そして異常に綺麗に見えた欧州の若い女性達に囲まれていた間に、日本での過去を忘れてしまっていた。

でも正直に言おう。健に興味を示してくれた女性達は、当地の男性からはあまり見向かれない型の女性達だった。ただ、そのような女性達の心は広い。健は喜んで、プルーストによる敗者の雄叫びを認める心境になっていた。

「綺麗な女性は、想像力のない男達へ任せよう」

女性の魅力は容貌ばかりではない。日本では一見して冴えない女性の方が情に深いと言うが、フランスでは、そんな女性の方が愛の仕方が上手いと言う。これは世界中が認める事実だろう。しかも往々にして、そんな女性は男に対する視野が広く、懐は大きく、許容性が高く、神秘な東洋人との冒険さえ厭わなかった。更に付け加えると、欧州の男達が敬遠する女性でも、東洋人の朝倉健にはブスに見えるとは限らなかったのだ。

かくして、健は何人かの女性と付き合い、振ったこともあるにはあるが、多くは健の方が振られた。原因は主として健の経験不足と、油断からだった。なぜなら健は、一度ものにすると簡単に安心してしまう傾向があった。ところがこちらの女性と付き合うには、弛《たゆ》まぬ努力と、心くばりと、大きな犠牲が必要なのだ。こちらの女性は相手への貞節より、自分の幸福を追求するから、こんな結果になったのだ。それが最後に振られた女性から得た、健の教訓だ。

そして今やまた、健は一人ぼっちになってしまった。だから気分を変え、再びパリの十二番地に住むことにしたのだ。

健はここから毎朝電車に乗って、パリ郊外の研究所へ出掛けた。夕方にしか戻って来ないから、健のパリでの行動範囲は極めて限られた。最初に手を付けたのは、十二番地の近くで安い食事処を見つける仕事だった。できれば東洋食がよい。かくして「中法」と「天下楽園」という中華料理屋を見つけ、仕事からパリに戻ると、交互にどちらかで夕食をするようになった。しかし型に嵌った生活は、避けるべき悪習だと言える。そんな悪習が、新開地をもっと広く探検する機会を遅らせ、フロイトの住家を見つけるのを遅らせた。

## 五

フロイトがパリに来る度に滞在した安宿は、ゲイ・リュサック通りと交差して走るロワイエ・

コラール袋小路と、その向いのル・ゴフ通りにあった。彼のパリ留学は一八八五年に始まり、三年も続いた。一八八五年は彼が二十九歳のときだから、健が初めてパリの地を踏んだ年齢とほぼ同じだった。彼はシャルコ教授の講義に出席したくて、ウィーンからここまでやってきた。シャルコ教授は神経系の病気の大家で、サルペトリエール病院で「ヒステリー」の研究をしていた。サルペトリエール病院へは、訳なくここから歩いて行けた。フロイトはシャルコ教授に傾倒し、教授の教科書をドイツ語に訳したほどだった。フロイトの初期の研究も「ヒステリー」に関し、それを催眠術で治したというものだった。考えてみると、日本へ送り返された神経科の医者も、このサルペトリエール病院で勉強する予定だったに違いなかった。

健の脳裏に溜まっている人生の綾の底には、日本での過去の、ごく他愛ない事件への「記憶」と、渡欧準備と欧州での新生活のために一時的に心の奥へ遠ざけ、意識的に無視しようとした「思い出」があったようだ。健にとっての記憶とは、完全に忘れていた昔の出来事だった。そんな記憶は健の脳細胞の底に刺激されないまま眠っており、ただ、偶々その記憶と重なるような出来事に出くわすと、健は初めてその潜在的な存在に気が付いた。トカゲが尻尾に触れられたらピクッと頭を動かすようなものだ。例えば、学生時代の悩み、地球化への小波《さざなみ》、日本を出るためのあがき、これらは意識の下へ押し潰されてしまっていた。

そして、そんな記憶が目覚めると、それはあの先生との思い出へ連なって行った。先生と過ごした短い日々の思い出は、強い密度で、あの秋の暮れの濃い色をつけたまま、激しい懐古と後悔と共に、健の中に吹き出して来た。それは健の脳細胞を刺激し、それが「回想」となり、次々と新しい記憶素を作り出し、送り出して来るようになった。

フロイトの昔の住家を見つけたときがそうだった。すっかり忘れていた学生時代の記憶が蘇って来て、次に健を襲ったのが先生との、もう取り返しのつかない、浪費した機会の思い出だった。すべてがフロイトのせいだ。

## 六

朝倉健は大学の教養学部時代に、佐村という男と仲良くなった。彼は優雅で、豊かさと円満さを象徴する男だが、怠け者でもあり、医学部への進学が決まり、留年したので、年は二歳上だった。彼は「ブルーバード」を運転するお陰で、窓側の右腕と顔の右半分だけがいつも日焼けしていた。実家の病院は池袋の近くなのに、本人は井の頭線の神泉に下宿し、健と一緒に渋谷の道玄坂にある付添いバーや女装バーを徘徊し、勘定は必ず払ってくれた。佐村はフロイトに傾倒し、バーの止まり木で、女性達に挟まれ、格好をつけてこう広言した。

「世界に本当の偉人は三人しかいない。地球を理解したコペルニクスと、生き物を理解したダーウィンと、人間を理解したフロイトだ」

話が夜明けにまで延びると、健はよく彼の下宿に泊まったが、避妊用の袋を生まれて初めて目にしたのも、彼の下宿だった。それは机の上や風呂場にまで散らばっていた。そして、佐村はバーで気のある女性を見つけると、顔に醒めた笑いを浮かべて、健を路上へ追い出した。

「悪いな、ご覧の通りだ。今日は家に泊められないからな」

そんな非情さは、彼の寛容さの対価として、当然の如く健に向けられた。

その佐村が健に医学の崇高さを説き、医学志望者の集まる会を紹介してくれた。そこでは先輩達が進学相談に乗ってくれたが、合間に哲学的な話に到り、フロイトのリビド論さえ、一端《いっぱし》の専門家みたいに、尤もらしく討議した。

「フロイトは僕等の意識していないことの重要さを意識させてくれ、精神分析治療に使った」

既に治療を受けているような、病的な医学志願者が質問した。

「それで、精神病の患者は治ったのでしょうか」

健も一時は思っていた。リビドなる性的本能の活量が人間の精神状態の基になっていることが解明されたから、将来は精神病が直るに違いない、と。しかしそれは誤解だったようだ。羽を付けた天使の性別が男か女かを見極めても、何の役にも立つまい。リビド論も、それと同じくらい無用に思えた。

小さな事故があった。ある授業で初心者教育用の映画が上映されたときに、健は失神してしまったのだ。映画の筋書きでは、患者にエーテルを嗅がせて麻酔し、人体を切開手術することになっていた。麻酔の口当てを患者に被せる場面で、健が迂闊にも次の切開場面に思いを馳せてしまったのがまずかった。すぐに気分が悪くなり、意識が薄れ、後ろで見張っていた助手達に教室から運び出された。

しかし白衣を着て患者の話を聞く精神分析の魅力は大きく、健は次の集会で指導役に質問した。

「動物を殺したり解剖したりしないでも、精神分析医になれるものでしょうか」

指導役はそんな質問を予期しておらず、軽蔑した目を健から背け、もっと真っ当な質問者を探し、別の質問者を指名した。

その後に大学から、医学への進学希望者は自費で聴診器一式を買うようにと通達された。健はお金を作り出せず、挫折が正当化された気分で、医者になることを放棄した。聴診器の前に、一足の靴を買わねばならぬこともあった。ただ佐村へは、医学を放棄するのは権威社会への抗議だ、と言い訳した。

この瑕疵《かし》による選択は、国境がらみの職業から健を解放し、外国で働こうと思う気持をいっそう煽り立てた。当時の若者には、もっと冒険心をそそり、面白そうで、お金のかからない選択が沢山あったからだ。


木村は高校の同級生で、健と同時に同じ大学へ入ったが、彼の目的は学生運動を始めることで、そのために追放されることのない国立大学を選び、入学するや否や反抗運動の動物となった。木村は高校時代から教祖的な魅力を持ち、それを最もよく利用できるのは勉学ではなく、学生運動だということを、自分でよく意識していた。

ある日、教授を待つ健ら学生の教室に現れ、一段と高い教壇に登り、皆の前で次の示威運動を呼びかけ始めた。政治学の伊東教授は十五分遅れて教室に現れたが、木村が演壇を譲らずに演説を続けていたので、大声で怒鳴った。

「君、授業は始まったのだ、無礼だな、身の程を弁え給え」

木村はすっかり硬派になってしまっており、出口の方へ後ずさりしながら、それでも示威運動を呼びかけ続けた。伊東教授は著名な政治学者で、紳士で、知識人の代表だったはずだ。その教授が若造の木村に野卑な言葉を使ったのに、健は傷ついた。健は思った、授業に必ず十五分遅れて現れる教授の方に非がある。健は木村に同情し、彼の勇気に敬意を払い、教授に一言も抗弁しなかったのは偉い、と、彼をますます好きになった。だからある日、木村が健の前に現れ、お前の学級にも細胞を作りたいから、お前代表になれ、と言い出したときには、健は自分の準備不足も省みずに引き受けた。どんなことをやればよいのか、と訊くと、

「講義が始まる前に演壇に立ち、チラシを配り、抵抗運動へ誘うのだ」

何の抵抗運動かは判らなかったが、彼の口から出るのは『資本論』や『共産党宣言』だった。そうだ、マルクスだ。健はそんな本を目にしたこともないのに、教室ではマルクスを夢想し、頭の中でその名を繰り返し始めた。ただ、「ブルジョワ」とは何か、という点が明瞭でなかった。

「打破すべき階級は生産手段の関数として定義されるが、その手段を持つのがブルジョワだ」

木村はそう答えたが、答えが抽象的すぎ、健は自分なりにマルクスを理解することにした。判ったことは、マルクスは一国だけの政治から離れ、世界の労働者階級の団結を呼びかけた、破格の人間だったことだ。コロンブスに始まる地球化の運動を推進したものだ。マルクスの本は中国語にも訳され、毛沢東、周恩来、彼等みなに影響を与えた。しかも世界の各地で若者達が、当時の社会制度や資本家への反抗を始めていた。

それでもマルクスは謎だった。彼はユーモア小説の作家として物書きを始めたが、成功せず、その恨みが彼を社会運動へ走らせたらしい。健は再び木村に当った。

「彼はウエストファーレン男爵家の娘と結婚し、松坂牛しか食わぬ金持ち左翼じゃないのか」

「そんな小さなことは左派の格を下げるものではなく、逆に我々の考えの一般性と気高さを証明する」

木村は本気で答えたのか、冗談だったのか。ただ、木村は既に学生運動に憔悴しきっており、マルクスの社会的昇進は逆に彼の若い夢と血を駆り立てるだけだったようだ。健はそれほど憔悴しきれず、木村に対して、健自身の自律性と批判力を高めようとしたのもその頃だ。

それでも健は木村の尻について、首相官邸への示威運動なるものに参加した。木村は拡声器を手に、いつの間にか健の前から消えてなくなった。どこで何が起こっているか誰にも判らず、健は後ろの群集に押され続け、前の群集の背を押し続け、すり足で走り続けた。後ろの女性が、

「御免なさいっ！」

と叫んだ。健の靴の踵が惨めに踏みつけられ、健は片方の靴を失った。靴は下北沢の質屋で見つけて買ったばかりで、健の足に馴染んでいなかった。健は流れに逆らって靴探しに戻ろうとしたが、横向きになったまま後続の群集に捕まり、片方素足のまま、敵陣の方へ押され続けた。流れに流れて、首相官邸の壁を囲む警官達と向き合う場所にいた。健の前で直進していた群集は警官に追い散らされ、左折組と右折組に分かれて散らばり、逃げ出していた。健も群集と共に逃げだした。一段落つき、健は靴への愛着から、また広場へ引き返した。群集の波の熱気は広場から嘘のように消えてなくなり、かわりに、義務を果たしたように引き上げる人々の影が、薄暗い夕方の空を背景に、侘しい姿を点々と写していた。健は自分を見捨てた木村と貴族マルクスへの失望で一杯になり、まばらな人々の間で靴を探し続けた。奇妙なことに、役に立たない片方の靴でさえ、視界から一掃されていた。誰かが拾い、警官隊に向って投げつけたのだろう。恐ろしいことに、健の踵が出血し、靴下にこびり付いているのに気が付いた。健は皮膚が剝がれないように、片方素足でビッコをひきながら、最寄りの霞ヶ関駅へ向かった。

この示威運動は翌日の新聞で大きく報じられたが、それはある女子学生が死亡し、しかも彼女がどこかの大学教授の娘だったからだ。健は靴探しのせいで、この運動の高尚な意義から見離されていた。

木村に傷つけられ、健が心を惹かれ始めたのは芸術だった。こればかりは表面的な気紛れには影響されず、心に直接に働いてくる感動を与えた。芸術は科学や社会問題の上だ、とさえ思った。

美学志望の細田は印象派から離れて、ピカソの分析に没頭し始めていた。彼は悔しがった。

「ピカソの芸術がアフリカの原始文化を原型にするなんて、どうして自分はもっと早く気が付かなかったのか」

そのような高尚な自己批判に反し、細田が秘蔵の絵として見せてくれた何枚かの複写は、奇妙な色気を流している絵ばかりだった。健はそのことを特に不思議には思わなかった。細田の細い体と、いつも半分伏せた顔には、彼の屈曲した異常さが紛々と感じられたからだ。

細田によると、十六世紀末にフォンテンブロー派というのが存在し、ある画家は一人の女性が、隣にいる女性の桃色の乳首を抓む絵を描いた。

「デストレ公爵夫人という実在女性だ」

彼はその絵を目から少し遠ざけ、魅せられたようにしばらく見入った。二枚目の絵は十八世紀のフラゴナールのもので、女性二人が桃色の下半身を顕わにして寝台の上で子犬と戯れる絵を描いていた。最後は十九世紀のクールベの絵で、世界の起源という題と共に、女性の性器だけが大きく描かれていた。

健はそれらの絵に意表を突かれ、斬新さに衝撃を受けたが、実を言うと、思い付きの奇抜さと色気を除いてはどこに芸術性があるのかは判らなかった。これらの絵が他の絵から抜きん出るのは、思いつきだけではないのか。歴史を作る者は何かを思いつくと、その思い付きの線に沿って周りの要素を組み立て、自分の主張を作り上げたのに過ぎないのではないか。

　フロイトだってそうだ。人間の意志は、意識していることとの他に、意識していないことによっても支配されるなんて、科学的に証明された訳ではない。思い付きだけかもしれない。ただ、意識の横に無意識があるという考えは、例え思い付きだけにしても、何も考えない俗人の頭には浮かびもしまい。健だって、日本の一億の人間の圧力から抜け出すには、何か思い付きが必要だ、と密かに思い続けた。

七

　健は生計を立てるのに忙しく、終に卒論実験を終えることもできず、教授との約束付きの仮卒となった。健は中企業の研究所に就職し、社会人になっても週末は大学に通って実験を続けた。中企業に就職した理由は、大企業に入って優秀な人間達と競争する圧力から離れたかったからだ。その意図は悪くなく、中企業は自由が効き、同僚達も親切で、卒論実験を続けるのにも都合がよかった。実を言うと、マルクスみたいに裕福家庭の女性と結婚し、そのお金で外国へ出ることも健は夢みた。しかし外国へ出たら、日本では得られなかった別の青春が待っているかもしれぬ、その時には伴侶が重荷にならないか、とさえ真面目に考えた。両者の損得を秤量し、健は将来への好奇心に負け、外国へ行くには独身の方がよい、と結論した。

　だが少しお金を稼ぎ出すと、健は外国映画を観に通い始め、日本で果たせない夢を追い始めた。

当時の外国映画は概してハリウッド映画であり、健はそこに見るアメリカ生活に憧れた。そこでは女性は勇敢な男への褒章として取り扱われていた。その証拠に、宣伝ポスターや映画の字幕ではまず男優の名、女優は二番目にしか表示されなかった。健も女優の名が最初に出るような映画は観に行かなかった。しかし本心は、そのような男がものにする女性を観にいくことだった。その中で見る女性、西洋の女性、『風と共に去りぬ』でクラーク・ゲーブルと張り合うヴィヴィアン・リーの利潑そうな窄《すぼ》まった口、『北西騎馬警官隊』でゲーリー・クーパーと別れて行くジーン・アーサーの夢を追うような憂いの目、『地上より永遠に』でバート・ランカスターと海で戯れるデボラ・カーの優雅な目と鼻。

アメリカへ脱出するのは難しいか。健の研究所の体制に従うと、フルブライト奨学制度に応募して、二年の間アメリカの研究所へ留学する道が敷いてあった。しかし順序があり、先輩達はだいたい三十代の半ばまで留学を待っていた。しかし健は心の中で、三十歳前に日本を出たいと思っていた。三十代まで待つと、自分の青春は既に終わってしまっているように感じたからだ。つまりは、健が外国へ出たいのは研究のためではなく、外国の男や女を知ることであり、彼等の間で生きてみたかったからだ。そしてデトロイトから安い大きなドッジを買って帰ってこよう。アメリカでは使い捨ての車はただで貰えるそうだから、運送代ぐらいで済むだろう。そんなぼんやりした夢もあった。

その頃に米国で、健の熱情を削ぐ事件が起こった。話はこうだ。米国のある州で白人と黒人が結婚しようとしたが、その州には白人と非白人の結婚と性交を禁じる法があった。そこで彼等はもっと自由なワシントンへ出掛けて結婚し、また元の州に戻った。ところがたちまち警察が新婚宅へ押しかけ、夫妻が一緒に寝ている所を見つけ、牢屋へぶち込んだのだ。そのときの裁判所の判決が新聞に出ていた。その件は最高裁判所にまで上訴されたが、健はその結果を知らない。ただ健が思い知らされたのは、自分は白人ではなく、非白人の類いに属することだった。健は屈辱さえ感じ、米国への夢を当座は車庫へ入れておこう、と決心した。

今にして思うと、これらは全て、これからの地球化の、つまり地球規模での標準化の、少し前の準備期間だったようだ。船の代わりに飛行機が使えるようになり、食糧での苦労が減り、お金の余裕ができ、世界中から、浅くても早い情報が流れ込んで来るようになったからだ。しかも、社会に反抗する無頼人間でも生計を立てることができる社会になっていた。お金もなく才能らしき閃きもない者さえ、日本を出ることができるようになりつつあった。

健が日本を脱出できたのは、ひとえに偏向性好奇心のお陰だ、と思えた。好奇心さえあれば、後は屈辱感と、反逆心と、少しばかりの怒りの気持とで、何とか道が開けて来るものだ。ツキは大きかった。ただツキは、自分で探しに行かねばならなかった。

# 八

健は、今日こそはと意を固めて、この喫茶店カフェ・ロワイヤルにやって来た。今日はこのカフェで、どうしても日本の先生へ、フランス語の先生へ手紙を出そう。そのために、カフェの奥の静かそうな隅へ進んだ。そこにはジュークボックスがあり、学生の連れ合い達が多かった。迂闊にも、健は初めて気が付いた。自分の住みだした十二番地は健のあの先生が学生時代を過ごしたソルボンヌの一画にあることだった。

どの円卓の上にも回転めくり式の歌の番組が置いてあり、そこで好きな歌の番号を選び、ジュークボックスまで行ってその番号の硬貨を入れるようになっていた。誰かの入れた硬貨で、悩ましい歌が流れ出した。歌詞は聞き難いが、思わせ振りな女性の囁きとうめき声が、歌詞を聞き取ろうとする健の努力を鈍らせた。ああ、あのゲンスブールの歌。この歌だ、イギリスでもスエーデンでも音波で流すのが禁じられたのは。

健は椅子に座り、ゲンスブールの歌が終わるのを待たずに鞄を開き、封筒と紙を取り出した。それは先生への手紙を書くという健の意志を鈍らせないためだった。先生と別れて既に三年以上も経っていたが、その遅れの表面の理由は、健が先生の正確な住所を知らなかったからだ。

健は封筒の表に日本語で、北鎌倉、駅を出て南へ、東京寄り、歩道トンネル、南へ二分、佐藤様方、など思い出せる全ての土地の特徴を拾い出して書いた。それは健が初めて先生の家に行くときに取った道順だ。その下にローマ字で、「KANAGAWA—KEN・JAPON」と書き加えた。それはこの手紙がフランスの国境を出て日本へ向かうために必要だった。

## 九

先生との束の間の交流を思うとき、鎌倉と共に江ノ島の光景が、現在形で浮かんでくる。江ノ島は健の働く研究所の近くにあり、しかも、海と空と小さな島が自然の中で素晴らしい調和を作り上げ、満たされない現実を容易に忘れさせてくれたからだ。

夏の初め、何かを組織するのがうまい西村さんが、合同海水浴なるものを組織する。二十人ぐらい、江ノ島の海岸に集まる。一同はこの土地の者だ、東京人の集まる江ノ島海水浴場などには屯《たむろ》しない、そのような不文律がある。一同は海水浴場など見向きもせず、大橋を渡って島に入り、島を横切って裏側の海に出る。そこは岩場で、岩と岩の間に入江や、狭い砂地が所々にある。一同は女と男が左右に分かれて、岩場の影で水泳着に着替える。

健はそこで、同じ研究所の別棟で働いている麻紀と知り合う。麻紀は一同の中では、間違いなく最も魅力的な女性である。顔が細く、特に目を伏せたときの睫毛が綺麗だ。欠点と言えば肉付きが薄いことだろう。別の欠点は、対照的に冴えない陽子という女性が、いつも麻紀の廻りにいることだ。二人は友人と言うより、お姫様と侍女の関係に見え、お互いに自分の立場を認めながら相手の存在を利用している印象を受ける。

皆は、岩陰で着替えると、砂浜に戻る。麻紀は他の女性達と違って勇気もある。岩陰から出て来た女性のうち、彼女だけが上下に分れた水着を着け、他の女性はみな普通の水着をまとっている。彼女は皆に先駆けて海に入って座り込み、体を濡らす。陽子が麻紀に次いで、同じ儀式を行う。ただ、麻紀が立ち上がると、水で膨らんだ下の水着が落ちて臍が出るので、下着を急いで両手で引き上げる。健は麻紀を横目で見やりながら、彼女の勇敢さに似ず、その仕草が綺麗な女性にしか価しない繊細さに思われる。

「アア、冷たい」

麻紀はそう言って砂浜の上へ戻ってしまう。健は他の男達と海へ突進し、海の中から麻紀の仕草を思い出しながら、別のことを考える。麻紀は中背の上に華奢で、瀟洒な雰囲気を振りまく。新宿の武蔵野館で見るハリウッド映画では、女性は荒野に住んでいても野原で働いていても、髪型ひとつ乱れないほど華麗だ。一方で、吉祥寺の穴倉劇場で見る欧州映画では、女性は家では下着で駆け回り、殺人調査に来た警察官に胸を広げたまま戸を開けて男を玩《もてあそ》ぶ、そんな泥臭い魅力がある。健にはその方が近づき易い。健は麻紀にそのような、こましゃくれた魅力を感じる。健は海の中で微妙に移動して麻紀と陽子の近くに到り、そこで浜の方へ上がって砂地に座る。

「どこにお住まい？」

不意に麻紀が言う。健は、横浜の外れの独身寮だ、と答える。

「いつも何をなさるの？」

寮でテニスをやるか、そうでなければ横浜でよく映画を観る。

「今度連れて行ってくれない？」

健は半分照れて、咄嗟に、それでは陽子さんも、と誘う。

「私、週末は家から出られないの」

陽子は引き立て役の自分の立場に慣れており、麻紀が陽子の存在を苦にしていないのも、そのせいなのだろう。それが姫と侍女の本質的な信頼関係だ。健はあまりの成功に返って拍子が抜ける。そして、職場から充分に離れた横浜で麻紀と会うようになる。欲求不満の若者にはそれを満たす場所がない。彼等が繁く通う所は喫茶店で、しかも「同伴席あり」と掲示されている喫茶店だ。同伴席は他の席より五〇％は高い。

麻紀は大学教育を受けたにしては庶民的で、難しいことは言わず、しかも正直に何でも言う。実家が平塚で洋装店を経営しているというから、それが商人の娘というものなのかもしれない。

十

気温が下がり、冬に近づくと共に、夢ばかりが先走りして、健の気分には焦りと無力感が現れ始める。曇る気持は、麻紀との逢瀬で垣間でも脇へ追いやれるが、それでも二人の間に微妙な影響を与え始め、健の彼女に対する態度も、ぞんざいになり勝ちだ。

新年になって最初に会った日に、麻紀は和服で現れる。和服は麻紀みたいな華奢な体の女性のために準備されているのか。麻紀にはいつもの洋服の時には感じられない、魅力と美しさが沸騰し、仄かな香りが健の鼻を快く刺激する。

しかし、麻紀と一緒に街を歩く誇りと共に、麻紀の思いやりのなさに、健は軽く不機嫌な気持に陥る。今日はいつものように同伴席で愛を交わすことはできないではないか。健と麻紀はいつもの喫茶店へ入り、いつもの薄暗い部屋の椅子に並んで座る。同伴席には欲求不満な二人連れで一杯だ。みな広い上着を被せて、顔を寄せて動かないし、声も嚙み殺している。健は麻紀の和服に自分の汚い雨合羽を被せることを躊躇し、手持ち無沙汰に、注文したコーヒー椀を傾けたり、口へ運んだりする。麻紀は少しためらいながら言う。

「前が開いているわ」

健は意味が判らず、麻紀の肩を軽く抱く。

「和服のときは、下着の前が開いているの。手洗いに行けるように」

健は自分の想像力のなさに気が付き、急ぎ雨合羽を引っ掛け、彼女の下を探る。健は彼女の吐息と共に、指先に、初めて外気に触れるような、密かな淡白な匂いを感じる。

十一

また五月末の暑い日。研究所の上司が、翌日の日曜に一緒に泳ぎに行こう、と誘ってくれる。ある看護婦が東京の病院で研修しており、仲間達が彼女のために、江ノ島への早出の海水浴を計画したのだそうだ。何か、情報が隠されている臭いがある。上司はわざと間を置いて、何気なく、しかし決定的に、残り火をかき立てる。

「彼女はスエーデン人だって」

健は顔が火照り、好奇心で一杯になるが、動揺を隠して、すげなく答える。

「いいですよ。テニスをやるには暑いし」

それでも健は、今の単色的な生活からのあがきから、関心を隠せない。

「やはり……」

どうでもよいことですが、と言う風に付け加える。

「金髪ですか」

上司はフフフと笑い、さあね、家内の仲間だからまだ会ったことがない、と答える。すぐに、密かな気がかりが沸いてくる。北方の人間は大柄だ。彼女も健より首ひとつ背が高いかもしれない。

日曜日に上司と健は江ノ島の駅で、東京からの看護婦団を待つ。四人の女性が現れる。そのうちの一人がウーラだろうが、遠くからは余り区別できない。ウーラは金髪ではなかったからだ。しかも背も健と違わない。健の心は当てが外れて、少し落胆するが、危惧は去り、逆に親近感が沸いてくる。もう一つ意外なのは彼女の水着だ。健は若いヨーロッパ女性は皆ビキニで泳ぐものと信じていた。ましてや、北のスエーデン人は太陽を貪るためにも裸になる。『不良少女モニカ』ではハリエット・アンデルソンは生まれたままの姿で泳いだではないか。

だから健はウーラが衣装の紐を解き、胸から腿まで伸びる通しの水着姿になったとき、落胆というより、意外に思う。付き添いの三人の看護婦達は、お客さんを海の中に解放した自由感から、何となくウーラから離れて泳ぎだす。健は頃を見計らい、ウーラに近づくが、何を何の言葉で話すかまで考えず、話す言葉がないのに気付く。立ち泳ぎしながら健は何とか、片言の英語でこんなことを言う。

「日本語、うまいですね」

初めて口にするには何と冴えない言葉だろう、何と想像力のない質問か、と嫌悪を感じる。彼女は同じお世辞を何度も言われ、飽和しているに違いない。健は名誉を回復するために、途切れがちに、おおよそこんなことを言った積もりだ。

「日本での滞在と経験を、貴女の国でどのように使いますか」

今度は会話を、急に複雑にし過ぎたようだ。彼女は少し不審な顔をし、間を置いた後、素っ気無く、片言の日本語で答える。

「フランス語、デハ？　ドイツ語モ、少シ、ワカリマス」

健の英語はウーラに少しも通じていないようだ。そんなはずはない。ジャパンとか、ハウとか、エクスペリアンスとかは判るはずだから、健の英語の想像はつくはずだ。健は傷つき、尤もらしい答えを探す。多分、この太平洋の海の中で、なぜそんな情況にそぐわない質問をするのか、その心が判らなかったのだろう。自分だって、立ち泳ぎしながらそんな質問をされたら、相手の真意は何かと疑ってしまうだろう。

健はその後にウーラと再会する機会はなかった。それを求める気も失せていた。ただ、健はその時から、フランス語を学ぼうと決心する。科学者は米国や英国へ留学したがる。そうでなければ医学や機械に強いドイツだ。フランス語をやる科学者なんては、そうはおるまい。フランスへなら競争者も少ないだろう。そうだ、健はフランスへ留学しよう。これが健の慎ましい思い付きだ。フラゴナールやマネの絵の思い付きには及ばないが。

十二

六月の台風の前触れで暗くなりかける茅ヶ崎の海岸で、健は麻紀へ宣言する。

「これからフランス語の学校へ通うから、今までのように会えないかもしれない」

麻紀は予測していたように、健の顔を見ないまま、

「どうしても、ヨーロッパへ行きたいの？」

尤もな質問だ。健でさえよく答えられない。本当の気持なんて、他人へ伝えられる代物ではない。

「でも長くないのでしょう？」

「僕の狙っている奴は六ヶ月。長くても八ヶ月」

健は麻紀を安心させるために、出願要綱で見た最短の期間を挙げる。麻紀の安心したような雰囲気が沈黙のうちに感じられる。健は、もっと長く滞在する積もりだ、とは付け加えない。今日は海岸の風が強く、海岸を散歩するような人は誰もいない。砂の飛散を避けるために幾つかの竹柵が作ってあり、二人は風を避けて、二つの竹柵の間に座る。

麻紀は竹柵の根元に溜まった砂の上に上半身を傾斜させている。妊娠させたら健の計画は壊れてしまう。健はチラッとそのことを考えるが、躊躇と欲望の間で迷うまま、麻紀へ覆い重なる。健が麻紀のキュロットに手をかけたら、麻紀は抵抗せず、健の慌てた手を助けて、自分からそれを脱ぎ取り、自分の上着のポケットへ入れる。健は瞬間、麻紀は喜んで妊娠する魂胆ではないか、と疑う。それほど彼女の態度は淡白で、晴々としている。

「ヨー、お前等、よくいちゃついておれるな、ここは公衆の場だ、禁止だよ。知らんのか」

急に後ろから、男の声が健の火照る背中に悪寒を走らせる。欲望で動悸していた心臓が急に恐怖へ落ち、動作を止める。健は男の方へ振り返る前に、麻紀の上に被さったまま、命令された子供のように、砂地に脱ぎ捨てた上着を鷲掴みにする。それから男の方へ振り向くが、沖の残光しかない暗闇では男の短く刈った頭の輪郭しか見えない。健はズボンを上げ、麻紀はスカートを降ろし、走らないように注意しながら、しかし足早にその場を離れ、途中から半走りになる。

「男は追って来ないわよ」

健の心が動転しているのに、麻紀はもう何事もなかったように、私、下着を落としてきたようだわ、と言う。健も何か落として来た気がする。男が追ってこないのは、健と麻紀の落し物を集めているせいかもしれない。

「貴方、ネクタイが汚れているわ」

麻紀の声に、健がそれを手に取ると、一部が射精の粘液で半分固くなっている。

「家で洗ってあげるから、外して」

麻紀の実家は洋装店だが、ネクタイの洗濯もできるのかな、と軽い疑いが湧く。翌日、健と麻紀が藤沢の外れの喫茶店で会ったとき、麻紀は別のネクタイを持って来る。

「洗うと形が壊れてしまったの。お母様の店から別のタイを貰ってきたわ」

麻紀が健との関係を母親に話したと思い、健は苛立つ。もう少し内密にやれないのか。数日経って、例の脅し男が研究所に電話して来る。やはり健は研究所の証明書を落としてきたのだ。

「明日の六時に、あの海岸へ出て来いよ。そうしないと、会社にばらすぞ」

健は麻紀にその話をし、男に会いに行くことを告げる。

「駄目！　放っといたらいいわ。私、ばらされても、何も困ることなんかないわ」

このとき健は、麻紀の精一杯に体を張った健気さを愛しく感じる。自分は、麻紀の気を惹けなかった他の者達より幸せに違いない。麻紀が健を選んだことに自尊心さえ満たされる。しかし同時に、少し重荷にも感じる。愛されていることを感じるのは、健の驕りを増し、横着にし、既に物にした麻紀との関係は既得権であり、将来への保全作業を要しないと思わせる。健は知っている。人に愛されることは、自分には本当の心の安泰をもたらすまい。しかも、健にはまだ別にやるべきことがある。

十三

七月の始め、研究所の同僚でテニス仲間の千田さんが健に教えてくれる。

「北鎌倉でソルボンヌ出身の人がフランス語を教えるという広告を見つけた、ほら、これだ、一緒に行ってみるか?」

健は咄嗟にウーラとの会話を思いだす。健が千田さんに、自分の決心を洩らしたことがあるからだ。千田さんと健は仕事の後にテニス仲間の目を避け、目的の北鎌倉へ向う。北鎌倉の山裾のトンネルを潜り、山肌を登って佐藤某家の離れ家に着く。家主の佐藤家の奥さんに連れられ、庭の離れ屋の開いた入り口に立つ。佐藤さんはそこから嬉しそうに、媚びるように呼びかける。

「グンさん、お客さんですよ」

先生は内側から障子を開け、小さな口をすぼめるように結んだまま、縁側に現れる。玄関の下にいる健には、縁側の上から二人を見下ろす先生は、栄養を絶ったばかりの巨人に思われる。大きくて、しかも痩せているからだ。

「ハイ、ドーゾ、コチラへ」

先生はかなり日本語を話す。健はほっとする。千田さんもそうに違いない。二人は部屋へ呼び込まれ、低い長方形の机に先生と向かい合って座らせられる。先生は数秒または数十秒、沈黙したまま、ただ二人を見やりながら、どの位本気でフランス語を学ぼうとしているのかを憶測しているようだ。その顔は少し茶化すように目を瞬かせるが、二人の滑稽な緊張の仕方が、一人住まいで、日本の若者と接触のない生活を送る先生に、楽しむ余裕を与えたのかもしれない。

「ワタシ、フィンランド人デス」

健にはどうでもよいことだったが、先生は、フランス語の先生がフランス人でないという問題を、少しでも早く片付けたかったのだろう。中年の先生の落ち着いた粘り強い声が、今でも健の脳の中に残っている。細い偉大な体から、間違いなく、女性の声音が出てくる。高い喉仏から、柔らかく高い音程だけが濾過されて出てくるが、声の奥深さは体の体積に比例している。七月初めの太陽は暑い。窓から入る太陽に当たる髪の表面は殆ど白く、その下の影は茶色なので、一瞬、脱色金髪かな、とさえ思う。

歴史の本によると、ヴェニスの女性は毎日屋上で栗色の髪を綿みたいに膨らませ、地中海の太陽の下で潮風を通し自然脱色した。だからヴェニス女性の髪は茶色から紫外線で脱色され、金髪でも赤がかっており、これをヴェニス・ブロンドと言うらしい。しかし先生の髪はそれとは違う。光線に対する角度で色が変わるのだ。日本人に比べたら髪が三倍か四倍も細くて数が多く、曲がりくねって密生しているので表面積が大きく、その中で短波や長波の電磁波がお互いに引き合い反発し合って踊るから、色が変わるのだろう。

「ハイ、ワタシ、作家デス。ココデ、禅ノ理解ヲ、シテイマス」

千田さんと健が一言も発しないうちに、週に二回の授業と料金が決められる。帰りに先生が立ち上がると、広い腰は裾広がりのスカートの下に隠れ、遅れて立ち上がろうとする二人の顔前の視野を塞ぐ。腰に比べて上半身はこけし人形のように細くなり、ただ胸だけが白いブラウスの下で肩幅ぐらいに広がる。入り口の縁側から降りて庭へ出るとき、先生はバレーの踊り子の靴みたいに薄い布製の靴を履く。千田さんは一メートル七五はあるからまだよいが、健が先生と話すには、心持ち下から見上げねばならない。

その千田さんは健と一緒に二度通っただけで、早々にフランス語を放棄してしまう。千田さんには兄貴肌のところがあり、初めから健の好奇心に付き合ってくれたようなところがある。

先生と健は二人だけになると、よく日本語で話す。先生がフランス語でひとこと言うと、会話がそこで詰まってしまうからだ。一ヶ月も経ち、少し慣れてくると、先生はフィンランドの森や湖、ソルボンヌでの学生時代、なぜ離婚したか、を断片的に話してくれる。ソルボンヌの話が出ると思い出したように、

「ソレデハ、コレカラ、フランス語ヲ話シマショ」

と言う。そこでまた大きな沈黙が訪れ、先生は健のフランス語を待ちながら禅の思考に入る。健は頑固に沈黙を続ける。沈黙を続けることも一つの意思表示だ。そんな、少し甘えていられるところは、健が先生を好きな理由の一つだ。しかし、いつも健が折れる。ある日、先生はフランス

語で何か話してみなさい、と言う。健は簡単なフランス語の単語を探しながら、誉めるより批判する方が会話の先生には親切なはずだという義務感から、フィンランドについて知っている唯一のことを口にする。

「フィンランドの食事は世界で一番まずい、それ本当ですか。イギリスよりひどいという話」

先生は若い健を宥《なだ》めるように、目を細め、日本語で答える。

「オカシナ話。自分ノ国ノ食事、一番デス。ソウデナイ、世界ニハ、ヒトツノ食事シカ、ナクナル」

健はふざけて先生を困らせる積もりが、冗談にもならず、先生へ誤解を与えた、と感じる。先生は健の真意を摑もうと、目の焦点を合わせようとしたのを覚えている。健はそのときから、先生に取り付くために強いて話すことを止める。自然か沈黙、それが先生の知っている禅の心にも一致しよう。

先生はフランス語より日本語を話している方が楽しそうだ。健は数年前に読んだ志賀直哉や、最近読んだ川端康成の小説の話をする。使う日本語の種類を注意しながら、ゆっくりと。先生は目を丸くしたまま、健の口を追い、健が口を止めたときにやっと付け加える。

「雪国、ヨミマシタ。フランス語ニ、アリマス」

フランス留学の試験は来年の春先にあるが、先生とはもっと長く付き合い、留学試験を受けるのは一年ぐらい延ばそうか、と健は躊躇する。

ある日先生は机から目を上げて言う。

「建長寺へ、イキマショウ。禅ガ、ハジマッタ寺デス。イエ、マチガイ。禅ノタメニデキタ、寺デス。ハジメテノ」

先生が率先して裏の山の方へ歩き出す。健は方角が違うように思うが、沈黙を守る。

「ウラガワカラ、イキマショウ」

二人はお寺には辿り着かず、裏山みたいな所に入る。汗をかいたらすぐ乾く、その位の高さの裏山だ。先生は踊り子の靴でスイスイと坂を上って行く。脚の長さの違いで健は遅れ勝ちとなり、歩調を合わせるのに苦労し、半分は走っている。十メートルぐらいの差がつく度に先生は立ち止まり、恰も周りの景色を鑑賞するように健に背を向け、健が追いつくのを待ってくれる。健は健で、先生が向うで待っていてくれるのを目にすると、息を整え、恰も光景を楽しむように顔を左右に回しながら先生に追いつく。先生は健が近づくのを確認するときだけ、上から健の方を振り返る。決して日本女性のように笑わないし、声もあげない、その代わりに眉間を軽く寄せて目を丸くする。そして健が足元に着くと、始めてニコッと笑って言う。

「ハイ、ソウデス」

健にはその意味がよく判らない。

「僕は普通、山より海の方に強い」

「ソーユー人、イマスネ、ツギ、海イキマショウ」

と先生は真面目な顔で答える。

健はそれをどこかで証明するため、先生を江ノ島へ誘ってみようかと考える。しかし健には、先生が服を脱いで水着姿になることはないと確信するに到り、その考えを押しつぶしてしまう。先生は裏山の陵の、少し広まった草叢が倒れた場所に入ると、スカートを落下傘のように広げて座り込む。長い脚はその下で仏陀のように胡座をかいているに違いない。

「ハイ、ソウデス」

この表現はよく出てくるから、フランス語の「ヴォワラ」の直訳なのかもしれない。先生は目を瞑って両手を突出た膝の上へ置く。健は横の空地に膝を伸ばし、両腕で体を支え、汗を乾かしながら、先生が建長寺の大広間で座禅しながら師匠に鞭で打たれている場面を想像する。三分。言葉がなかったので、健の方が折れる。

「でも先生はキリスト教なのでしょう?」

「ルッター教デス」

先生はフランス語で説明してくれる。

「日本人が神道と仏教という二つの宗教を信じるのは、不思議ですね」

でも、神道と仏教を同じ宗教だと定義するのが悪い、と健は思う。西欧人だって、キリスト教とルッター教を信じているではないか。むしろ、神道やキリスト教を文化と定義し、仏教やルッター教を信教だと定義すればよいのだ。だが、健のフランス語の力ではそんな反論はできない。

ている。

「デモ、ソレ、ゼンブハ、ダメデス」

突然、先生は言う。健は先生の話は単語ではなく、全体を聞いて纏めた後に類推するようにし

「キリスト教、苦シミト一緒ニ歩ク、デキマス。キリストハ、十字架ヲ肩ニモッテ、山ヲ登リマシタ、ネ。禅、違イマス」

健は何とかして、少しでも先生の重荷を軽くしてあげたい、と心から思う。しかし何が重荷か判らない。先生は再び目を丸め、

「キリスト教、重イ荷物ヲモツ、テツダッテクレマス。禅、ソレヲ肩カラオロスノ、助ケテクレマス。ナゼデスカ？ 人間、タクサン問題アリマス、デモ、ツマラナイ問題。ソノコト、ワカリマス、禅ノオカゲデス」

イマ、ノ、トキノ、オモニ、ヲ、カルク、スル。

だいたいこんな意味だろう。更に何十分歩いたか、健はいつも先生の歩調から遅れないように気を集中しているが、先生は上から健を制して、

「ソコニ、ケッコウデス」

そして藪の中に入り、禅のときのように落下傘で座り込む。先生の頭は藪の中から蛇鳥のように突き出ているが、特に自分を隠そうとはせず、北欧のヴァイキング時代の自然を想像する。それと共に乾いた草を叩く放水の音がする。

「オワリマシタ。アナタ、ダイジョブデスカ」

健は先生の生々しい生き方に感動する。欧州で自然科学が発展したのは、何かを隠そうとする本能から精神を解放したからに違いない。

## 十四

健は先生に躊躇しながら申し出る。

「今日は授業の代わりに、海へ行きませんか」

先生の答えは意外に単直に、ヤリマショウ、と言う。

健は先生に説明する。北鎌倉から湘南電車で一駅、鎌倉へ行き、そこから江ノ電で江ノ島に着く。

「ソレデハ、鎌倉へ、アルキマショウ。ソレカラ江ノ電、ノリマス」

どうも先生は江ノ島を既に知っているようだ。島の中で、先生の知りそうにない場所を健は探さねばなるまい。

先生は健の前に立って、暑い太陽の下を歩き出す。先生の歩幅が広いので、健は小走りになる。

先生が肩掛けを取ったので、健もほっとして上着を脱いで肩に担ぎ、更に足を早める。鎌倉の駅では駆け足で先生を追い越し、二人分の切符を買うが、先生は半額を返すと言う。

「ホント、デス」

先生と並んで江ノ電の吊革に吊り下がりながら、上部の窓ガラスに写る姿を見て、健は初めて先生の背の高さを実感する。健は背を伸ばし、逆に先生は心持背を曲げてくれている気さえする。

昨年、麻紀達と来た道に沿って江ノ島を上り尽くし、島の反対側へ降り、岩の散らばった海辺に出る。先生と健は波の下から傾斜して延びる畳二つ位の平岩に近づいてびっくりする。その岩の上に這いつくばって寝ていたらしい無数の蟹が、砂の上の足音を耳にし、急に目を覚まし、百匹もいたか、全部の蟹が前身を直角に起こし、鋏を空に向けて防御の体制に入る。健は水中舞踊団が水中から同時に片脚を空中にかざすような見事な統一性に感嘆する。

「見て下さい、日本では蟹さえ、団体行動と規律を尊重するのです」

しかし先生は怖じけたように、そうでなくても深い目を更に窪め、

「オー、恐ロシイ。ナチスノ挨拶、ミタイ。ホカノ、場所へ、行キマショウ」

百匹も集まった蟹が同じ行動をとる光景は、健には滑稽で、自然の素晴らしさを示すが、先生には異様で、攻撃される印象しか与えないようだ。

先生は先に立って歩き、岩だらけの海浜の間に、もっと平和そうな狭い砂地を見つけ、そこに座り込み、上半身を細い長い腕で支える。それから先生は無口になる。腕が長いと、関節も反対側へ曲がるようだ。そんなことを考えながら、健は先生の桃色の長く細い腕を見やる。先生はいつも率先して行動する。そういう人は、服従しかない禅とどのように精神を調和させるのか。先生は離婚するときもこんな態度をとったのか。

先生が無口なのは、この初夏の太陽のせいかもしれない。先生の国では一年中が寒く、深い森と、冷たい湖と、雪景色の背景で囲まれ、フィヨルドの厳しい崖で縁取られているに違いないから。

「この太陽では、先生、暑すぎるでしょう」

砂地の上は太陽が強い。健は、自分と日本に責任があるように、肩身が狭い。先生は、どうして、と言うように、

「ニッポンの夏、ダイジョーブ。ヨーロッパの夏、アツイデス。目が痛クナル。ウルトラ・ヴィオレ線、ツヨイ」

少し経った後、小娘みたいにクスッと笑う。

「貴方、サムイトキ、アフリカ人ニ、言イマス。『今日ハ、貴方ニ寒スギルデショウ』アフリカ人、オコル、デショ」

先生は水平線に目を向けたまま黙って思いに耽る。何か話すべきなのか、それが男なる健の義務なのか責任なのか、又は先生を静かにしてあげることが親切なのか。

健は仕方なく、目の前に開く水平線を眺める。空と海の境界線が霞んだまま、左右に単調に広がり、視覚に受ける感覚では境界線が滲んで見える。それでも、地球が蹴鞠のように丸く、また意外に小さいのが判る。これだけ水平線が丸く見えれば、誰かが東へ出発して絹街道を歩き、インドで唐辛子を買ったと聞けば、別の者が船で西へ回り、インドに着こうと試みるのも、手頃な

賭けだと思われる。地球化はコロンブス時代の前に始まっていたのだ。皆が東の米国へ行きたがるのなら、西の欧州へ出発を考える人がいてもよいはずだ。健はインドの香辛料みたいな戦利品を容易に得られるかもしれない。

「シッテマスカ」

先生は急に健に言う。友人が旅立つときは、フランス語でも英語でも「ボン・ヴォワイヤージュ」と言って見送る。東へ出帆するときも、西へ出帆するときも。先生はやっとフランス語の授業ができ、借りを返すように、嬉しそうだ。健も元気が出る。

「皆が旅行すると世界は狭まるし、皆が同じ言葉を使えば旅行も楽になるでしょう」

「デモ、国境ガ、ナクナルト、困ル」

健は先生の言葉を意外に思う。世界の国境がなくなることは世界の平和の象徴ではないか。健の困惑した顔を見て、先生は言う。

「国境ガ、ナイト、マタ戦争ガ、オコル。アタラシイ国境ヲ、ツクルタメ」

太平洋と日本海で保護された日本と、大国ロシアとの陸続きで、常に脅かされてきた国の人との、感覚の違いだろう。

「ワタシノ国、一九一九年、ロシア、カラ、ドクリツ。レーニン、ノ、オカゲ」

そうだ、健はフィンランドについて別のことを知っていた。「フィンランド化」という言葉だ。西側の陣営に付きながら、ロシアの機嫌をとりつつ独立を保つという技術だ。

しかし砂の上の先生は、大きな体にも拘らず、知的で、繊細で、案外にお茶目だ。健は日本で何人かの外国人と知り合ったが、どれも体が大きく、口数が多く、少し攻撃的だった。しかし知的とは言えなかった。どの人も本国で食って行けなく、日本へ流れ落ちて来た、という印象だった。いま先生と沈黙して海を眺めながら、こんな知的な外国人と一緒にいるなんて、健は幸福に思う。健は先生が黙っている間は黙っていよう、と決心する。ただ、健は真夏の太陽の下で汗一杯になる。

「集中スルト、アック、アリマセン」

健は先生の真似をして、目を瞑り、太陽が沈むのを待つ。日が沈み始め、海風が少し涼しく感じられるときに、先生はやっと口を開く。

「マダ、ヨイデスカ」

健は意味が判らないまま、必要な行為をする機会を失った気がする。

## 十五

健は試験が近づくのを不安に感じ始める。先生と一緒にいるのは楽しいが、その間はフランス語が上達しないと悟り、秋の終わりから先生にこっそりと、「アテネ・フランセ」の夜の授業に出ることを決心し、週に二回、仕事の後に湘南電車で東京へ向うことにする。でも先生の離れ屋にも週に二回通い続ける。

東京の夜の学級には同じ試験を受ける人が数人おり、彼等はすぐにそれと判る。仏文科の学生らしい若々しい女性達が多い中、健の競争相手は、場違いの黒っぽい背広とネクタイ姿の社会人の中年男達で、フランス語をやるのが何かの間違いであることは明瞭である。フランス人の先生が質問し、それに楽しそうに答える、それはいつも陽気な女学生達であり、健の競争相手組は女学生への引け目と、周りへの牽制心から、目立たないように、できる限りは沈黙を守っている。

担任の教師はフランス人で、女性と男性が交互に担当になる。ある日は女性教師が、健の答えを待ちかね、教壇で堂々と髪に櫛を入れ始める。健はその奔放な態度に気を取られ、答えを探すのも忘れ、アフリカのフランス植民地での学校の場面に思いを馳せる。男性教師は教室の前方に席をとった、純真で明るい女学生達と質問応答するのを好み、後ろの方に屯する素直そうでない健や年上組を殆ど無視してくれる。男性教師は、その好みをはっきり示し、偽善性のない人間本来の態度に健は感嘆する。

授業が終わった後、二人のフランス教師が大きなシトロエンDSに相乗し、学校の地下駐車場から出て行くところを目撃したとき、健の想像は確信となる。彼等は旧植民地でフランス語を教えた後、日本なる偽植民地に送られてきた愛人同士の教師に違いない。

それでも一ヶ月も経つと、社会人組は女学生組から離れ、少しずつ試験のことを話すようになる。社会人組のうち、官庁の役人組や大学の先生方は、既にフランスに留学中の先任者と入れ替わりに渡仏するようだ。ある男は珍しく私企業の会社員だが、フランス企業との協力関係から交換生としての地位が待ち構えていると知る。

　健はあせりを感じて顔が火照る。この招聘留学生制度は、フランスと既にコネのある官庁や大学や企業からの候補者を内定しているのではないか。フランス政府が公募するというのは、あるいは口実にすぎないのではないのか、民主主義の名の下で公平と平等を尊重するために。だから選抜試験の土台は試験ではなく、提出書類であり、その後の口頭試問により人柄と信憑性を確認すればよいのだ。それなら、健が横から割り込む余地なんてあるのかしら。

　珍しく私企業からの候補生である中村さんが健に説明してくれる。

「この招聘制度はもともと、フランスの旧植民地や未開発国の将来の指導者を招聘し、フランスの良い印象を与えて出身国へ送り返す、という制度ですよ。だから他の留学制度に比べると奨学金額や取り扱いはいいが、留学期間は数ヶ月しかない」

　長く滞在されてアラが見えても困るから、いい条件で短期間だけ滞在させるのが最も効率がいい、と中村さんは付け加える。フランス大使館からの通知には一端《いっぱし》の経験ある者を対象とする制度であるとの説明はあるが、もちろん、未開発国や植民地を匂わせる個所はない。健は半信半疑で中村さんに、どこでそんな情報を得たのか、と訊く。

「自明です。それは留学生達の出身地を見たら判りますよ、アフリカの国、中東の国、タイ、インドネシア、ヨーロッパの発展途上国のルーマニア、チェコスロバキア、ポーランド、……それに韓国、日本」

健が中村さんに、何か共通の雰囲気を感じて話し掛けたのは幸運だった。中村さんは試験には自信満々で、鷹揚に言う。

「私の会社はフランスに工場があるので、この制度の常連です。フランスでの先任者が帰国するときは、後任者はこの試験を受けて留学します」

しかも中村さんには、先輩の留学生達から個人的に伝わる情報が沢山あるようだ。

「日本はもう発展途上国ではないから、この制度は間もなく日本では廃止されるという噂です。私は何とか滑り込めそうですが」

健はそう聞くと我慢できず、夜のうちに研究室に戻り、専門学術誌を数年遡り、健の分野で発表文の多いフランス人の研究者を探す。そのような研究者が一人、パリの近郊の研究所にいる。ホフマン教授。健は急ぎ手紙の下書きを作る。

「私は昔から教授の素晴らしい研究結果に興味を持っており、ぜひ教授の下で研究をしてみたい、つきましては今度、フランス政府の留学試験を受けるが、成功するには推薦状が必要で、ぜひそれを書いて下されたい」

翌日、北鎌倉の先生が健のフランス語を直してくれる。しかし口頭試問の日には間に合うまい。

健は試験の前に、フランスへ留学したことのある松村助教授に会いに行く。フランスの一般制度では、まず筆記試験があり、二次で口頭試問がある。筆記試験では定員の何割か増しの人数に口頭試問の受験資格を与え、口頭試問では試験官は筆記試験の結果を参照しながら、天国行きか地獄行きかを篩《ふるい》分ける。筆記試験では匿名のまま採点されるから客観的な結果が得られるが、口頭試問では候補者の性別や顔や名前や、ひいては家族関係まで開示されるので、試験官の主観や受ける印象が判定の基になる。

「だから口頭では、人間としての魅力を出さないといけない。幾ら優秀でも、生意気であれば落とされるし、女性は綺麗なほど受かり易い。これは人生の現実だよ」

健は自分の審査官達は男だと思い込んでいたので、既に勝負を予感する。将棋で、相手の最初の一手で勝敗を読み取ったと感じるようなものだ。それは、フランス語学校での男性教師の態度を思い出すと疑いない。

「審査官が男なら女性、女性なら男に優しいという傾向もある訳ですね」

松村助教授はそこまで言う積もりはなかった、という顔つきをしたが、思い直したのか、これはフランス人の遊びの特徴でね、と言う。

「地中海文化の国では、古代ギリシャ時代から、化粧と香水で綺麗に装い、相手を惹き付けることも、大切な戦略なのさ」

そして絶望的に言い足す。

「だから人生は面白いのだ、という擁護論さえある」

　また年が明け、健は学校を止めて試験のために気分を集中することにする。健の留学試験は、筆記試験では自分の希望する留学先と、そこと自分との関係を述べる願書を提出することだ。口頭試問ではフランスへ留学したい動機を述べること、と説明してある。従って全候補者に同じような質問がされるのだろう。皆が匿名の仮面を外し、審査官達の前で自分の人となりを披露し、彼等の心を捉えるように、フランスに行く動機の強さをフランス語で、又は英語で説明する。しかも、フランス語の知識は決定的な要素ではない、という注意書さえある。動機なんてものは誰でも持っているから、重要なのは留学先とのコネを、いかに優雅に尤もらしく述べるか、にかかる。各人のコネと、日本で占める地位の重要さにより差がつくように思える。試験官達は筆記試験で大体の合格者の見当をつけ、後は候補者の与える印象を加味し、ほぼ予定通りに部外者を振り落としていくに違いない。健は社会的な地位も、試験官達に好感を与える個人的な魅力も雄弁さも持ち合わせていない。

　口頭試問は東京のフランス大使館で行われ、試験官が健の前に十人いたのを覚えている。日本人とフランス人が半々だ。どうやってその場に着いたかは覚えていない。審査長は大使館の科学関係の責任者だったらしい。その人が一人で喋り、残りの九人は一言も発言せず、同情の目だけを健に送ってくれる。健は自分のいつもの反逆的な態度に注意し、にこやかな顔にしようと努力する。ただ、まだ知らないホフマン教授の名前と住所を挙げ、その教授が世界的な権威で、昔からホフマン教授の下で働きたかったと述べたとき、健は自分の偽善を感じ、少し赤くなったはずだ。ただ、健への審査長の質問が意外に簡単で、拍子が抜ける。

「貴方の研究は日本にいても、やれる研究ではありませんか」

健は質問の真意が何か疑った。そのとき、審査長はにこやかに、しかし冷たく健に言う。

「何なら、英語で話されても結構ですよ」

健が東京と北鎌倉でフランス語の勉強で苦しみ、大きな出費をしたことへの思いやりもなく。


また夏がやって来る。特別の感情もなく、健は不合格の通知を受け取る。ほぼ同時に、健はホフマン教授からの、遅ればせの推薦状も入手する。

「朝倉氏はある化学物質の構造決定のために、当研究所で研究する必要があるので、ぜひ本年の留学用の奨学金が与えられることを期待する」

そんな内容だ。本年という指定があるから、この推薦状は来年の試験には使えないではないか。また来年用の推薦状を依頼するのも気が退ける。それなら推薦状の日時に合わせ、この手紙を今のうちに来年の試験用に大使館へ提出しておこう。推薦状を送った一週間後、フランス大使館から、貴殿に本年用の追加の奨学金を付与する、という手紙を受け取る。しかも東京からパリまでの往復飛行券が同封してある。健は呆気に取られるが、フランス人のコネ主義への憤りも忘れ、彼等の予測できない即興の妙に感謝したものだ。

先生とはどうしよう。これが大使館からの通知の後に、最初に頭に浮かんだ思いだ。しかし大使館からの通知には補足書きがある。

「貴殿も先の合格組と同時に、翌年の初めの、ご都合のよい時期に渡仏されるように」

同じ年の五月にパリで学生騒動が持ち上がり、先に合格していた者達も出発は翌年まで延ばされていたのだ。健はパリの学生運動のお陰で、まともな合格組の留学出立に追いついた。それと同時に、先生にお礼を言う時間と余裕もできた。

十六

「ソウデスカ、アナタ、イナクナリマスカ」

それから先生は、畳の上の、膝がやっと入る机の下から長い脚を窮屈そうに伸ばし、健の膝を足先で突付く。いつもと違い、寛いだように机の上に肘を伸ばして顔を支え、いつものように目をすぼめ、じっと健から目を離さない。少し遊ぶように、しかし気を配り、しかも落ち着いて。そして鉛筆を立てて健の手の甲を何度も小突く。フフフと声を抑え、子犬をあやすような仕草をする。健は先生の顔を窺い、感激し、顔が充血し、勝利を叫びたくて胸が高まる。しかし健は大人の余裕を見せたく、二、三分、絶望的に我慢し続ける。いや二、三秒だったのかもしれない。先生は軽い気持でも、力が強いから、健は手の甲に鉛筆の先の痛みを感じるが、わざと手を引っ込めず、痛さを我慢したのを覚えている。血の気で熱く火照る顔を感じながら。先生は思い込むように目を伏せている。健には長い睫毛の下は見えない。先生の顔は彫りが深く影が多いので、日本人の平らな顔みたいに意図が読めないのが不便だ。しかし咄嗟に考える。今日を逃すともう二度とないぞ、君、勇気だ。もし先生が健とは全く別のことを考えていたら、それは悲劇だ。だが、健は明日にも先生の前からいなくなるのだ。健は裏山や江ノ島を散歩したときの、何かを無為に逃したという、やり切れない気持を思い出す。あのとき先生は健に機会をくれたのかもしれない。先生が裏山歩きに誘ってくれたとき、健は勇敢に先生の手を引いて山道を登ることを想像したのに、現実には健は先生の数メートルも後を歩き続けた。健は恥をかくのが怖くて一線を越せなかった。

健はフランスへ行ってしまう、先生は鎌倉に残る。健は一線を越し、先生の手を握る。生まれて初めての、外国女性の誘いの手だ。低温動物のように冷たくて大きい。健は跳ね除けられる、いや先生の握力が強すぎて、愛撫を強い拒絶と誤解したのだ。健が手を引こうとすると、先生は強く握り返し、健の指の一本一本を千切るように自分の指の間に入れ、健は動けなくなる。先生には普通の握力なのかもしれないが。健は意外な発展に驚き、胃が鉄片を呑んだように疼き、同時に、急に指導権を取った猿のように、何も俺の発展を邪魔できないぞ、と心で叫び、急に勇気でまた顔が火照る。U字に大きく開く先生の上着のシャツから、手を胸の間に入れる。先生は机上の鋏の方を見つめたまま、

「ソコマデ、イケマセン」

と言い、息遣いを少し荒げる。健は先生の目が鋏に向いているのが気になる。先生は軽くうなりながら、その鋏を玩ぶ。健はやられるな、と思い、明日の新聞を考える。留学前の若い研究者、年上の外人女性に殺害さる。しかし健の手は、強く締まった大きなブラジャーの縁をかいくぐり、やっと先生の乳首に辿り着く。乳房がほんの一部しか健の掌に入らず、肌はザラザラとし、日本人ではない女性を感じる。先生は鋏から手を離したので健は安心し、膝歩きで机を回り、先生の長いスカートの下から手を入れる。先生は軽い唸り声を繰り返しながらズボンの上から健の雄鶏を抓るように握り締める。健は横になった先生のスカートの下からキュロットを引き下げる、先生は軽く腰を浮かし、健の操作を助けてくれる。でも何と出張った腰なのだろう、キュロットはそれに比べればすぐにも破れそうに薄く透明で、その下に先生の雌猫が薄暗く見える。先生の雌猫は灰色に近く、日本の太い芝生のように上へ伸びるのではなく、細い芝生のように先生の肌に張り付いて広がっている。六月のウインブルドンの、灼熱で灰色に枯れた芝生コートを思わせる。健は芝生の上に這いつくばうように登る。前方に先生の高い鼻が左右にうごめくのが見える。ヨーロッパ人が白人というのは誤解だ、先生は薔薇色だ。先生の雌猫に指を入れると、先生は畳の上で腰を中心に体をロックンロールみたいに揺らし、健の指から匂いが部屋に広がる。先生は健からズボンとパンツを一緒に引きずり下ろす。健は先生の上になったが、先生のあらゆる大柄なものに比べると急に自分の雄鶏が豆粒のように小さく感じ、そのまま先生の雌猫芝生の上に射精してしまう。

先生はしばらく目を天井へカッと見開いたまま腰で軽くリズムを取っていたが、健が次に進まないのに気付き、動きをやめ、座り直し、

「ハイ、イイデショウ」

と言う。先生の顔は仄かな微笑みを浮かべ、現実に戻り、テキパキと着物を整える。健はどうしても先生を納得させねばと思い、更に先生へ挑戦しようとするが、先生は毅然とした態度で繰り返す。

「ハイ、コレデ、イイデショウ」

健は先生に窘《たしな》められたから、しかたなく動作を止めたのだと、どうしても示したい。

健は帰りの坂を急ぎ下りながら、鼻歌を歌う。真っ暗な畑の間を、ニヤニヤしながら。そして粘っこい指の匂いを時々嗅ぎながら、電車の中でも何にも触れないようにする。寮に着き、誰もいない風呂場の洗面所で、最後に匂いを嗅いだ後、やっと手を洗う。匂いは薄くはなったが、まだ残っていたのを覚えている。


先生に会ったのはそれが最後ではない。同じ年の暮れ、ヨーロッパへ出発する数週間前、藤沢駅で電車を待ちながら友達と話しているとき、階段から降りて来る先生を見かける。先生と健は五メートルかそこら離れたまま、軽く笑いを交わす。でも健は先生に近づいて話す勇気がなく、わざと熱心に友達へ話し続ける。卑怯にも、急に先生に対する興味を無くし、自分が男らしく振

舞えなかったのが恥ずかしく、具合が悪かったのだ。やり遂げられなかった行為。
それに何より、もうすぐヨーロッパへ出発するという将来に燃えていた。自分が幸せの絶頂に近いことを意識すると、健の脳の中ではいつものように、自然に自己破壊の機構が働き始める。

十七

健が先生へ出した手紙は〝該当者なし〟で、フランスまで送り返されて来た。
それから数年後、健は自費で日本へ帰ろうと決心した。南回りでシンガポール経由の、二十八時間の旅だった。健がシンガポールでの乗り換えで、だだっ広い通路を横切っているとき、仄かに流れる音楽を耳にして思わず立ち止まった。一時はスエーデンやイギリスで禁じられた、あの歌が流れているのに気が付いたからだ。あのゲンスブールの歌が、退廃文化に煩《うるさ》いシンガポールの玄関で流れていた。どの国も、地球化の波を堰き切れないでいるのだ。シンガポール当局が健と同じく、あの歌の意味を摑めなかったせいでもあろう。一人の西洋女性が通路の反対側で立ち止まって耳を済まし、同じ格好をしている健を目にして、チラリと微笑んだ。その後、健はやけに陽気になった。

健は日本に着くとフィンランド大使館へ行き、〝昭和四十年代に北鎌倉にすんでいたフィンランド人の女性作家〟が今どこにいるかについて尋ねた。

「東京にスオミ会というフィンランド人の友好会があるので、そこに手紙をお書きになっては如何でしょう」

東京のホテルに滞在し、三日過ごしたときに返事を受け取った。

「数年前まで鎌倉市山の内に、グン・コスキネンという女性が住んでおり、円覚寺では虚士林（コジリン）という名だったようです。しかし彼女がお探しになっている人かどうか、何しろ禅をやるフィンランド人は沢山いますから」

健は北鎌倉まで行き、トンネルを潜って、少し感じが違うな、と思いながら佐藤家を探した。佐藤家は見付からず、ただ離れ屋らしいものを見つけ、その近くで畑仕事をしていた老女性に聞いた。彼女は曲がった腰を伸ばしながら言った。

「アア、そんな外人女性がいましたね、でもヨーロッパに戻りましたよ、数年前ですかなア」

先生がフィンランドで生きておれば、何歳だろう。健は先生のソルボンヌにまでやって来たのに、先生のことを脇へ置いてしまっていた。自分の周りで起こることが余りに新しく、変化に富み、面白く、毎日駆け回ったからだ。健は地球化の波に上手く乗ったが、自分の生活が地球化の波に乗ってふわついている間に、何かを忘れてしまっていた。先生との経験が、母親に対するような愛おしさで蘇ってきた。それを一から十まで詳細を追おうとするとき、先生への愛惜の念や後悔と共に、耐え切れない、慰めようのない、喪失感が襲ってきた。健が先生にとった態度は誠意と恩義に欠けていた。人間の生活で最も尊い「魂」を忘れてしまっていた。

先生は今頃はヘルシンキ近くの、シベリウスの旧家の近くで、彼の曲を背景に編物でもしているかもしれない。その曲は『悲しきワルツ』に違いない。その背景には蒼々たる白樺と松の森が茂り、その間に無数の湖が横たわり、白鳥が悲しいワルツを踊る。森の果ては低い雲と溶け込み、雲の裂け目からなけなしの太陽の光が黄色い縞の光線を作って森の上にとまり、森の隙間や湖の小波《さざなみ》を白と黒で照らしているに違いない。

## 十八

健が日本からヨーロッパへ戻る時には、地球化は更に進み、距離が短くなり、アンカレッジ経由の北回り飛行機はなくなり、直接にシベリアの上空を飛ぶようになっていた。羽田からの出発の日、団体の観光客が乗り込み、そのお陰で健の席はビズネス・クラスの窓際へ格上げされた。健はその飛行機の中で、やっと安寧な気分になれた。あの先生に対して、健は礼節的に正しくなかったし、道義的にも粋ではなかった。その過ちを取り返すために、やれることはやったが、今となっては取り返しがつかない、という甘い諦めで、心が一杯になっていた。そうすると、健の心は、急に数年来のわだかまりから解放された。

健は食事の後に、搭乗員が薦めてくれたレミー・マルタンを飲みながら、この世で偶々すれ違った先生へ最後の敬意を払い、少し眠りについたようだった。眠りから覚め、ふと横を見ると、そこに麻紀がいるのに気が付いた。健はそのことに、何の不思議も感じなかった。ただ自分がどこにいるのか判らず、健は麻紀の膝を突付いた。

――ここは、どこだろう？

――江ノ島よ。

――君はここで、何をしているのだ？

――貴方が帰ってくるのを待っていたの。

麻紀は白い上着を軽く胸の上に覆い、スカートもいつもより短く思えた。

――貴方に会うときは、軽装にしているの。貴方が手で触れるように。

健は麻紀の手を取りながら思い出した。茅ヶ崎の海岸での彼女との秩序よく、妙に悟りきった性交の試みと、緊張して締まってしまった麻紀の体と、中途で挫折した行為。

――そう言えば、僕のネクタイが洗濯で、台無しになってしまったな。

――洗濯なんかしないわよ。大事にしまってあるわ。

麻紀には、健が思っていたような無邪気さはなく、ずっと大人で、ずっと狡猾で、しかも賢いのに健は気が付いた。

――あの恐喝男は、その後、脅してこないのか。

――あの人は私の兄、私が雇ったの。

健は急に麻紀がいとおしくなり、強く抱きしめ、麻紀の懐を手で探り始めた。麻紀は抵抗もせず、健に身を任せてきたが、健が幾ら手や腕を動かそうとしても、自分の思うように動かなかった。

機内のざわめきと共に、健は目を覚ました。機内放送が流れていた。

「ただいま気流の悪い場所を通過しておりますので、ベルトをしっかりお締め下さい」

健が眠りから覚めたと思った時が、実は健の夢の始まりだったようだ。

## 十九

「僕は自分の意識の中に初めて現れた、麻紀への思い出を確認するため、夢の後のもやもやした考えを中止し、飛行機の丸窓の覆いを上げました。外をみると、日本を離れたときから沈まない太陽がシベリアの白い大地を照らし、無数の河川が白い大地にひび割れを作ったように、南の中央アジアの山地から北方へ、白い地平線に消える北極海の方へ延びていました。

シベリアの自然に見た神秘さは、地上のあらゆる現象に応用される原理のように思えました。シベリアが生まれる前には宇宙なんて存在しなかった。空想すらできない、何もない空間。その中で大爆発が起こって宇宙が生まれました。その時点では宇宙は活量、つまりエネルギーだけから成っており、活量の中では物質と反物質の均衡がとれ、それらは相殺され、重さがなく、全ての活量は光の速度で動いていたそうです。言い方を変えれば、生まれたばかりの宇宙の中には、同じ量の物質と反物質が存在し、それらが接触して中和して純粋な活量となり、その活量は光の形で宇宙を満たしていました。

しかし宇宙の温度が下がると、謎の因子が特定の粒子群とだけくっ付き、くっ付かれた粒子群の速度が落ち、『目に見える物質』になりました。他の粒子群は今でも目に見えないまま、『反物質』として宇宙に残っているそうです。かくして、全ゆる物質の基になる奇怪な原子群ができ、それらが、シベリアの自然を作り上げました」

「大爆発、ビッグ・バンと言う奴だな」

千田さんは言った。健は頷いてやっと独白を止め、ビールを口へ持っていった。健の横には千田さんと西村さんがいた。二人は海外出張でパリにやって来たが、昔のテニス仲間でもあった。三人はパリのヴェルネ・ホテルで再会し、近くのシャンゼリゼに散歩に出掛け、そこにある「デンマークの家」に入り、その奥にある木々で囲まれたバーの止まり木に座って、昔話を始めていた。

「僕は、人間もシベリアを作ったのと同じ原子群からできているという事実に、考え込んでしまいました。人間の心も宇宙のように、物質と反物質、正と負、陽と陰、と言う対比から出来ているに違いありません。僕自身の心の奥に隠れていた麻紀への思いが急に出現して来たことは、シベリアの自然の偉大さが神秘的であるのと同じ位に不思議に思えましたが、実は単に、この反物質、詰まり陰の部分が現れてきたという、自然現象に過ぎなかったのかも知れません。

人の脳には、暗く影のある地帯があるようです。僕はあの先生を探し求めて帰国し、努力し、緊張し、後悔し、疲れ、それから解放され、仄かな満足と快い疲れから、意識が朦朧とし、想像もしなかった不思議な夢を見たのです。言わば僕は催眠術にかけられた状態でした。そうすると、そこに、自分でさえ気が付いていなかった、別の意識が隠れていたのが判ったのです。

普通の意識は自分で把握しているが、この隠れた意識には普通は気付いていない。ただ何かの拍子に表に出てくるようです。恰も、天なる神の手が意識に触れると陽の意識となり、そうでなければ陰の意識のままで残っているかのようです。この隠れた意識は、僕が自由にできると思っていた自分の意図への支配力を、乱してしまっていたのです。陰の意識が存在していたからこそ、僕の想像してもいなかった夢が現れてきたに違いありません」

健は話を途切って、三人のために、別のビールを注文した。もう宵だったが、初夏の太陽は長く、暑く、シャンゼリゼの喧騒から隔離された木々の間から、夕陽により橙色に照らされた雲が見えた。

「そう、僕のみた夢は、自分でも意外で、しかも奇妙な夢でした。それは僕の確信していたことを、大動転させてしまいました。僕が藤沢駅で先生に会った時、先生に近づく努力さえしなかったこと、あんなに先生に焦がれていると思いながら、三年間も手紙を出そうとしなかったこと、これは隠れた意志が僕を支配していたせいに違いありません。

例えば、僕の記憶から除きたい人から貰った鉢を、不注意に落とし、割ってしまう。そんな現象は一見して、僕の意識している意図には反しますが、実は僕が陰の意識として持っている願望を実現する行為だったのかもしれません。無意識による失錯行為です。僕が先生へ手紙を怠ったのは、無意識の内に、先生を既に過去の人とみなしていたせいかも知れません。実は、先生への手紙が〝該当者なし〟で返ってきたとき、正直なところ僕はホッとしたものです。ただ、先生への恩義を忘れることへの良心の呵責から、僕は日本にまで戻ったのです。

僕は日本に戻って、先生を探し、先生への借りを返した、と思った瞬間に、自分は何かから解放され、自由になったと感じたのです。僕は先生のことを意識下に強く覚えていた。しかし無意識の影にあったものは麻紀との思い出でした。僕が帰りの飛行機の中でみた夢の中で、先生を無視してしまったのは、そのせいだったようなのです。

僕が先生と麻紀に対して持つ屈折した感情は、神経症の一種かもしれない、と思うようになりました。俗に言うノイローゼです。但し僕はそれが、自分の脳の働きに異常があるせいだ、とは思えません。そうではなく、どうも僕の個人の歴史、小さい頃に受けた心の傷や、惨めな生い立ちのせいであるように思われてなりません」

西村さんは健を遮って言った。

「君と麻紀さんの関係は、研究所の皆が知っていたよ」

健は少し驚いた顔をしたが、再び何かを追うように話し出した。

「僕も小さい頃に、性の目覚めみたいな時期もありました。男の子だったら誰でもそうでしょう。ただ僕の場合は、母親（父親は概ね家にいませんでした）や親戚の大人達は田圃や山や大川に出掛け、毎日の食糧を作ったり獲ったりするのに忙しく、子供達には構っておれませんでした。

その間、子供達は読む本もなく、遊ぶ相手もおらず、親から放棄され、しかも自分らの悲劇を訴える手段も持っていませんでした。

五歳の頃、同じ年の従兄弟と、収穫前の背の高い稲の下に隠れて、お尻に指を入れ合う遊びを発見したときは、自分等で新しい遊びを発明した誇りと喜びで一杯になりました。

または、母親が近所の子供達の前で、膝を立ててスイカを割り出したとき、着物の前合わせがほころび、下着のない部分が見え、子供心にも目のやり場がなくて困り、僕は近所の子供達に面目を失ったことがありました。

母親でさえなければ、話は違います。夕方、近所の仲間と、叔母が風呂に入る頃を狙って、風呂場の換気穴から覗きに行ったことは何度もありました。ただ、仲間と一緒に行くときは、順番を代えるときに仲間が音を立てるのが怖く、そのうちに一人で冒険するようになりました。母親は生計を立てるのに忙しく、僕に構う時間なんてなく、僕はいつも一人だったのです。

小学校一年のときは、生徒の前の机に座った女の大内先生が下着、当時のズロース、を付けておらず、わざとビー球を転がして探し回り、先生の股の奥に近づこうとしたこともありました。終に先生に感付かれ、ご主人の大内教頭先生に言いつけられ、長いこと廊下に立たされました。

しかしこれらの事件からは、フロイトの言う幼少時の、母親への無意識の性欲望など、とても考えられません。反対に僕の、母親に対する困惑と嫌悪感が増長されただけでした。その上、これらの事件は概して陽気な行為であり、僕の将来に影響したとはどうしても思えません。

僕にとって恐らく決定的なのは、親の存在を意識し出した頃の事件です。僕の思い出の中に今でも漠然と生き続ける事件は、三つか四つあります。僕は父親には理由もなく密かな尊敬を感じていたのですが、母親の愛情はいつも重荷になっていました。

小学校に入る頃、栄養失調（当時は不可解な病気は全部そう呼びました）で僕の頭が海綿みたいになり、指で押せば引込み、元に戻るのに数秒かかる、という状態になりました。母親はバリカンで僕の頭を刈りながら、凸凹のせいで続けられず、中途で僕の頭を抱き込み、泣き出してしまいました。その後、親戚が集まって祭りのご馳走を作るとき、僕の家から持ち寄る物が何もなかったので、僕が嫌がって参加せず、母が庭でむずかっていた僕の首を締め、僕が苦しみ出したとき、運良く誰かが外に出てきて、母親がやっと手を緩めたということがありました。

父は特急で半日以上かかる広島で働き、月に一回だけしか家に帰って来ませんでしたが、家では誰とも口をききませんでした。そんな父が、母の愚痴に怒って食器の入った籠を土間へ足払いで蹴落とし、数少ない食器をぜんぶ壊してしまったことがありました。僕は学校の帳面に顔を擦りつけ、次の反応を待っていましたが、あの時の寒々とし、索漠とした気持。

僕の活量の基は、それをリビドと呼んでよいのなら、それでも構いません。しかしフロイトの言う性欲に基づくリビドとは異なる、もっと広い基礎を持つもの、つまり好奇心だ、と思っていました。僕の人間としての行動の底に潜むのは好奇心、あの先生に関して言えば、見知らぬ者を征服する喜びでした。外国へ行きたがるのも好奇心のせいだ、好奇心の上に少々の根気と耐える精神とやる気があれば、誰でも目的に近づくことができる、と僕は信じていました。好奇心と、不毛の砂漠を横切る者の喉の渇きさえあれば、夢の実現はそう遠くない、と。その代わり、もし目的を達せなかったら、自分は絶望的な悲劇へ突っ走るだろう、とも感じていましたが。

それら全てが誤解でした。僕の好奇心の、その更に底には、別の物がありました。僕の生い立ちからでき上がった、あらゆる人や社会への嫌悪感が、活量として溜まっていたのです。僕はそんな自分の生い立ちから袂を分かちたく、惨めな過去から離れたく、それを忘れ、隠したく、日本を離れることにより、それを達成できると無意識に思っていたのです。

もっと後のことですが、母親は東京オリンピックの記念銀貨を大事にとっており、それを兄弟姉妹の前で、僕にだけくれました。僕は本能的な拒絶反応を起し、母親の目の前でそれを横にいた妹に上げてしまいました。母親には何と残酷な行為だったことでしょう。しかも母親には、僕に何かして上げたいと思う理由があった。僕の家庭では兄の浪費癖のせいで僕にまでお金が回らず、僕は高校の時から姉に助けられ、家庭教師と、休暇に荷物配達や家具販売をしながらやっと高校と大学を終えた、そのことが母親に辛かったのでしょう。

そのあと僕は、母親に対してとった態度を憎み、母親の気持を踏みにじったことを後悔し、母親に謝りたい気持で苛まれました」

二人の訪問者は時差のせいで目を瞑り、時々思い出したように目を開け、頭を回したり、背を伸ばしたりしたが、健は無頓着に話を続けた。千田さんと西村さんは、パリに来てまでこんな話を聞くとは思っていなかったに違いないが、健は友人の思惑を気にするより、自分の都合、自分を過去から解放する試み、を優先するような男になっていた。それがフランス風というものだ。

「僕はその頃から、人に愛されることに異常な恐れと不安を感じるようになったようです。愛されることの重みから逃げたかった。愛は長くは続かないだろうと予想していた。誰からにしても、愛されることを重荷に思いました。愛されることが怖かった。いろんな責任が生じるからです。しかも僕は、愛してくれる人への倦怠感にも容易く襲われました。人から愛されるときは驕りと優越感が頭を支配し、どこかに、もっと素晴らしい愛があるように思えた。隣の芝生が綺麗に見えるのと同じ理屈です。

僕が麻紀に対してとった態度は、そんな僕の育ちのせいでした

もちろん愛には、相手から貰うものばかりではなく、相手へ上げるものもあります。そのときは逆に、相手が僕を重荷に感じだし、愛は最後には壊れ、僕は必ず苦しむでしょう。誰かを愛することには、必ず破局が来る。誰かを愛することも、最後には苦しみしかもたらさないように思いました。

それに比べて、あの先生との尊敬と、秘密と、好奇心を保てる関係は、何と気持がよかったことでしょう。

しかもあの当時は、僕と麻紀はお互いに別のものを求めていた。僕は独身のうちに外国に行く機会を求め、彼女は結婚の相手を求めていた。彼女は大学を出て二年か三年目でしたから、二十

四か五歳だったはずです。お互いに異なる目的と夢を持ちながら、お互いに生き続けなければならなかった。その点は麻紀も僕も、内々に認めていました。

しかし解決法は幾つもあったのです。僕がそれをいびつに拒んだだけでした。僕の中で、ごく自然に自己破壊の機構が働き始めたのです。麻紀は僕がヨーロッパへ出発する前に言いました。

『これが私の住所よ』

それから付け加えました。

『向こうに着いたら住所を教えてね。八ヶ月分の即席味噌汁を送るから』

僕達が茅ヶ崎で恐喝男に脅されたとき、麻紀は言いました。

『私、ばらされても、何も困ることなんかないわ』

麻紀のこの言葉はとても強い愛の言葉でした」

西村さんは言い難そうに健を遮った。

「君がパリへ出発したあと、麻紀さんは退職し、消息はなくなった。君との噂のせいで、研究所に残り難くなったのだろう」

健は一瞬、声を切らし、少し苦しそうな顔をし、またビールを口へ運んだ。

「僕はヨーロッパに住み始めて、愛は相手と一緒に作り上げることを学びました。日本語で『愛』と呼ぶと、何かキザで、抽象的で、僕の気持にしっくりと来ませんが、親子的な情愛や浪漫的な友人愛よりは性的で、性感的な恋愛や性愛より思いやりがあり、寛容な愛情です。見合いから始まっても、恋愛からでもよいのですが、それを基に、二人で作り上げるような愛です。ヨーロッパでは相手と常に努力しないと、愛の関係は長続きすることはなかった。僕は江ノ島時代には、そんなことはまだ知らなかった。

麻紀のことを思い出しながら、僕にとってこれからのパリの生活は、全く新しいものになるだろう、と思います。幾ら地球化が進んでも、必ず二つの世界が存在する。地球化と反地球化は、ちょうど物質と反物質のように、表と裏でくっついている。僕は初めて、地球化で利益を得たというより、それに玩ばれたような気持になりました。僕は自分の本当の愛を見過ごしてしまい、もう別の機会はないのかもしれない。

その答えは、僕のこれからの人生の流れの中で、はっきりして来ると思います」

# デュボア嬢との一ヶ月

## 一日目（金）

一九六九年一月十六日（木）、ヤン・パラッハ、二十一歳の哲学科の学生。プラハ市のヴェンセスラス広場で、体に石油をぶっかけ、火を点けて自殺。

朝倉健はパリのリヨン駅でルモンド紙を買い、ブザンソン行きの汽車に乗り、空席を見つけて座り込み、荷物から辞書を引き出し、新聞を読みながらその事件にぶち当たる。昨日のパリ最後の夕食で炎あぶりクレープを注文し、クレープに蒸留酒がたっぷりと振りかけられ、火が点けられ、赤色の炎と青色の炎がメラメラと立ち上り、クレープは焦がれて縮まり、人が座り込むように皿の底に横たわった光景。健はその炎を連想し、ヤンを懐妊して学生にまで育て上げた両親の絶望と悲嘆を想像し、二十一年の歳月の間に培った知識や肉体が、数秒で消えてなくなる人生の浪費と儚さを感じる。

そんな思いを振り切るため、健は車両の窓から地平線まで広がるブルゴーニュ平野と、その大方を占める農耕地帯とを見やる。奇妙なことに、こんなに広い農耕地の上に人ひとりおらず、作業中の耕作機も見えず、そもそも動いているものが何もない。平和な自然。人は何もしないでも自然が働いて、時と共に食糧が出来上がるほど、ブルゴーニュの自然は肥沃なのだろう。健は日本では見たこともないそんな光景から我に戻り、車両の中の険しい人の気配から自分を絶つために目を瞑り、今は遠い日本での思い出を辿る。昨年の夏の事件、新宿から小田原へ向う急行電車に乗っていた。新聞を開くと、プラハの事件が大きく出ていた。その中で読んだ記事、詩を読むようで審美的な旋律と、悲壮な叫び。

「ここはプラハ、ラジオ・プラハ、ロシア人がやって来る。我々は押し潰される、潰されつつある。最後にチェコスロバキアの国歌を流します。それが全て終わったときの合図です」

一九六八年一月に始まる、ドプチェク政権による民主化の運動は「人間の顔を持つ社会主義」と呼ばれたが、同年八月二十日の夜中にソ連軍の侵入により抑圧され、短いプラハの春はその時に終わった。ヤン・パラッハの焼身自殺は、将来の道を探る純真で若い哲学者の、動脈硬化した邪な体制への、不当な行為への、言葉では埒があかない、行為でしか表現できない怒りの現れだったろう。若者の行為は、確かに自由への訴えに違いなかった。ただ健は好奇心に燃えて西洋に来たばかりで、この西洋の若者が世界の何かも知らないまま、世界中の非条理を背負って自分の命を焼き棄ててしまったことに、申し訳ない気持がした。

健が後にしたばかりの日本でも大学騒動が勃発していたし、一九六九年の一月、着いたばかりのパリでも、前年の五月革命の後遺症がまだ残っていた。ラテン区のカフェに座っていたとき、目の前を、眉間を赤く割った若者や頭を押えた学生達が疾風のように駆け去り、なけなしの舗道石や小石が飛び交い、間を置いて、鉄具で頭を守り、警察棒を手にした重武装隊が、億劫そうに重い足取りで追跡して行った。

数日前に、健がパリで面会した招聘留学生の担当官は、そんな騒動に参加してきたばかりのように、髪はぼうぼうで、髭だらけの、なぜか汗で濡れた顔をしていた。健は彼の顔を見て、共産党か、間違っても左翼系に属する公務員に違いない、と思った。担当官は健に、パリ市内のアリアンス・フランセーズで一ヶ月の語学研修をするように、と指定してきた。健は予定していた通りに抗議する。自分はパリ近郊で働く予定だから、せめて語学研修だけは田舎でやりたい、自分は山が好きだから、例えばグルノーブルなんかはピッタリだ、と。担当官は若者同士の連帯感で、山ならブザンソンが良い、と勝手に決めてしまった。だが健にとってはグルノーブルとブザンソンでは太陽と月の違いだ。

グルノーブルでは冬季オリンピックが開催されたばかりで、健は遥か日本で、仲間達とそれをテレヴィで追ったばかりだった。回転競技は先の見えない濃霧の中で行われ、もともとフランス人のキリーはやっと三位に入ったに過ぎなかった。ところが一位だったノルウエー選手が濃霧の中で旗二本を素通りしていたことが判って失格。次に二位のオーストリア人シュランツが、旗一本を素通りしていたとして失格。シュランツは、旗を見張っていた役員に邪魔されたと抗議、それが認められて二回目の滑走が許され、最短時間で滑り、優勝した、と思われた。ところが、一回目の滑走の記録画が再審査されたとき、役員に邪魔されたのは二本の旗を素通りした後であったことが判り、シュランツも失格。結局は三位に過ぎなかったキリーが優勝し、他の競技での勝利を合わせて三冠王となった。オーストリアは国を挙げて憤慨し、フランス側は、シュランツは一本の旗を回り忘れた後に旗見張り人の偽話を作り上げたに違いない、と皮肉った。スポーツも国と国の争いになると、戦争に似てくる。ただ、スポーツと戦争の違いは、前者には規則があるが、後者では勝者の規則が適用され、善と悪の区別さえつかなくなることだろう。

グルノーブルに比べ、ブザンソンなんて誰も知らないし、日本の仲間達も健の行先を知って、何と失望することだろう。しかし担当官は既に、ブザンソンの歴史や観光案内を準備していた。

「ブザンソンもアルプスの麓の町です。ヴォーバンが十七世紀、ルイ十四世時代に築城した見事な『シタデル』があります。敵の攻撃を防ぐ城砦。第二次大戦中、青年や共産党員がドイツ軍への地下運動を始め、多くが捕まり、そこで銃殺された、悲劇の舞台です。皮肉にも終戦前には、ドイツ軍が連合軍を避けて逃げ込んだ要塞でもあります」

健はこの担当官の趣味的な博識さに感心するが、城砦は堅固であればあるほど、敵に占領されれば敵に仕えるのは当たり前のようにも思う。担当官はすぐに、パリのリヨン駅からブザンソン行きの切符の引換え券を準備してくれた。

終点のブザンソンで汽車を降りると、寒気が一気に押し寄せてきて、健はブルッと身震いする。ジュラ山脈に入る小さな町で、留学生担当官から得た印象とは異なり、第二次大戦での戦災の痕跡はほとんど見られず、道は網目のように交差する。健はブザンソンの駅で町の地図を買おうと思って売店を探すが、そのような店は冬の間は閉まっているようだ。外に出て、駅前の小さな広場の外れで雪を掻いている中年男に、城砦への道を訊く。

「シタデルの下のホテルを探しているのですが。わたしは日本人、当地に初めて来たもので」

「ヴィエトナムかと思ったよ。日本か。よく覚えている。何年か前、葦みたいな風来坊がやって来た。自転車で。そしてここの音楽祭で、大賞を取ってしまった。その男は日本人だったな」

教えて貰った「山手の小高い丘の上、そこに城砦がある。ホテルはその下だろう。城砦に向かって進め」という指示に従って進むしかない。迷路みたいに建物の裏庭が公園になっていたり、もとの道に逆戻りしたりする。川がΩ字型《オメガ》に迂回し、その縊れた喉もとに丘があり、その上にシタデルは建てられ、町はそこから発展し、城壁が町を護衛することになっている。健は宿舎のホテルに向かって歩いている間に、その川や支流と何回か交差する。

フランス政府により指定された宿舎は「ファミリー」という看板のかかった、質素な二つ星のホテル。ファミリー、この名に健は裏切られ、軽い憤りさえ感じる。懸命にフランス語を勉強してここまで来たのに、しかもファミーユという立派な仏語さえあるのに、何で殊更に英語を使うのだろう。

このホテルでは、健は宿泊代の半額を払えばよく、残りは政府が負担する。健はホテルの女主人から何か言われたが、意味が判らない。女主人も面倒になったらしく、二階へあがれば判る、という仕草をして、部屋の鍵をくれる。健は固執せず、荷物を抱え、狭い木製の階段の縁に荷物を打ち当てながら二階に上る。部屋には鍵がかかっておらず、中に入ると頑丈そうな男が、閉まった窓から外を眺めている。その人は健が来ることを知っていたらしく、戸口に立つ健に振り返って言う。

「私の名はハブリクです」

四十位の年齢と思われる男は頑強で、ロシアの将校を思わせる、くすんだ黄緑色の厚い服を着ているが、人間的には近づき易そうで、柔和で落ち着いた顔をしている。ただ、ハブリク氏は自分がどの国の人間かを言わず、またそんな質問を許さないような圧力があり、健はその点に触れないことにする。個人主義的なヨーロッパでは、自己紹介は国の紹介ではないようだ。国籍から話を始める者は、国粋主義者か、又は自分の「人となり」に自信のない人間なのかもしれない。健の想像では、ハブリク氏はロシアかポーランドか、その辺の北方軍人に違いない。健は二十八前だから、ハブリク氏には小僧に見えるだろう。しかも既に、ハブリク氏はフランス語を流暢に使う。

健も名乗り、部屋を点検しながら、ハブリク氏が見ていた窓外に眼をやる。そこには、雪で真っ白な中庭と、隣の建物の屋根と壁と、屋根に積もる雪と、そこから垂れるメートル級の長い氷柱しか見えない。この大の男は一体、何を見ていたのだろう、何を考えていたのだろう。健は部屋の真中に並んでいる二つの寝台に目をやる。

「寒い国ですね。しかし随分と暖かそうな服をお持ちで……」

「これは軍服です。今日は零下一五度。私の国では暑さより寒さに備えるのです」

ハブリク氏は、それでは早速ですが、と、

「貴方も私も、同じフランス政府の招聘留学生です。この部屋に同居すると、フランス政府が家賃を半額補助、貴方と私は残りを半額ずつ負担、つまり四分の一を払えばよい。どうです、一緒に住んでみませんか」

実際には将校が部下へ指示するような、否定させない威圧感がある。健は部屋を見回してその広さを測り、二つの寝台を両端へ押しやれば十分に共同生活ができることを確認する。一ヶ月の辛抱だ。一ヶ月のフランス語の研修が終わればまたパリに戻る。先に部屋に入っていたハブリク氏も、既に共同生活のやり具合を計算していたに違いない。部屋の中では、左右の窓の間にある壁に洗面台が備え付けられ、それは申し訳みたいに半透明硝子の衝立で囲まれ、その中で歯を磨き、髭を剃ることができる。しかし便所や風呂を使うには部屋の外に出て、二階共通のものを使う。風呂に入るには、お金を払わねばならないそうだ。この寒さでは汗も出ないから、一ヶ月ぐらいの辛抱なら風呂の要もあるまい。ただ、ホテルには食事用の何の施設もない。健は当分の間の食料を買い入れなければなるまい。

健はハブリク氏と一緒にいる気まずさと圧迫感から逃れるため、買い物をする、と言ってホテルを出る。ホテルの暖気に慣れたせいか、または緊張から解放されたせいか、駅に着いたときよりずっと寒く感じる。道路に沿う家々の樋から大小様々の氷柱がぶら下がり、道路の両脇には雪が掃き寄せられて、窓の桟の高さに積んである。吐き出す息はその水分が白い雲のようになって目前を曇らせ、健の心臓は熱を保とうとするように、硬く痛いほど縮こまる。寒さと湿気のせいで、手足は氷を当てられたように痛く、外を歩く人影もない。今日は金曜なのに。十分も歩き回り、やっと乳製品の売店を見つける。あの殺伐な部屋の端で、ハブリク氏を背にして手早く要領よく食べることを考えて、それに相応しいと思われるチーズや牛乳やみかんを買い込む。いつの間にか、またシンシンと雪が降り始めており、積もり始めた雪が足の動きでサクサクという音をたて、また新たな足跡ができる。

二日目（土）

ハブリク氏の目覚まし時計で目が覚める。健はハブリク氏に背を向けたまま寝入ってしまい、右腕が体の重力で痺れ、居心地のよいとは言えない部屋での現実に戻される。

「起こしましたか」

ハブリク氏の言葉に健は、何れにしても、わたしも起きなければ、と答える。ハブリク氏は自分の国から持って来たらしい食糧の上に屈み込み、その中の厚いパンとソーセージみたいなものを不恰好な小刀で切り始める。手を休めて健の方を見たので、健は自分のチーズのかけらを見せると、彼は満足したように頷き、自分のソーセージを食べ始める。健はチーズを切り、冷たい牛乳を飲む。

朝食が終わるとハブリク氏は、たぶん今日はホテルに戻らず、日曜に戻ってきます、と言って外出する。

四日目（月）

「大学まで一緒に行きましょう」

ハブリク氏の声に、彼が何もかも知っていることが判る。今日は普段着の背広に厚い外套をまとっている。彼は、自分もフランス語を教わる学級に入る、と言うので、健は少し驚く。彼は既にフランス語に不自由なさそうだからだ。ハブリク氏は曲がりくねる道を迷うこともなく、「フランシュ・コンテ大学、文学・人文科学部」の建物の囲いに到着し、すぐに「ブザンソン応用言語本部」という掲示のある建物を見つける。玄関には紙面が張り出されている。

「学級はどこですか」

健は書類を取り出して、Ｆという文字を見せる。ハブリク氏は「それではここで分かれましょう。貴方は向こう、私はこちらの廊下のようです」

ハブリク氏はこれが常に車を運転するヨーロッパ人の方向感覚なのか、または予め下見をしたのか、殆ど躊躇しないのが健には頼もしく思える。

健が自分の教室に着くと、戸は閉まり、中の何も見えない。部屋の戸を軽く叩いても何の反応もない。再び叩こうとしたときに、どうぞ、という女性の声が中から聞こえる。健が戸口を開けると、三十代に見える長身で彫りの深い顔をした女性が、眉をしかめた顔を戸口の方へ向けている。彼女は数十人の学生達の前に立って話していたようだが、話を途切らされて不満なようだ。彼女の頬が赤く膨れているので、怒っているのかもしれない。外の寒気のせいであればよいが。健は学生達の視線に戸惑いながら、女性に握手の手を差し伸べる。

「貴方はどなた?」

女性は健の手を無視しているので、健はバツが悪いままに伸ばした手を引っ込める。女性の容姿は気品に溢れ、細身で、ファッション業界の責任者であってもおかしくない。先生にしては華々しく、背が高過ぎるのが欠点だろう。しかしまた、何と不愉快な女性なのだろう。

「申し訳ありません、マダム。お邪魔して。私はパリから……」

「マドモワゼル、私はマドモワゼル・デュボワです」

健がデュボワ嬢を「マダム」呼びしたのは、親切心からだった。彼女の年齢を読んで、独身女性呼ばわりするのを避けるためだった。ところがデュボワ嬢は、自分が独身であることを世界中に知らせたいように強く言う。

「これが、紹介状です」

健はパリの担当官から貰った書類を見せる。デュボワ嬢は健の前に立ち塞がって書類に目を通す。彼女の背の高さが健を怖気づかせるが、彼女が踵の高い靴を履いているのも見逃さない。それでも、健より頭一つ背が高いから、一七五以上はあると目測する。

「ムッシュ・アザクラ、学級は九時に始まります。忘れないように」

健は自分が、月の初めに始まった学級に途中から割り込んだことに気が付く。左翼の担当官にその位のことを説明してくれる親切心があればよいのに、趣味の戦争の話などより。だが、これが世に名高い、フランス社会の融通性のなさから生じる欠陥だ。担当官は下位の公務員、時間はあっても退屈し、昇進もなく、出世するには職を変えるしかない。そんな情況で担当官の親切さを期待するのは無理なのだろう。そうかと言って、デュボワ嬢の不満は健の欲求不満となり、健は、はい、マダム、と消化不良のまま答える。デュボワ嬢はもう一度、

「マドモワゼル」

と訂正し、教室の学生達に向きを変える。

「ムッシュ・イシヤマ、三人目の日本人ですよ。後ほど、ここの授業のやり方や、これまで二

週間にやった内容を説明してあげて下さい」

「問題ありません、マドモワゼル」

イシヤマと呼ばれる人は実際には市山という人で、英語訛りのフランス語を話し、しかも流暢。普通の日本人なら「ハイ」で答えが終わってしまうところを、彼はちゃんとその後に「マドモワゼル」という言葉を付け加える。市山さんは大柄な体に四角い顔と四角に刈った髪を分け、触っても感染しないような清潔感を与える。学級にはもう一人の日本人がいるようだから、特に市山さんが指定されたのは、デュボワ嬢のお気に入りだからなのだろう。

健が欧州に来て最初に感じるのは、周りの人々と自分との違いだ。姿態の違い、考えの違い、気持の違い、判断の違い、文化の違い。事務局へ奨学金を貰いに行っても、官庁へ書類を取りに行っても、警察署に届け出に行っても、未開国の者として軽く取り扱われるか、無知の者として丁寧に取り扱われるか、のどちらか。その時に健が見出したのは、周りの人々と自分との違い、つまり自分の識別性を主張することは、自分に一種の尊厳を与えることだ。日本では、日本人である自分には周りとの識別性がないから、日本人一億の溢れる泥沼から這い出すのは絶望的に困難に思えた。ところがこのフランスでは、どこに行っても誰に会うときでも、健の識別性はことを容易にするかもしれないし、困難にするかもしれない。しかし何れにしても健は、日本で感じていたように、絶望感へ追いやられることはない。

健は、日本人としてパリで孤高を保っていた状態から、この小さな町ブザンソンに来て、しかも同じ学級に二人の日本人、市山さんと村下君、がいることを知り、自分の識別性の効果が痛く低減されるようで失望する。しかしすぐに、識別性は薄められても、市山さんの存在が日本人の株を上げ、健や村下君もその恩恵を受け、デュボワ嬢や級友達の暖かい視線を浴びていることに気が付く。

「ムッシュ・アザクラ、それではどこか空いている席に着いて下さい。いえ、後ろでなく、もっと私の近くに。席はたくさんあります」

これが健のぎこちない、教師や級友達との出会いである。

五日目（火）

この教室はフランス庭園みたいに幾何学的に配置されている。ほぼ正方形で、その中央に学生達の長机が二列に平行に並び、背後の一方は廊下側の壁になり、窓はないが、一端に入り口がある。他の一方には一杯に四角の窓が並び、外の明りが入る。二列の長机と垂直になる、一方の壁には黒板が懸り、その前にデュボワ嬢の席と映写機がある。対向する他方の壁には映写幕が張ってある。廊下側には窓がないので、廊下から教室の中は見えない。二列の長机に備えた椅子の数は学生数よりかなり多いので、空席が幾つもある。

授業では日常生活の一場面が映写幕に映し出され、その場面に関する幾つかの会話が録音テープから流される。二十齣ぐらいの画面と会話が流されたあと、今度は画面だけが一枚ずつ写し出される。皆は画面ごとに、既に流された会話を思い出しながら、あるいは自分で勝手に会話を考え出しながら、声に出して発音する。参加しない学生がいると、デュボワ嬢が指名して口を割らせる。

休み時間に、市山さんが学生達の大体の民族構成図を教えてくれる。学級は全員で二十数人であり、多くは陽に焼けた、または黒い肌の人達だが、それに混じって、明るい肌色をした欧州人が数人いる。

皆が席につくと、市山さんから聞いていた民族構成に従った、世界の地域図ができ上がる。硬い顔をしたまま無表情な中東人の地域。自由という酸素を吸い込んだばかりの、若々しいチェコ人の集団。楽天的で、デュボワ嬢の話を平気で中断する中南米の人達。判り難いフランス語を流暢に話す、アフリカの旧植民地からの人々。所々に、枠を離れて孤高を保つ個人が散らばっている。

健の向い側の、デュボワ嬢に一番近い席に座るのは中東からのムスターファ氏で、市山さんによるとシリアの陸軍大佐らしい。その横に同胞人らしい化学技師のムハメッド氏、更に横には職業の判らないクエート人、空席を置いて、男三人と女一人のチェコ人が並ぶ。市山さんはいつも遅刻するので、デュボワ嬢に近い戸口の席が予定され、シリア大佐に向き合っている。市山さんの横には別のチェコ女性がおり、健の席は更にその横だ。二列の長机の、デュボワ嬢から離れた側にはアルジェンチン人夫婦、ウルグアイ男、メキシコ男、エクアドール男、スペイン男、カメルーン人夫婦、その他にも国籍の判らない数人が陣取る。彼等はみな実業界の人間らしい。村下君はよくさぼるようで、席が決まっていない。チェコ人達はみな二十代の学生で、村下君と健は二十代の後半だが、その他はみな三十代から四十代に見える。

他の国の学生達と違い、日本人は原則として三人バラバラに席を取っている。日本人は同胞意識が弱く、外国人の前でまで日本人の横に並ぶことに困惑し、抵抗感を感じ、理由のない気取りもあるようだ。

ただ、健の教室は世界の縮図とまでは言えない。男性の比率が世界人口の平均より圧倒的に高いからだ。男性の方が女性に比べて外国へ出るのに適しているという証拠はないし、男性の方が女性より語学に勝れているかと言うと、その逆の証拠しかない。社会活動での女性の位置で、日本は自由のない東欧チェコより、石油で潤う中東国人や裕福そうな南米人やスペイン人に近いことが判る。

午後には実験室と呼ばれる部屋に移動し、各人用の聴音兜《とう》で、その日に習った録音会話を聞き、自分で声を出して繰り返す。次に、録音された質問が流されるので、皆はそれに機械的に答える操作を繰り返す。デュボワ嬢は後ろの机に座り、遠隔操作で皆の演習を聞き、ときどき学生の聴音兜を中断して注意してくる。夕方の五時になるとデュボワ嬢が『宮殿の階段にて』の曲を流すので、皆はホッとして聴音兜を頭から外す。学校を出る夕方の五時には、町は重く垂れ込む冬の雲で暗く、雪は相変わらず降り続け、町の灯りで狂乱したように、白と黒に交互に光る。

六日目（水）

学級では国民性によりおしゃべりな中南米勢やスペイン人がフランス語会話を独占する。彼等はフランス語の発音をスペイン語風に変形し、時には理解しにくいが、フランス語会話を聞けばそのまま脳の中へ吸収するようで、理解が早い。時々デュボワ嬢は中南米勢やスペイン人の独占を抑え、チェコ人や中東人に発言させる。日本人は会話が苦手で、市山さんでさえ傍観者になる。それに何より、日本人は相手と争ってまで話そうとはしないことだ。デュボワ嬢はそんな日本人の性格を知っているようだ。

デュボワ嬢は市山さんと話すときには神経を尖らせない。彼はいつも始業時間に遅れて来る。授業が始まって十分か十五分過ぎると、戸が密かに、ためらうようにコツコツと二回叩かれる。それは間違いなく市山さんである。デュボワ嬢は市山さんが入ってくるのを見ると、母親が早く大人になり過ぎた息子に小言を言うように、諦めた表情をして言う。

「毎日十五分早く起きるようにしたらどうでしょうか」

市山さんは悪びれずに、ニコニコしながら答える。

「睡眠時間が減ると、授業中の集中力が落ちるのです」

デュボワ嬢はそれ以上には追求しない。市山さんの語学力が、学級の水準より一音程は上であるせいでもあろう。

市山さんは日本で就職した商事会社から派遣されて来仏し、ブザンソンへやって来た。彼はいつも顔をニコニコさせ、文法をも考えながら、ゆっくりと話す。日本では英文学専攻なのだろう、フランス語をまるっきり英語式に発音する。そんな愛嬌が教室での市山さんの人気を更に上げる。その豊饒な顔と、綺麗に七三に分けた髪のせいで、市山さんがお金持ちだとすぐに判る。商事会社の後ろ楯があることも皆は知っているようだ。一緒に喫茶店へ行けば彼が払ってくれるに違いない、市山さんはそんな期待を抱かせる顔をしている。

ムスターファ大佐は皆にとって、スフィンクスのような存在である。彼は少し不気味なので、皆は慇懃に彼を敬遠している。不気味な原因は、スターリン風の口髭や、四角に刈った豊かな黒い髪や、笑いの無い目つきなどにあろうが、その他に、近づき難そうな性格のせいで、彼がよく理解されていないこともある。更に大佐は、皆が常識とみなしていることが、実はそれほど普遍的ではないのではないか、と疑わせる特技を持つ。今日はデュボワ嬢の説明について、手を上げて質問する。顔は無表情のままで、目と黒い口髭だけが微かに動き、その下からゆっくりとだが、石橋を叩いて渡るようなフランス語が出てくる。

「今おっしゃった『スーパーマーケット』とは何のことですか」

皆はシンとしてしまい、デュボワ嬢は正体のはっきりしない外国軍人を怒らせないために、一生懸命に説明する。しかしその説明はフランス人でも判り難いに違いない。何が判らないのかがはっきりしないからだ。デュボワ嬢は怒る替わりに、説明を途中で打ち切る。デュボワ嬢でさえ、大佐を刺激したくないらしい。

デュボワ嬢は話を変えたく、急ぎムハメッドを黒板の前に呼び、口述文を板書《ばんしょ》させる。ムハメッドが黒板に書いたフランス語は健が想像していたよりずっと「サマ」になっており、健は少しムハメッドの顔を見直す。彼は自分の作品に満足し、欧州人みたいに薄緑の、愛嬌ある目をクリクリさせる。彼はどこかにバビロン的な神秘さを感じさせる。彼の頭が少し大きめで、額が人並みより発達して広いという風采が、そんな雰囲気を生むようだ。その額のせいで、ムハメッドは椅子に座っていると大柄に見えるが、立つと意外に小柄になる。デュボワ嬢は黒板の下方に板書された文章を読むために背を屈め、訂正するために、終に膝を曲げて屈みこんでしまう。

「ごめんなさい、わたしは背が高すぎるので」

「そんなことありません」

急に、スヴォボダとベンダが申し合わせたように、同時に椅子から立ち上がる。二人とも椅子に座っていると判らないが、立ち上がると一メートル九十はある。その息合いの良さに学級の皆がドッと笑い出す。スヴォボダはパリの地下鉄は天井が低いので、何度も頭をぶつけた、という話を始める。ムハメッドは舞台を奪われて面子を失い、手持ち無沙汰に目をクリクリさせて席に戻る。健はチェコの若者達の無邪気で悪気のない行為に羨望を感じるが、その後で、席へ戻ったムハメッドの、薄笑いを浮かべたまま伏せた顔を見て、西欧の若者は無邪気でも残酷だな、と思う。

そのとき皆は、二列に並んだ机の反対側でカメルーン人のロブエ氏が、真面目な顔をして黙って立ち上がっているのに気が付く。彼はチェコ人達より更に背が高く、しかも年のせいか横も広く、堂々としている。ロブエ夫人だけが夫の茶化す態度に困って、夫の袖を引いて座らせようとする。健は初めてロブエ夫婦の存在に気を惹かれる。何と素敵なアフリカ人なのだろう。その冷静な風刺の仕方は西洋人のそれと同じくらい乾いてイキなのだ。ヨーロッパ人はアフリカから移住して来たというが、確かに肌の黒いロブエ夫婦が北上し、中東に到ると肌色が欧州人に近くなり、ヨーロッパに住みだすと桃色になるという経過が判る。だが、アフリカからヨーロッパへの変移点である中東の人達は、どちらとも少し雰囲気が違う。それが彼等の回教という宗教のせいだとしたら、文化や精神状態は、本当に肉体状態に影響を及ぼすものだ。

## 七日目（木）

ヨゼフはチェコ人だが、スヴォボダとベンダよりは少し年上、二十五位かもしれない。しかし毛髪は額からかなり後退し、その分だけ顎鬚を長く伸ばし、厚ぼったい小さな丸い眼鏡をかけ、健は話で読んだ怪僧ラスプーチンを想像する。違いは、その善良そうな目の微笑みだろう。ヨゼフは教室で健に声を掛けてきた、最初の外国人でもある。休憩時間に廊下で、哲学を学ぶ者として日本のことを知りたい、と話し掛けてきたのは彼だ。そのヨゼフはチェコの女性達から絶大な信頼を得ている。ヨゼフが近くの学生群の中にいたスタニスラヴァとタニアに声をかけると、二人は群れを離れてヨゼフと健に合流する。ヨゼフは特にスタニスラヴァと親しいらしく、スターニャという愛称で呼んでいる。スターニャは栗色の髪に楕円形の白い顔、凹みでくっきりと二重になった目は少し吊り上がり、西洋と中央アジアの境目を成すスラヴの顔をしている。何より、その母性愛を感じさせる仕草が誰をも惹き付ける。教室では健は彼女の横に座っているが、健がデュボワ嬢の質問に躓いたときは、下を向いて口を隠し、小声で教えてくれる。時々、中東人や中南米人の塊から、丸めた紙片がスターニャ宛てに飛ばされて来るが、スターニャはそれらに丁寧に絵や言葉を書いて返事している。時には隣席の健が、的外れの紙片を受け取る。

タニアは四角張った顔に大きな目をし、ほとんど黒色をした髪の毛と合わせて、ジプシーとスラヴ人の混血かもしれない、と健は思う。タニアは健に向かい合った席に座っているが、イギリス製の短いスカートを付けているので、彼女が脚を組むときにはスカートが弾け、腰の膨らみまで見える。健の側の者は前を向くときには、目を天井へ向けるように注意するが、デュボワ嬢へ向けた顔を机に戻すときは、どうしてもタニアの方を一瞥してしまう。

## 八日目（金）

デュボワ嬢はいつも片言のフランス語しか話せない外国人に囲まれ、少し怒りっぽい性格になっている。ヨゼフは何かを答える前に必ず、自国語でない言葉で表現するのは自分には難しい問題だ、と前置きするのが癖で、実際には彼はいつも夢想に耽っている。デュボワ嬢からの質問にもほとんど注意していないので、口論が起きる。

「ムッシュ・ヨゼフ。マルタン氏はこの店でどんな品物を買いましたか」

「私の考えをフランス語で表現するのは、大変難しいのです」

「語学をやる学級にいて別のことを考えているのでは、意味がありません。ここはフランス語を学ぼうとする人だけが集まる場所で、誰も強制はしません。その気でないのなら、すぐに出て行っても構いませんよ」

ヨゼフは悲痛な顔をして俯き加減に答える。

「すみません、マドモワゼル、私は別のことは考えていません。フランス語を学びたいのです。ただ、マドモワゼルのフランス語が頭の中に入ってこないのです、自然には。ええと、うまく説明し難いのですが、フランス語が私の母国語でないせいです」

「でも、母国語でないからこそ、勉強しているのでしょう？　貴方の、『うまく説明し難いのですが』という言葉を聞くと、私は憂鬱になってしまいます」

「自国語を話しておられる方には説明しにくいのですが」

「チェコ語がどういうものか知りませんが、貴方の答えを貰う前に、貴方の夢想の中で一緒に散策させられるのは困ります。私は難しいことを訊いているのではなく、貴方のフランス語力を上げるため、貴方に話す機会を与えるため、ごく簡単なことを訊いているに過ぎません」

ヨゼフは、すみません、と言ったまま黙ってしまう。しかし彼の不満そうな顔は、申し訳ないなどとは少しも思っていない証拠で、お互いに譲らない。

デュボワ嬢とヨゼフが慇懃な口論をしているあいだ、健は顔を伏せて彼等を見ないようにし、針で突付くような言葉が行き交うのをやり過ごす。デュボワ嬢は、辛抱強く外国人の面倒をみてくれる良い先生に違いないが、ヨゼフも健を仲間にしてくれる良い男。善から成る二つの魂がいがみ合いをするときは、健は胸が痛い。でも健はヨゼフの肩を持ち、デュボワ嬢はもっとヨゼフを哲学の世界で遊ばせてあげ、彼のフランス語を学ぼうとする意欲を誉めてあげるべきだ、と思う。ヨゼフは健と同じ欠陥を持っている。それはフランス語をそのまま理解しようとするのではなく、それを頭の中で回転させて自分の言葉へ翻訳し、その翻訳を基に答えを考えるという習性があるせいだろう。だから、翻訳ができ上がる前に答えを急かされると、本人は混乱して答えられなくなってしまう。健はこの日以来、ヨゼフに「哲学者」という愛称を与える。

## 九日目（土）

一週間が経つ。一日中フランス語の勉強ばかりするのは、生活を単調にする。しかしそれでも、様々な文化の外国人達に囲まれていると予期しないことが起こり、一日の時間は時には早く、時にはゆっくりと過ぎて行く。健にとって時がゆっくりと経つのは、哲学者とデュボワ嬢のいがみ合いのように、心に痛みを感じるときだ。

放課後には、この土地に生活の根拠も愛着もない外国人達は、何かの冒険を夢見て、何かを待ちながら、何かが起こる日を辛抱強く待ち、教室の回りを彷徨し、廊下の椅子に座り、終に何事もなく一日ずつ過ぎてしまう、そんな感じだ。冬のブザンソンは日が短く、暗くて寒く、雪が降り続け、町に出ても授業と同じように単調だ。遊び場や飲み屋があるのかどうかも判らない。若者が巡り会い、一杯飲み、うつつを抜かせるような。あるいは冬の寒さがそんな享楽的な気持を押し潰してしまい、市民は仕事を終えると、さっさと家路につき、家で冬ごもりをしながら夏を待つのかもしれない。冬のブザンソンがフランス語の勉強に選ばれたのは、留学生達をフランス語の学習に集中させるという、フランス政府の深慮なのかもしれない、と健は疑い始める。

健はハブリク氏との同居生活に最初は心配したが、ハブリク氏は北方人種らしい控え目な性格と規律正しさ、健の方は東洋人の無口さと忍耐強さのお陰で、結局はお互いに同居生活を窮屈に思うことはない。お互いに相手の立場を尊重し、あまり立ち入ったことは尋ねない。ハブリク氏は週末にどこに旅行するのか、親しい友人がいるのか、あるいは自分の国へ帰るのか、健はそんなことも質問しない。ただ彼は土曜日にどこかへ外出し、日曜の夕方に部屋に戻って来る。

## 十日目（日）

このフランスの大地では、外国人に囲まれて生きていると現地のフランス人と知り合う機会は非常に限られてくる。だから、フランス人に会って話す機会を得ることは、友人に威張れる一つの理由とさえなる。ただフランス人は外国人と違って、完璧なフランス語を話すに違いないから、健はフランス人とフランス語で話すのには、少し怖気づく。外国人の間では普通に話せるのに、フランス人の前では、健は自分だけが不利な立場に置かれるように感じる。

市山さんが、フランス人家族から昼食に招待されたので一緒に来ませんか、と誘ってくれたときには、そういう考えが健の頭を横切る。フランス人家族とはゲラン母子のことで、市山さんはこの母子の家の一部屋を借りている。実際、市山さんは他の学生達と異なって、現地人と人間的にずっと親しく接触する環境の中で生活している。ゲラン夫人は五十歳前後の当地に多い少し太り気味の女性で、子どもはブリジットという二十代半ばの娘さん。この町でも花屋だけは日曜でも開店し、他家に招待された人々のために商売している。薔薇の花は高いので、健は、貧しい学生の気持の問題だ、とみなし、一本だけ買ってゲラン家へ向かう。

市山さんはここでもゲラン夫人のお気に入りで、二人は間断なく話し続ける。二人はブリジットがパリへ出て、日系の会社で働く可能性を話している。健は先ほどからゲラン夫人のご主人がいないのが気になるが、その点には触れないのは暗黙の了解であるようだ。ゲラン夫人は市村さんに興味をもっているのか、娘のブリジットを売り出そうとしているのか。

横でブリジットは大人しく話を聞きながら、時に合槌を打ち、稀には介入して発言する。市山さんは健に、ブリジットは航空会社で働きたいそうだ、と教えてくれ、ブリジットは慎ましくちょっと頷く。市山さんは日本語で、パリへ戻ったら彼女のために日本企業に当たってみなければ、と呟く。そのうちにゲラン夫人と市山さんは、写真集を見るためか何かのために隣の部屋へ立つ。

外国人に囲まれる学校から離れて、フランス現地人の若い女性と話す機会は初めてなので、健は話し方がせっかちになり、口が少しもつれ、フランス語のできは通常のようにはいかず、その欠点は身振りで示したり、顔を顰めたりして取り返そうとする。

健はブリジットと向かい合って話していると、彼女の顔の造形がよく纏まっていることと、顔の配色が各所で見事に強調されていることに見惚れてしまう。楕円形の顔、細い鼻、深い二重の瞼、黒っぽい髪、白い肌、青い眼、赤い口紅。ブリジットは黒茶色の髪なのに真っ青で綺麗な目をしている。金髪と青い目は平行する特徴だと言われるが、遺伝的に直接の関係はないのかもしれない、と健は思う。しかも黒髪女性の碧眼の方が、金髪女性の碧眼より紺碧さが深く、美しい。ブリジットの目はそのように青いのだ。

「日本へ行って見たいわ」

このヨーロッパの辺地から、地球の反対側の日本という辺地の島へ行って見たいと思う年頃の女性がいることは、黒い森の中に突然ビキニ姿の女性が現れるように、場違いなことに思える。

「僕は逆で、フランスに来たばかりなのですが」

「そのため、わたし、航空会社で働きたいの」

健とブリジットの会話はこのようにチグハグだ。ブリジットは立ち上がって窓辺に行き、窓覆いを開ける。薄明るい外路から曇った光が入って来て、健はそれとなく後ろ姿のブリジットを見やる。彼女の脚の脹脛《ふくらはぎ》は外光の影になって少し太く、そのせいで外側へ彎曲して見える。それはスターニャやタニアの細く真直ぐな脚とは違い、健は意外に感じ、急に現実に戻される。日本人の脹脛を思い出したからだ。不思議だな、健は今日まで脚のことなど考えたこともなかったのに、急に重要なことに思える。健には自制心が働く。西洋に来てまだ数週間しか経っていない。そんな時期に、自分の将来を固定してしまうほどブリジットには魅力があるかどうか。健の気持は、最初の上気した状態から、現実的な情況判断の状態へ一転する。健はブリジットの控え目な誘いを感じるが、自分の心が既にスターニャとタニアへ戻っているのを感じる。

## 十一日目（月）

ギターを肩にかけた若い男が、ブラリと教室に現れる。デュボワ嬢は予定していたようで、少しも驚かず、ノルウエーからの新入生です、と言って皆に紹介する。

「ムッシュ・ヨルゲは、冬休みを利用してここに二週間滞在されます」

ヨルゲは二十歳かそこらの若者。ノルウエー人と言えば大きな男を予想するが、ヨルゲの背丈は健と違わない。ただ、金髪で、鷲のような眉間の下の青く澄んだ目は、紛れもない北方からの人間だ。デュボワ嬢は新入生にいつもやるように、ヨルゲに質問を集中する。

「ムッシュ・ヨルゲ、フランスでいうホスピタルとクリニックの違いは何でしょう」

ヨルゲは上半身を机の上に乗り出し、左手の肘を机に置いて頬を支えた格好で、大きな眼を丸くしてデュボワ嬢を見据えたまま何も言わない。周りはヨルゲとデュボワ嬢を見比べながら、クスクスと忍び笑いを始める。十秒近く経ったか、ヨルゲはニコリともせずに言う。

「クリニックは公立の病院で、ホスピタルは私立の病院です」

「正しい答えはその逆です」

デュボワ嬢も負けずに、顔の動きを変えないままに答える。

「クリニックは、小さな私立病院のことで、ホスピタルは概して公立です。ノルウエーでは逆なのでしょうね」

ヨルゲは相変わらずニコリともしない。彼の青い眼には北欧の田舎っぽさと、少人数でヨーロッパを征服し、人間の究極の美に最も近い肉体を持つ、という誇りがある。そんな自信からか、北欧の景色みたいな自然な落ち着きを持ち、周りのことは無視して、ゆったりと考え続ける図々しさがある。このようなとき、照れ笑いで自信のなさを隠そうとする態度も取り得る、と健は思う。それが間違いなく健の態度だ。ヨルゲの相手を馬鹿にするような、同時に、皆が自分を愛してくれているという自信に溢れる態度は、鮮烈な印象を与える。健はヨルゲとムスターファ大佐の間の、不公平な出発点の思いに耽っていたが、すぐにその思いを破られる。

「ジュ・セ（私は知っている）という表現はよく使われますね。ムッシュ・アザクラ、その三人称複数はなんですか」

健は不意を突かれ、無意識の内に活用表を思い浮かべ、暗記していた順に、一人称単数から口の中で暗誦し始める。

「ジュ・セ、チュ・セ、イル・セ……」

クスッという声がスターニャから漏れ、健は自分の奇妙な行為に気が付き、照れてしまい、腹の底から突き上げる笑いで次を続けるのが難しくなり、途中から声を出して暗誦する。

「……、ヴ・サヴェ、イル・サーヴ。そう、イル・サーヴです」

健は笑い出した自分を忌々しく思う。ヨルゲみたいにデュボワ嬢の顔を睨みつけ、十秒後に自信をもって答えれば、こんな変な答えは避けられたのに。全てが、答えを待つ相手に早く礼を尽くそうとする健の考えと、自分の都合を重視して相手を無視する西洋の考え方の違いだ。

十二日目（火）

デュボワ嬢は自由会話の時間に、スヴォボダに、なぜフランス語を学ぶのか、という誘い水をかける。

「カナダのケベックへ移民するため。ケベックではフランス語人口が減り、フランス語を話せば、簡単に国籍を貰えます」

隣席のベンダは手を挙げると共に、言葉が口を誘うように、自然に迸り出る。

「僕も同じ。ケベックはカナダでの英語人口に対抗し、フランス語を話す移民を歓迎する」

若い者だけが持つ特権で、人生の曲がり角になるようなことを話すときでも屈託がない。デュボワ嬢は赤い顔を心もち沈め、若者達がカナダ移民を計画することが何を意味するかを、心の中で測りながら呟く。

「パリでは去年五月に学生革命が起こりましたが、プラハでもアレキサンダー・ドブチェクが始めた自由への運動がありましたね。いわゆる『プラハの春』」

スヴォボダは椅子を前後に揺り動かしながら話し出す。

「二つは違います。パリでは皆が既に自由です。自由を利用して自由体制へ反抗しています。プラハでは、我々が欲しかったのはその自由」

健はスターニャとタニアへ目をやるが、二人は心持ち目を伏せたまま、同胞の男達の話を聞いている。

「僕の名前のスヴォボダは、チェコ語で『自由』という意味」

そう言ってスヴォボダは、わざと真面目くさった顔をして頭を反らす。中南米勢は物見遊山の気楽さで話を聞いているが、中東勢は硬い表情のまま、何が問題なのかを模索しているようだ。

「ドブチェクは共産党の指導者に選ばれた。彼がモスクワ好みの伝統を守る政治家と思われたからです。そう、我々が新しいことをやるには、本心を隠し、まずソ連の同意を得ます。ところがそのドブチェクが『人間の顔をした社会主義』への運動を始めた。裏切りです。ソ連は我慢できず、八月にワルシャワ同盟国の軍隊をプラハへ送り、ドブチェクと同志達を捕虜にし、ソ連へ連行しました。彼等はもう帰って来まいと我々は思った。でも国民の支持が強く、ソ連は彼等を釈放せざるを得なかった」

椅子を揺すぶっていたスヴォボダの長い脚が机の下からはみ出し、木製の椅子が後ろへ傾き過ぎ、大きな音を立てて壊れ、彼は仰向きに倒れる。皆はどっと笑い出すが、スヴォボダはそれを無視し、気持を一途に集中したまま、済まして立ち上がり、窓際に置いてある別の椅子を取り寄せる。

ベンダがスヴォボダを引き継いで話し出す。

「共産党の同志は、政権を共有するのを拒みます。政権を手放す方法を知らない。敵に対するには、敵を黙らせるしかない。ワルシャワ協定とは妙な条約で、同盟国を守るのではなく、同盟国を侵略するのです。歴史を見て下さい。まずチェコスロヴァキア、次に東ドイツ、それからハンガリア、そしてまたチェコ」

スヴォボダは新しい椅子をまた揺すぶりながら言う。

「占領軍の戦車が進めないよう、我々は駅名や道路名や交通表示を取り外し、町は一晩で顔のない街になってしまった。名前も文字もない。町の壁には反ロシアの落書きがたくさん。選ばれた傑作は、『レーニンよ目を覚ませ。ブレジネフの気が狂ってしまった』」

デュボワ嬢は珍しく哲学者が手を上げたのをいち早く目にし、手でスヴォボダとベンダを制する。

「私は侵略軍の戦車の兵隊達と話しました。お互いに若者同士だし、ロシア語は我々の第一外語です。ロシア兵達は自分がどこにいるのか、何しに来たのかも知りません。ある者はソ連西部での軍事訓練だと思い、ある者はドイツに侵略された国を救いに来た、と思っていた。救いにきたはずの国民の反感に会い、彼等は面食らっていました」

哲学者は続ける。

「でも、私はまたチェコへ戻ります。亡命しようとしたのは間違い。自分の専門は哲学で、哲学は自分の言葉でしかできません。ドブチェク後の今の政府は、ソ連寄りですが、それほど反動的でもありません」

デュボワ嬢ばかりでなく、学級の皆が哲学者の雄弁さに驚く。この哲学者は、相手の質問には答えられなくても、自分の考えを表現する能力は高いのだ。

デュボワ嬢は無言のまま手を上げたムスターファ大佐を見て、どうぞ、と促す。大佐はチェコ勢の会話に参加できないで、会話の切り目を辛抱強く待っていた。

「私は地理を学ぶためフランス語を始めました」

何だ、それだけのことなら、手を挙げて介入するほどのことはないのに、と健は思うが、デュボワ嬢は学級の責任者として、皆に平等の機会を与えねばなるまい。デュボワ嬢は、どこの国の地理ですか、と不思議がる。

「もちろん、私の国の地理です」

「なぜ、フランスまで来て？」

「陸軍の作戦に使う地理です。空から撮る写真で地形を調べる、そんな特殊な専門を学ぶためで、わが国の陸軍はフランス陸軍と協力しています。中東では人口が偏在し、空からの攻撃に弱いのです」

ムスターファ大佐の国は独裁政権だが、軍隊はフランスにより訓練されている。大佐がゆっくりと話すフランス語は確実に、兵隊の列のように続く。

「実際、武器もかなりがフランス製です」

ムスターファ大佐の横にいるムハメッドは民間人だが、いつも大佐の影の下で歩いており、その影から出るときは、援護射撃をするためだ。

「私は化学者です。私は農薬から爆弾を作りたいと思っています。燃料を作ることもできます」

中東での化学の話はあまり聞かないので、一同は一様に驚き、彼の話は本気なのか、と半信半疑になる。

クエート人のハサン君はどんな職業をやっているのか。それはデュボワ嬢が何度訊いても判らなかったが、健は今では知っている。世界には職業と定義できる活動をしていない人もいる。技術的には、企業主と言ってもよいし、無職業者と言ってもよい。人間は職業を持たねばならないという理由はない。それが誰にも判らないのかもしれない。しかし彼の楽天的な笑いに根負けして、デュボワ嬢は彼に話させることを諦める。

ファルク氏はエクアドール人なのに、北欧人みたいな顔をしている。

「わたしがフランス語をやるのは商売のため。テンの外套の販売です」

皆はファルク氏の話に妙な矛盾を感じ、不審な目を彼に向ける。

「両親がウクライナからエクアドールへ移民したときに作った会社で、ウクライナ産のテンの外套をエクアドールに輸入し、そこから中南米の国々へ販売します」

エクアドールは赤道直下の国だ。そこに毛皮の外套を着る人がいるのか。

「どんなに暑い国にも、外套を着たい人がいます。外套が社会的地位の象徴だからです。それを着て山に登る」

しかしなぜフランス語？　皆の疑問はまだ解けない。南米でフランス語を話す国は、フランスの海外県ギアナしかないのに。

「そのうちにアフリカへも売りこみたいのです。ロブエ夫妻のカメルーンでも売れるかもしれない。アフリカにはフランス語を話す国が多いので、フランス語は重要です」

しかし健の疑問はファルク氏が、なぜ寒いヨーロッパから暑いエクアドールにまで移住したのか。健の、なぜ、という質問が終わる前に、ファルク氏は慣れたように答える。

「両親ともアシュケナジーなので、ナチスから逃れるためでした」

健はこのときに初めて、アシュケナジーと呼ばれる東ヨーロッパに住んでいたユダヤ系人種に会ったことになる。ファルク氏は落ち着いて淡々と話すが、健はそれを聞きながら、ファルク家の賭けの精神と勇敢さの前では、フランス語の勉強などは価値のない遊びのように思われる。暑い国で外套を売るという、一般人の逆を行く考えは、情況に強いられて浮かんだ選択なのかもしれないが、それを成功させるための商売根性は、ナチスを前にして瀕死の状態を経験した人だけが持つ勇気なのかもしれない。

「あなたは？　アザクラさん」

健は小さくなって、必然的に来るだろう自分への番を待っていた。健には、渡仏する目的以外にフランス語を学ぶ理由はなかったから、他の人に比べると動機が高貴ではなく、他の尤もらしい理由も浮かんでこない。だから健の答えのキッカケになったのは、健の頭の一端にいつも残っていた、チェコ学生達への友情だ。ブザンソンに来る汽車の中で知ったパラッハの焼身自殺いらい。

「日本はチェコと違い、自由です。何でも言えます。ただ、それを聞いてくれるだけの人がいるかどうか。一定の社会風習に合わないと誰も聞いてくれない。私の故郷では、政治家はいつも同じ家族から出ます。よそ者が選挙運動をしても、誰も聞いてくれません。日本はギリシャ式の民主主義とは性が合わないのかも。ただ、学生運動は聞いてくれる人がいなくてもやれるし、責任もない。確かに日本でも大学騒動がありました。でも結局は、運動家の大方は、卒業の後は古い社会体制へ戻ってしまったようです」

学級はシンとするが、健の話に感銘したのではなく、健の言いたいことが誰にも判らなかったからである。健はここでも、哲学者と同意見だ。本当に何かを言えるのは、自分の言葉でしかない。

戦後に科学が急に発展し、国際化も同時に進み、個人の生活や意識が進歩した。それなのに、社会組織や体制は昔のままで変らない。健は昔の社会組織から脱却したかった。そこで、若者達が選んだ手っ取り早い手段は、学生運動を名乗ってそんな組織に対抗することだった。しかし、いざとなると動かない組織に降参し、それに吸収され、一部は社会への不適応者で終わり、残りも、社会的な責任を取れるまでにはなれなかった。

健には残念ながら、それだけのことを言う会話力がない。皆の困惑し、丁重に沈黙した顔を前にして、デュボワ嬢は助けを求めるように、市山さんへ目を移す。

「私はお客さんと交渉するのが仕事です。英語なら少し話せる積もりですが、商売ではお客さんの国の言葉を話すのが大切、それでフランス語を習っています。自由を求めている人達の話を聞くと、日本は恵まれていると思います。日本でも大学紛争がありましたが、その理想は共産主義です。チェコの皆さんが抜け出そうと懸命の共産主義、それを自由意志で求めている訳です。自由があり過ぎると、飽和するのでしょうか」

市山さんは一瞬だけ考え込むように沈黙した後、ニコニコした顔になり、陽気に付け加える。

「でも今のところ、私はそんなことを忘れ、商売に専念しています」

十三日目（水）

午後の終わりに市山さんが、「カーヴ」という喫茶店を知っていますか、そこに行ってみますか、と健に話し掛ける。ヨゼフがそれを聞きつけて、それじゃ僕等も行くよ、と言う。結局は学級の内の大半がついて来るが、いつもはおしゃべりな南米人達はそのような団体行動をするには個人主義的にすぎるようで、誰も参加しない。ムスターファ大佐の姿も見えない。
「カーヴ」とは穴倉という意味で、一七世紀の地下牢が現代風の喫茶店へ改築されたもの。この寒い国の冬は太陽がなく、昔は暖房もなかった。そんな昔には、自然に温度調整された穴倉での牢獄生活は、あるいは豪華な生活だったのかもしれない。穴倉では幾つもの部屋が半円形に拡がる柱で繋がれ、壁は積み重ねた石の間に泥を叩き付けて作られている。各部屋には粗末な木机が数個、その回りに背のない長椅子が並ぶ。我々はその内の一つの部屋を借り切る。フランス語に不自由でないチェコ人達はよく話すが、面白いのは授業の時間には沈黙を続ける中東人達が、隣の組のアリも含めて、言葉の不自由さを越えて、よく喋ろうとすることだ。皆は教室では聞けない中東人やカメルーン人の話を大人しく聞きながら、中東人達はペリエを、他の者達はコーヒーかビールを飲む。勘定は市山さんが纏めてやってくれるが、几帳面な者だけが、後で市山さんに支払う。

十四日目（木）

今日は珍しく天気がよいので、午後に皆で城砦へ登ることになる。他の学級の者も何人か参加する。皆は町の外れの、ローマ時代のものの凱旋門を通り、雪で埋もれた道を少しずつ登り、やがて城砦に到る。城砦の焦げ茶色の石造りの壁は場所により半ば崩れかかったまま、上方まで続いて行く。途中の銃眼用の穴から下を見ると、白一面の景色の中に、建物の壁が黒っぽく点在する町が見下ろせる。ドゥー川を隔てる向こうはなだらかに幾重にも重なるジュラ山脈が灰色のまま続く。丘の上の城砦は川を上ってくる風を真っ向に受け、町の中より温度が数度は低く、通路にできた足跡の窪みはそのまま凍り付いて残っている。

ガングリー氏とアリ君は他の学級からの参加者だ。ガングリー氏は西洋人の顔をしているが、インドの南部で育ったので色が黒い。背が低くて老けて見えるが、意外に若いのかもしれない。彼は自分の容姿は他人に好意を持たせるものでないことを意識し、急がず、ひょうきんに振る舞い、皆に安心感を与える。しかし彼の目標はスターニャだ。インドから手袋まで持ってきた彼はスターニャの前で寒い、寒い、と言いながら手袋を擦り合わせる。

「それでは暖かくしてあげるわね」

そう言いながらスターニャはガングリー氏から手袋をもぎ取り、彼の手を自分の両手の間に挟んでハッハッと息を吹きかけながら擦ってあげる。健にはそれが子供をあやす母親に思える。ガングリー氏は黒い頬を紫色にしながら、ヒューヒューと口を鳴らして嬉しそうに笑う。

健は日本から手袋なんか持ってきていない。両手を外套の袖の中につっこんで冷たさを凌ぐ。スターニャはそんな健を眼にすると、健の真似をして自分の手を左右の袖に入れ、頭を下げて健の前を何度か往復し、健が何も言わないでいると、

「そんな格好でいると、熊みたいでみっともないわよ」

往復動作にも飽きたらしく、

「そんなに寒いのなら手を暖めてあげる。これで二人目のお客ね、南から来た」

と言いながら自分の手袋を外して股の間に挟み、健の両手を取って自分の同じくらい冷たい手に挟み、揉み上げる。

「かわいそうなお手々さん、もう少し待ってね、すぐに温かくなるわ」

こちらの女性はしょっちゅう男と握手するし、男の手に触れ腕を組むことには、性的な意味合いはこれっぽちもあるまい。ガングリー氏と自分に対するスターニャの振舞いの前で、健は心では判っていても、実際に女性の温かさに触れると認識がぐらつき、自分は例外かもしれないと思い始める好い加減さに、足止めをかけようとする。

雪の珍しい南米組や中東組は、雪を見ると我慢できずに雪合戦を始める。体を温めるためでもある。いつもは和やかであるはずの合戦なのだが、この日は奇妙な展開となる。どのようにして始まったのか良く判らない。スターニャとタニアが顔を真っ赤にして怒り、雪の塊を持ってムハメッドを追いかけだす。ムハメッドは小柄な体で、足は短い。長い足のスターニャとタニアは容易に彼に追いつき、彼が転んだ拍子に、悪意を込めて雪の塊を浴びせかける。そしたら今度はムハメッドが怒りだす。彼はアリを仲間に入れ、一緒になって二人のチェコ女性を追い始め、埒があかないと知ると途中からタニア一人を狙って追い始め、遂に追い囲み、二人は何か話しながら喉から出る声でフワッ、フワッと笑い、アリがタニアの後ろから両手を絡めて締め上げげ、ムハメッドはタニアの正面から粉雪の固まりを雪崩のように投げかける。一瞬の雪崩の合間に見たタニアの大きな眼は赤く充血し憎悪と悔しさで濡れている。健はその時に初めて、遊びが喧嘩になってしまっていたことに気が付く。しかしタニアは考えたかもしれない。なぜスターニャでなく、自分だけが攻撃の相手に選ばれたのか。それは、スターニャの方がずっと綺麗で魅力があるからだ。男達の真の姿は、魅力ある女性だけを楽しみのために温存し、他の女性は男世界の安寧のため、弱い性として取扱う。人間が原始的な状態に戻れば戻るほど。

健はスターニャとガングリー氏と同時に、遅まきながら事情の非情さに気が付き、各々に雪を固めてムハメッドとアリを追いまわす。二人は皆の敵意を唆《そその》かしたことがむしろ満足らしく、シュー、シューと奇妙な音をあげながら逃げ回る。二人は礼拝堂の後ろに逃げ込む。高い城壁の前に鎖で仕切られた長方形の囲いがあり、その中に四本の褐色の木柱が間隔を置いて城壁に平行に並んでいる。柱頭は雪を被り、スキー帽を被る手細工の大きなコケシに見える。立て札があり、健は不吉なものを感じる。

「ここで愛国者達が倒れ……」

残りは雪が刻んだ文字を埋めて読めない。健は何かを冒瀆しているような感じがし、ムハメッドとアリを追いかけるのを止める。

## 十五日目（金）

健が実験室で視聴覚の訓練中に、デュボワ嬢から、事務局に立ち寄るようにとの呼び出しを受ける。夕方の五時、『宮殿の階段にて』の音楽を合図に、健が事務局へ急ぐと、一通の手紙を渡してくれる。これから働くパリ近郊の研究所からの手紙で、研究所に来る日をはっきりさせよ、という内容だ。健は将来の厳しいに違いない生活を思い、急に現実に引き戻される。

廊下を戻るときに空いた教室で、ヨルゲがスターニャとタニアを前にギターを弾いているのを目撃するが、邪魔するのを避けて素通りする。既に教室でのスターニャの態度が、先週に比べて真面目になったのを健は感じていた。ヨルゲが答えるときにはスターニャはどこか硬くなっている。友情や愛情にも階級があるように思われる。スターニャは最初からヨルゲ用に存在していたようだ。健にはタニアが割り当てられても、仕方がないのか。

健は動揺し、自尊心は地に落ち、割り切れない思いを抱いたまま大学を出ようとするとき、ハサンが健を捕まえ、彼の宿舎に招待してくれる。健はこのときばかりは、ハサンのいつにない積極的な行為を嬉しく思い、故意に上機嫌を装って、彼と並んで歩く。彼の宿舎なる所に着くと、それは一戸建の家で、その一階全体を借り切っているらしいのに驚く。部屋は広く、健は心地よい長椅子に座る。ハサンは、クエート、と言って写真帳を取り出し、それを健と一緒に捲る。最初の頁の、真っ白な石で作られた宮殿は観光の名所なのだろう。一方が海に面し、大きなプールがあり、他方が大きな通りに面し、翼の付いたような大きな車が何台か駐車している。そのうちにハサンは、これが両親だ、インド人だ、フィリッピン人だ、と説明しだし、徐々に気づいたが、この建物は彼の家で、その中に住んでいる両親や召使達を紹介しているらしい。ただ健が、これは君の家か、と聞いても、ちゃんとした返事がない。写真を見せる彼にとっては当然すぎて、質問の意味が判らないのかもしれない。ハサンのフランス語は想像力を働かして理解しなければならないが、それでも半分ぐらいは間違ってしまう。写真の方が判り易い。ここでも彼の職業の話は出てこないが、それは彼が何もやっていないからではないかと、やっと判りかける。職業がない。石油のお金が自動的に入り、インドやフィリッピンなどの外国人労働者が何から何までやってくれるから、彼は仕事を持つ必要はないのだろう。

健は今さっきまで感じていた無力感と落ち込みが、この長い人生の中では些細なことに過ぎず、思いを込めるには値しないことのように思い始める。

十六日目（土）

また週末がやって来る。健は週末が苦手だ。既に金曜の午後からずっと憂鬱だった。週末の食事のことも考えねばならないし、土曜の午後と日曜には、普通の店も閉まってしまう。そこで、土曜の朝のうちに冷たい食糧を買い集める。ただパン屋だけはどこかで開いているので、新鮮でパリパリしたバゲットを買うことができる。チーズはキャマンベールか、クリーム分が多くて柔らかいキャプリス・デ・デューを買う。それらと牛乳を窓の外の桟に置いておくと長く保存できる。時には中味が凍っているので、部屋の暖房器の上で温める。ハブリク氏は例によって、週末にはほとんど部屋にいない。

健は日曜の朝も同じ牛乳とチーズと、硬くなったパンで食事するが、珍しくハブリク氏がおり、そのキャンピング・ガスで、暖かい珈琲を作ってくれる。

健は話の種を探しながら、ハブリク氏が健の学級にいるチェコ人達を知っているか、と訊く。学校の事務課の前で、彼がスヴォボダとベンダと、一歩置いて話しているところを見たことがあるからだ。

「すれ違ったことはありますが。何しろチェコ人は多いので」

ハブリク氏の答えは少し意外で、健は肩透かしを食った印象を受け、それ以上には固執しない。

ハブリク氏は話を変えて

「この町には、映画館が二、三軒ありますが、行かれましたか」

ハブリク氏が映画に誘ってくれることを恐れ、健は即座に答える。

「必需品を買えば月に七百フランしか残らないので、映画よりお金を貯めていいレストランに行く積もりです」

「劇場が一軒あり、間もなくバルバラという歌手が来るという話です。でも入場料の二〇フランは高すぎますよね」

十七日目（日）

日曜日、健は、そうだ、こないだの「カーヴ」へ行ってみようと思う。そこはここから雪の中を十分歩けばよい。そこでは飲み物を頼まないでも、何時間でも座っておれる、と聞いている。日曜の昼には学生も四、五人しかおらず、健はテレヴィの備わった部屋の一画に座り、テレヴィの反対側を向いて、日本への手紙を書き始める。十分も経ったか、一陣の冷たい外気と共に、タニアが顔を赤くして入って来る。健を目にしてニコッと笑うと、真直ぐに奥の部屋へ急ぐ。いつものスターニャの顔ではないので健は軽く失望し、再び手紙に戻る。そこにタニアが紅茶を抱えてやって来る。

「あなたも飲む？　持って来てあげましょうか？」

健は、大丈夫、家で飲んで来たばかりだ、と答える。タニアは健の机に紅茶を置いて座る。いつもの仲間はいないの、と言うと、タニアは奥の部屋へ目を投げて、顔を横に振る。そして健の手紙を見やる。

「用紙が傾いている」

そう言って体を捻る。

「日本では縦に、上から下へ書く」

タニアは目を覚まして間もないらしく、低く籠もった声を出す。

健が、目元に何か付いている、取って上げるよ、と言うと、タニアは自分のハンカチを取り出して健に渡し、顔を健に近づけ、上目使いに空間を見る格好をする。健は指の先で目ヤニをふき取りながら、二つの黒い目は何と大きく、猫の目に似ているなと思う。珍しく後ろへ巻き上げた髪はタニアを急に成熟させ、彼女の丸い顔を引き立たせる。黒褐色の髪の色は、白い顔の色とよく対比している。健は急に親密になった雰囲気に戸惑いながら、先日の雪合戦では困ったな、と言う。

「ムハメッド、暴力的よ。女の子を苛めて喜ぶ。卑怯よ」

健はヨーロッパ人の偽善性を突く積もりで、女の子を大事にするというのは西洋の習慣で、中東では男と女を平等に扱うのが習慣なのかもしれないよ、と言う。

「ノン、ノン、健は事件を知らない。まず、ムハメッドとアリが雪合戦していた。そしたらムハメッドがあたしの背後に隠れ、後からわたしの両腕を、こうして挟み、アリからの攻撃の盾にした。女の子を。どうして女の子に構うの？　劣等感よ。相手になって貰いたいからよ。まっぴらご免」

中東人はいつも周囲から一種の軽蔑と恐れで敬遠され、他の民族と融合できないでいる。だから健は少しは彼等を弁護してあげたい。最後にはタニアに賛成でも。しかしタニアは辛辣だ。

「例えば、ムスターファ大佐。質問は沢山する。けど、初めから答えを知っている質問よ。彼の質問を覚えている？」

「中東人のアラブ語は欧州のアルファベットと違うから、発音が判らないのかもしれない」

「嘘。ムスターファ大佐はここに来る前からフランス語がうまい。『スーパーマーケット』を知らない振りし、自分が周囲と違うことを主張し、変な優越感を作りあげる。質問のために質問し、わざと波を掻き立てようとする」

タニアは一息ついた後、

「ケンはデュボワ嬢のお気に入りね」

そんな言葉をそのまま信じるのは現実的でない。健は、タニアが市山さんを挙げないのはなぜかな、と思う。しかし健はその時から、タニアに「黒猫」という愛称を与えよう、と決める。

「ケンを指すとき、いつも躊躇しているから判る。同じ女だもの。デュボワ嬢は隠しているけど、好き嫌いの激しい人」

「カーヴ」は外の明りから完全に遮断され、弱い電灯で照らされているだけなので、昼なのか、既に夜なのか、時の経つのが判らない。黒猫は、そろそろ帰る、と言う。

「日曜はバスがないから、歩いて帰る」

散歩がてら一緒に歩こうか、と健が提案すると、ここから二キロはあるわよ、と言う。

「今晩は友人達と、部屋で落ち合うことになっているの」

二人で「カーヴ」から出ると、まだ四時なのに外は暗く、相変わらず雪が降っていて、街灯であらゆる物が黒と白に分かれて見える。二人は寒さに追われて黙ったまま足早に、ドウー川の橋を渡り、曲りくねった本道を避けて、処女雪の積もる草原を真直ぐに突っ切り、再び本道に出る。それに面して「シュマ」という百貨店と大きな兵舎があるので、町に戻るときの目安にする。その後、緩やかな坂をしばらく登るに従って、幾つもの大きな長屋みたいな建物が見えてくる。

「ほら、ブロワの丘の学生寮よ。あたしの建物は手前よ。ええと、よかったらあたしの部屋で皆と温かいものでも飲む？」

健はそうだな、と答えようとすると口が攣《ひきつ》り、口からの白い吐く息で眼鏡が曇り、黒猫の赤い鼻しか見えなくなり、二人で笑ってしまう。女子寮だ、日本でも入ったことがない。女子寮には大きな門があり、守衛が番をし、健はなるべく黒猫の影になるように歩くが、守衛は読んでいる雑誌から目だけ動かしてこちらを見る。慣れた専門家の目だ。

「男子学生の二十時以降の入寮は禁止。門限は二十二時」という掲示がある。建物に入って左に曲がって二つ目、そこが黒猫の部屋。戸に手を掛けながら黒猫は言う。

「ここは去年の学生騒動まで、男性禁止だったそうよ」

健はタニアの部屋に二人で入るとどういう状態になるか、少し怖かったが、部屋には既にスヴォボダ、ベンダ、スターニャ、哲学者、ヨルゲ、同じノルウエー人のスヴェント君がおり、ほのかな安心感と共に、強い失望を感じる。会合には目的がなく、ただ皆がビールとウオッカの杯をあおり続ける間に、ヨルゲが芸術家よろしくギターを弾き続ける。何と陳腐な宵だろう。そのうちに、ヨルゲは隣のスヴェントヘギターを渡し、スヴェントは一曲弾いた後にギターをスヴォボダへ回す。それからベンダと哲学者へ。驚いたことに、女性と健を除き、男達はみな曲りなりにギターの嗜みがあり、回り持ちで曲を奏で、歌いだしたことだ。その間、スターニャはウオッカを浴びるように飲み続ける。黒猫は驚く風もなく、笑いながらそれを見ている。そのうちにヨルゲがタニアの寝台に座ったスターニャに椅子を近づけ、腕を回し、顔を近づけ、お互いに愛撫を始める。健は呆気にとられて、周りの皆の顔を盗み見する。彼等は目の前で起こることを、恐らく国を離れた同胞の慈悲心で、見ない振りをしている。突然、スターニャは身を振り払うように立ち上がり、黒猫の寝台の上にうつ伏せに身を投げ出し、肩を揺すぶって嗚咽しだす。その動きで、スカートの裾が高く盛り上がったお尻の頂点を越して捲りあがり、健はそのままにしておくのは彼女の尊厳を傷つけると思う。

「急いで進め過ぎるからだよ」

健は変な慰めを言いながら、スカートの裾を引っ張り下げる。しかし、友好的な国際交友の場であるはずだった宵は、一刻も早く解散してしまいたい、気まずい宵となってしまう。

ベンダとスヴォボダは時計を見て、十時だ、門限だ、と言って立ち上がり、うつ伏せになったまま動かないスターニャの頭を撫ぜたり、肩を軽く叩いたりしながら部屋を去って行く。ヨルゲとスヴェントは黙ったまま戸口へ向う。黒猫の部屋に残ったのは、哲学者と健とうつ伏せになったままのスターニャだ。このときも哲学者は、これは難しい問題だが、という格好で顔を顰めて、

「スターニャは夫と幼児をプラハに置き去りにして来た。それが頭に浮かんだのだろう」

哲学者の意外な言葉に、健は誤解したかと思って黒猫を見るが、彼女は故意に知らん顔をしている。スターニャは健にはどう見ても二十二、三歳、子持ちには思えないからだ。

「彼女の部屋まで送って行くよ」

哲学者はスターニャを助け起こしながら、彼女の部屋は隣の棟だ、と健に言う。

ここから健の泊まる「ファミリー」まで歩いて帰ると三十分はかかろうが、この時間にはバスもない。健は黒猫に、もう帰らないといけないな、と言うと、彼女は、まず夕食をしようと言う。二人は寮生共有の炊事場へ行って湯を沸かして紅茶を立て、部屋に戻って窓外に吊るした網袋からサラミとキャマンベールを取り出し、黒パンに添えて食べる。リンゴが野菜の代わりになる。その後に食後酒を飲もうと、黒猫は片隅にある蓄音機をかけ、その後ろから六種か七種の強いアルコールを取り出す。健は黒猫の慎ましい生活から想像できない奔放さを感じるが、冬の長い雪国ではアルコールは慎ましい生活の一部を成すのだろう。健はコワントローを選ぶ。『ヴァルーム』という感傷的なドイツの流行歌が流れ出す。ドイツは東ヨーロッパへの窓口だ。健が黒猫に、ドイツの音楽や文化を好きなの、と訊くと、ニッと笑って
「あたし、ドイツ人にはなりたくないわ」

健はコワントローですぐに顔が火照るのを感じるが、ここでは寒さで皆が赤い顔をしているので、少しも気にならない。健は黒猫が何か言うまでは部屋にいてもよいだろうと思うが、チラリと時計を見るともう夜の十一時。立って窓に近づき、窓掛けを手繰ると、外は雪が白鳥のように舞い、窓のすぐ下の明りを除いては全くの暗闇だ。一番よいのは話し続けること、そのためには飲み続けるしかない。

「ここに泊まって行ってもよいけど」

黒猫の話が簡単で、直接的なのに健は戸惑う。

「明日の朝は早く起きて、門番に気付かれないように、この窓から出て行ってもらうわよ」

健は落ち着いた風をし、再び窓に寄って、外を見る。幸いに黒猫の部屋は一階で、窓から庭に飛び降りても二メートルほどしかなく、そこから外へは細い排水溝で仕切られているだけだ。脱出の可能性を確認した後、二人は椅子に戻る。

「ソ連がチェコに侵入した時、夏休みで、わたしはパリ行きの汽車に乗り、そのままチェコへ戻らなかった。そしたらフランス政府が一学年分の奨学金をくれ、ブザンソンへ送り込まれたの。そんなチェコ学生がこの大学に、そうね、二十人はいるわ」

健は、自分のフランス政府招聘生の身分も、同じくらい偶発的に獲得したものであることを思い起こす。同じような窮民救済の手段で、健も救われたのか。

「その後、チェコの新政府の命令で、国外にいるチェコ人は六ヶ月以内に国へ戻らないといけなくなったの。そうでないと、十年間は国に戻れない。チェコ女性の解決策は、どこかの国の男を捕まえて結婚し、外国の国籍をとること。そうすれば外国人として定期的に帰国できる。隣の組のブリギッテ、ホラ、いつもフランス男性と一緒にいる女性。もう半年も男を探しているけれど、まだ見つからず、苛々している」

健はスターニャの、ヨルゲに対する奇妙な態度を思い出す。スターニャはヨルゲとそのような関係を期待したのかも知れない。しかしヨルゲはまだ若い、独身を楽しむ風来坊なので、スターニャのそんな期待を裏切り、彼女を絶望へ陥れたのかもしれない。

「政府の期限はこの六月に切れるけど、わたしはその後、二ヶ月ぐらい友人とヨーロッパを旅行するかもしれない」

そうすると、十年間はチェコへ帰国できなくなるのか、と健は尋ねる。

「友人はアイスホッケーのチェコ代表で、三月にストックホルムスで始まる世界選手権のための巡業試合中よ。その後に真剣に考える」

健はスヴォボダやベンダなんかより更に屈強で、胸が飛び出し、肩の張ったアイスホッケーの選手を想像し、黒猫の顔を見直す。

黒猫が着物を丸めて健のために枕を作っている間に、健はぎこちなく寝台の横に立っている。準備が終わると黒猫は洗面台の前に立って後ろに巻き上げた髪を更に高く巻き上げ、手早く上着を脱いで胸当てと赤いキュロットだけになる。掛け布団の下から半透明の薄い寝巻きを引っ張り出し、頭から被る。健には、広く張る逞しく高い腰、そこに纏わり着く赤いキュロットしか目に入らない。黒猫はスルリと寝台の壁際に潜り込む。

「着物を着たままでも、脱いででも、お好きなように」

健はまだ椅子に座ったまま、どうすべきかと迷う。黒猫もそう思ったかもしれないが、こんな時にはお互いに相手の習慣を尊重し、自分の習慣に誇りを持つのが一番だ。健は日本から着けてきた下着とステテコのまま横に滑り込む。黒猫は健の武装姿を奇妙な目で見ている。

「ヨーロッパでは眠るときには、貴方みたいに鎧で身を固めないわ」

乾燥した気候の欧州では、これらの汗抜きは必要ではないらしい。二人は天井を睨んだまま。

「今度の週末、その友人が練習を抜けて、ブザンソンまで遊びに来るの」

健には、ブザンソンまで来る友人とは何者なのか、という興味が湧いてくる。まさか「こんにちは」を言いにここまで来る訳ではあるまい。黒猫は健の好奇心を感じたらしく、遠慮し勝ちに、

「プラハでは同棲していた。そう、許婚者よ。彼はまず、世界選手権でソ連をやっつける。それからここで落ち合い、一緒に亡命するかどうかを決める」

健は、おやすみ、と言って息を潜める。おやすみ、という声が返ってきて、身を固める動きが伝わってくる。そう、十分か二十分か、健は聞こえてくる雪の音を数える。黒猫も眠ろうとして許婚者が来るまでの日数を数えているにちがいない。ヒューッという音がする。まだ眠っていないの？　あなたと同じよ。

「お互いに神経質になっちゃうね。歌でも歌うか、それとも遊びをするか。でも、また起きるのは嫌だな。そうだ、腕相撲をしよう。こうやって」

　健は自分の右手を黒猫のそれに絡ませ、左腕で相手の肘を支えさせる。黒猫はニーッと笑うので、健も笑顔を返して遊び始めるが、次第に本気になる。黒猫の腕は盛り上がり、健は体を幾らか浮かべて体重を掛け出す。しかし相手の腕を倒せず、口に笑いを浮かべたまま、今度は相手に押し倒されないように腹の筋肉を硬直させ、捩れたような痛みを感じ、引き分けだ、と叫ぶ。自分の戸惑いを隠すため、健は相手に覆い被さり、仲直りだ、と言いながら、黒猫の顔にまで登って接吻すると相手は拒まない。胸当てに右手を当てると黒猫は両手で難なく健の手首を捻り上げて笑う。ひるまず左手を胸当ての下から入れようとすると黒猫が今度は痛そうに、全身で健を払いのけようとする。健は相手にしがみ付き、自由になった右手を胸当ての下から更に進め、左手を背に回して胸当てのホックを探す。右手の甲は張り切った胸当ての下端の絞りで痛くて我慢できない。黒猫は身を捩ると、

「胸が締め付けられて痛い」

と言う。健は自分の手の甲が痛い、と言う。黒猫は何かを言いたそうに躊躇うが、結局は何も言わず、健を突っ張っていた両腕を緩めると、上半身を少し起こし、両手で胸当ての両乳房の間にあるホックを簡単に両側へ開き、ニーッと笑う。探していたホックが、背側でなく乳房の間にあるのは科学の進歩だ、とでも言われているように健は感じる。健が赤いキュロットを探っている

と、黒猫は急に動かなくなる。健は心配になって、半身起こして黒猫を覗きこむと、彼女は密かに涙を流している。健は腕の動きを止めて、ごめん、と言って、黒猫の横で天井を向いたまま動かない。二、三分も経ったか、黒猫は急に健の方へ体を向けて、

「あなたに、いいでしょう」

と言って、健の雄鶏を握って前後に漕ぎ出す。

## 十八日目（月）

翌朝は寝不足のまま早く目を覚まし、二人は寝起き姿のまま、十年夫婦のように黙ってお茶を飲む。それから黒猫は健のために窓を開ける。外から入って来る朝の冷たい逆光の下で、黒猫の半透明の寝巻きは体から落ちたように透明になり、黒猫が健に振り向くと黒い陰影がはっきり見える。健が寝ている間に、黒猫は下着を全部脱いでいた。その解放された姿に、健は昨夜の黒猫の、女性らしい弱さを思い浮かべることができない。健は服をつけ、窓の前で黒猫と軽く口を合わせ、窓枠に登り、また新しく被さった新雪の上に飛び降り、勇敢に町の方への長い道程につく。道すがら、涙を浮かべていた黒猫の顔が忘れられない。それにしても、ヨーロッパは清々しい所だ。健は寒さを忘れるために早く歩く。スースーと口笛を吹きながら。ホテル「ファミリー」に着き、音を殺して二階に上ると、部屋の電気が点いている。

「朝帰りですか」

ハブリク氏はからかうように声を掛けてくる。

「ちょうどよかった。私はここを出ることになった。『さよなら』を言えてよかった」

驚いた健の顔を見て、ハブリク氏は、これだから仕方がない、と言うように、

「国から帰ってくるように通達が来たのです」

「お国はロシアですか？　それともポーランド？」

「チェコです」

健はハブリク氏に対して一種の友情さえ感じるようになっていたので、感情を込めて、いきさつを訊こうと思って彼の顔を見ると、彼の厳しい目つきに会い、その言葉を飲み込んでしまい、中途半端な言葉が残る。

「良き出立を！」

健は朝食を抜かし、ハブリク氏の冷たい手と握手し、彼の奇妙に移ろうような目を避けて、早めに学校へ向かう。

学級では、黒猫は少し遅れて級に入って来て、いつものように健の向いに座った、健はなるべく目を合わせないように、これまでになくデュボワ嬢を注視する。それでも時々視線が交わり、含み笑いする。そのときには黒猫は昨日の悲しそうな顔を忘れている。健の方も、黒猫の短いスカートの奥から弾き出る太腿が気にならなくなる。

ただ、ヨルゲは二度と学級には現れず、ギターを下げて、また風来坊の旅に出た。この自由の世界では、自分の予定も、他人との約束も、自分の自由意思ほどには重要ではないようだ。

## 二十日目（水）

黒猫との週末の後、健は級友達から離れ、市山さんと村下君とは別の、日本人の仲間達を発見することになる。健は夕方の部屋食を取りにホテルに戻ったときに、暗い廊下で、人を訪ねてきた山本君とすれ違う。かくして健は、同じホテルの一階に佐藤教授という著名な文学者がいることを知る。教授がこのホテルにいるということは、先生は健と同じ招聘金でここに来たことを意味するのかもしれない。目当ての佐藤教授が不在だったので、山本君は健を誘って、町中にある学生食堂に夕食に出掛ける。彼の手ほどきで、学食ではどのようにして食事するかを学び、特に健の留学生証明書を見せると、食費が半額になることを知る。山本君にはその恩典がなく、敵わないな、と言う。そして健の頭を見て安心したように、

「食堂に入るときには、帽子を脱がないと酷い目に合うのですよ」

その注意が終わる前に、雪よけの帯を頭につけた褐色の女性が入って来ると、食事中の学生達が、帽子、帽子、と叫び、パン籠からパンのかけらを摑んで投げつけ始める。女性は訳が判らず

に怯えきり、訳の判らない人種偏見への抗議を、精一杯に叫び始める。すぐ後に頭にターバンを巻き、髭を生やしたインド人が入って来て、同じ取り扱いを受ける。彼はこの食堂の名物らしく、学生達の非難に大きな笑顔を返し、飛んで来るパンを叩き落しながら、手を上げて皆に鷹揚に挨拶する。

「もったいない話ですね」

山本君は菓子作りの見習にフランスに来たのだが、その前にフランス語を習いにここに送られてきたというから、職業柄から、パンの無駄使いが最初に頭に浮かぶのだろう。健はそうでなく、チェコ人で感じたように、若い西洋人は悪気がなくても残酷だな、と思う。好い加減に騒いだ後、学生達は拍子抜けしたように静かになる。

「これは昔からの学生の習慣らしいです」

彼の説明を聞きながら、こちらの人間は即興の才能がある、と健は思う。

「今週末、佐藤先生の部屋で日本人の集いがありますよ。同じホテルにおられるから、来ませんか。ブロワの学生寮にいる桜木さんと村木さんが、料理を作って来てくれます」

夕食の後、山本君が彼の泊まっているホテル・デュ・ノールへ誘ってくれる。そのホテルは日本人の溜まり場らしく、他に三人の日本人がおり、そのうちの一人は同じ級の村下君だ。山本君について上の階に行くと、四人の日本人が一人の西洋女性を前にして、麻雀をやっている。そのうちの一人が山本君を見て言う。

「須藤さんがアンに麻雀を教えているのですよ。この英国娘はこれまで誰の招待にも応じなかった。須藤さんはそれに初めて成功した、偉大な人です。須藤さんは日本に妻子がいることを広言し、そのせいで西洋女性に、安心感を与えるらしい」

山本君は言う。

「この四人も佐藤先生のホテルでの食事会に来ます」

この辺地での日本部落に、健は少しずつ好奇心を持ち出す。

二十四日目（日）

佐藤先生の部屋での夕食会では、一部でマージャン会が始まる。しかしそれに興味のない者達は同じ部屋の一角で話に耽る。健が最も新しい日本人で、同じ学級の村下君が、健を皆に紹介してくれる。

「朝倉さんは学級でも、西洋の女性になかなか人気がある人です」

学級では健が無視しがちだった村下君が、そんな気の利いたことを言ってくれるのだから、健も少しふざけたことを言うべきだろう。

「僕は性欲があまりないもので、女性が安心して近寄ってくれるようです。須藤さんは妻子持ちという欠陥があるそうで、僕もそれと同類項です」

ご飯を作ってくれたのは、桜木と村木という二人の女性だ。二人の女性はご飯を作ってきてくれるという社会的義務を負ってくれるばかりか、知的にも優秀らしい。村下君によると桜木さんは国費留学生で、村木さんはまだ学生だが、ある倶楽部の奨励賞による留学生。二人の女性の会話から、ハブリク氏の話したバルバラと言う歌手の名前が聞こえる。健が、女性はどこでも優秀ですね、と言うと、村下君は悪びれずに白状する。

「野郎は駄目です。みな私費組です」

一人の女性が、初老の佐藤先生を労わるように、ピッタリと付いて話している。健と同じ位の年齢だろう。流れてくる会話から、その女性が桜木さんで、佐藤先生と同じ分野で働き、ある大学の仏文の助手か講師らしい。頭から切り出すような声で話し、回りのむしろグータラそうな金持ち息子達の中では浮き上がって見える。彼女は日本人の間で最もフランス語のできる人として一目置かれ、同時に敬遠されているようだ。女性は知的でも構わないが、女性特有の優しい世界に住んでいても貰いたい。男なら、自分より優秀な女性がいれば、そんな人は敬遠したい、それが本音だ。

健はかくして、この小さな町にも、日本の同胞達が、多かれ少なかれ特別な培地の中で棲息していたことを知る。しかしその培地は狭いので、現地の住民との接触は時には避けられまい。住民は日本人を、フランス語さえ話せない遠い国から来た勇敢な若者達だとみなし、少なくとも初めのうちは、無罪推定の特典を与えてくれる。つまり日本人は招待客の席を与えられる。それがまた狭い培地の心地よさを、一層強く感じさせてくれる。

健は毎日の貧食と言葉の欲求不満に疲れている。これら日本からの同胞の中に入り、おにぎりを頬張り、何も説明しなくてよい環境に座り込むと、急に緊張が解け、日本の話が弾む。健の経験した一番の快感は、何も話さず、周りの会話を聞き流し、母国の雰囲気の中で、フランスにいる異国情緒を味わうことだ。周りは同じ暗い背広をはおり、同じ髪型をし、同じ先細りのズボンを履き、同じように感じてくれる仲間達だ。

二十六日目（火）

デュボワ嬢の言葉から発して、教室で諍いが起こる。

「ド・ゴール将軍がテレヴィで、次の国民投票について話します。それは去年の五月革命の後に政府が行った改革に対して、国民の判断を問うものです。賛成が過半数に達しない場合は、ド・ゴールは大統領を辞任すると宣言しました」

デュボワ嬢の前の席にいるムスターファ大佐が人差し指を上げる。

「ド・ゴールとは誰ですか」

ムスターファ大佐はド・ゴールと言う言葉を、本当なのかわざとなのか、少しどもりながら、たどたどしく発音する。

「何とおっしゃいました？」

デュボワ嬢は不審そうに訊き返す。

「ド・ゴールとは誰ですか」

教室はドッと笑い出す。このようなときは中南米の者に優る者はいない。彼等は顔を皺くちゃにして、机を叩きながら吹き出す。ムスターファ大佐は途端に顔を硬くし、開き直る。

「何、何ですか、どうして笑う？　私は質問している。失礼じゃないか。その態度は」

皆は一様にオーというような相手を否認する唸り声を上げ、一瞬後には皆が勝手にあざ笑い始め、からかいの言葉を投げ始める。皆と言っても少くとも一人は例外、健にはそのようなハッキリした意志表示はできない。

ムスターファ大佐や同僚の中東人達は、現代に適応できないでいる人種として、他の級友から無視され、軽視されている。それに耐えるには、相手を困らせ、仕返しをするしかない。ムスターファ大佐の言葉は、少し扇情的な挑戦だ。相手の意表をついて、自分は欧州の常識とは異なる文明を持つことを示す試みだろう。特にこのフランスで、ド・ゴールに反対して起こった五月革命の直後に、このような言葉を発するにはそれだけの人を食った勇気と挑戦心が必要だ。特に、大佐がこのフランスにまで来ることができたのは、大佐の祖国とフランスとの軍事協定のお陰、つまりド・ゴール大統領のお陰だから、格好の仕返しになる。

ムスターファ大佐はアルジェンチンやウルグアイやメキシコの悪に対抗するように、顔を真っ赤にして髪を震わし、椅子から立ち上がり、教壇にいるデュボワ嬢に助けを求めるように見向き、彼女が立場を決めかねているのを見て、今度は彼女の不干渉を非難するように絶叫する。

「こんなことは許せない、マドモワゼル・デュボワ。こんな酷いことはあってはならない」

デュボワ嬢は不意の敵意の勃発に意表を突かれたに違いない。しかしデュボワ嬢はその動揺をまず沈黙で、次に軽い戸惑いの微笑で包み、その間に最善の策を考え付く。それはこの険悪な雰囲気を、皆を挙げてのフランス語討論の一環へと取り繕うことだ。そのために、当座は成り行きに任せることにする。

ウルグアイのアヤラ氏はムスターファ大佐を宥めるように、

「よく聞いて、ムッシュ・ムスターファ。我々は自由の国に住んでいる。つまり、貴方はご自分の思うことを自由に話して結構。けれど、我々も思うように自分の気持ちを表してよいはず」

再び湧き出したクスクス笑いに、ムスターファ大佐は逆上し、目が怒りでつり上がり、震える声で二、三語どもる。

「誰にも、他人の質問を嘲笑う権利はない。何と失礼な」

他のアラブ人達は同族的にムスターファ大佐に加担して、沈黙したまま、向かいの席の相手を伏目で睨んでいる。しかし彼等の会話力では、ムスターファ大佐を充分に援護することはできない。そこで論争は終わったかに見えたが、スヴォボダが残り火を煽り立てる。

「嘲笑いではない。質問が面白いから笑っただけだよ」

この言葉に、ムスターファ大佐は突然に机を叩いて椅子から立ち上がる。級友達は一斉に、彼がスヴォボダに摑みかかる、と机から身を引く。ムスターファ大佐が中背で頑丈なのに対し、スヴォボダは背は高いが、体は未成年のように痩せている。しかし喧嘩になればベンダがすぐに加勢するだろう。そのような期待が健の頭を走馬灯のように駆け回る。ただムスターファ大佐はアラブ人の常で、服の下に短剣を隠しているに違いない。

そこでデュボワ嬢は慌てて手を上げ、皆を制する。

「静かにして、お願い」

幾つかのアラブ語が教室を交差する。健は何か言うべき義務を感じる。人間にはそのような時がある、どんなに変った連中と旅行中でも、仲を保ち、人生の味を共有させるように行動すべき時が。健は立ち上がる。

「もう十分！　我々がここにいるのは、フランス語を学ぶため。さあ、仲直りのため、平和の歌を歌おう」

健は咄嗟に考える。この歌なら、世界中の皆が知っているだろう。ヴィエトナム反戦のためにアメリカで発祥した歌で、日本でもよく歌われたから。

「ウイ　シャル　オヴァーカム
ウイ　シャル　オヴァーカム
ウイ　シャル　オヴァーカム　サムデーエエエイイ

ディープ……」
そこで健の知識は途切れてしまう。思いがけなく、市山さんがニコニコしながら健を引き継いでくれる。
「ディープ　イン　マイ　ハート　アイ　ドゥー　ビリーブ
ウイ　シャル　オヴァーカム　サムデイ
ウイ　シャル　リヴ　イン　ピース
………」
案の定、チェコの学生達は、歌詞は知らないが、旋律を知っており、ムー、ムーと口を塞いだまま唸りだし、市山さんの歌に合わせる。市山さんは出鱈目に歌ったのかもしれないが、彼の顔には、皆に有無を言わせない権威と、楽天的な頬笑みが溢れている。
市山さんの和解の声に刺激され、ベンダがスヴォボダに何か囁いた後、
「僕等がチェコの民謡を歌います。簡単な繰り返しの旋律で、皆さんもすぐ覚えます」
それからスヴォボダの膝を突付いて
「よし、行こう」
「ドードレドシーー、シーシドシレーー、レーミファミレドー、ドレミシーレミーー」
二人の巨人が歌いだした歌は、ヴォルガの舟歌を思わせ、単純で田園的な力強さがある。二人の声は壁に当たって跳ね返り、天井で反射して皆の頭上から被さって来る。健の感動した心には、

その歌声は窓を通して雪の上を駆け巡り、世界にスラヴの心と浪漫を伝えるかのように思われる。奇妙なものだ。この壮大な響きで、険悪な対立は急に攻撃相手を失う。そのきっかけとなったのは、間違いなく、アラブ側でも西欧側でもない、東洋人の特異性と、特殊な立場のせいだ。健は、いつか自分に子供ができたら、このときの感動をぜひ彼等に伝えたいな、と思う。

## 二十七日目（水）

デュボワ嬢は教壇に立つと、いつもの映写を始めないで、今日はアンリ・フェルテ少年の話をしましょう、ゆっくり話しますから、注意して聞いて下さい、と言う。

「アンリは両親とも教師の家に生まれ、考古学の好きな優秀な生徒で、事件が起こった時は、この町のヴィクトル・ユーゴー高校の二年生でした」

デュボワ嬢は学級の中を見回して、一枚の紙片を取り出して、それに目を走らせながら話す。

「このブザンソンで、一九四三年に起こった事件です。アンリ少年は七月に占領中のドイツ軍への抵抗班に入り、爆薬を盗もうとしました。その時に誤って、一人のドイツ兵が死にました。次に抵抗班がドイツ人税関長の武器や制服を盗もうとしたとき、アンリ少年はその税関長を射殺してしまいました。そこで抵抗班は地下に潜行しましたが、ドイツ軍は街中に、抵抗班についての市民の情報を求める、という張り紙を出しました。そしてある日、両親の家で休んでいる朝の三時、ドイツ軍が急襲し、アンリ少年は逮捕され、他の抵抗班の仲間達と共に投獄されました。仲間のうちに情報提供者がおり、彼がドイツ軍に情報を提供したからです」

皆はデュボワ嬢が戦争の話をし出したことを、居心地悪く感じる。

「ドイツ軍は情報提供が無い限り、復讐として、罪のない市民から特定数を逮捕し、処刑する、という掲示を出しました。例え情報提供者が裏切り者だとしても、こう圧力を掛けられたらどうします？『もし君が抵抗班の活動者達の名を明かさないと、善良な者を市民名簿のアルファベット順に、頭から五人、後から五人選んで絞首刑にするぞ』。誰だって、善良な市民よりドイツ兵を殺害した者のほうが死に価すると思うでしょう。そのような脅しの下では情報提供者が本当に卑怯者として非難できるでしょうか」

デュボワ嬢は赤くなった顔を上げて一息つく。

「捕まったアンリ少年達は二ヶ月余り拷問され、終に死刑を宣告され、一週間後の朝六時に銃殺されました」

デュボワ嬢は窓の外を指差す。

「後ろにある城砦が処刑された場所です」

健は十日ほど前に、その城砦で雪合戦して、たわいなく遊んだ日のことを思い出す。雪を被った大きなコケシみたいな四本の柱が、城壁を銃弾受けみたいにして立っていた。それを目にして、健の祭り気分は奇妙な気詰まりに変り、健は雪合戦を中止したのを覚えている。デュボワ嬢は再び紙片へ目を落とす。

「銃殺の判決を受けたのは十七人、十六歳のアンリは最も若かったのですが、他にも十七歳、十八歳、殆どが二十代の初めでした。ドイツには、十八歳に達していない者には死刑は適用されない、という立派な法があります。ただ例外があり、その者が知力と精神力で成年とみなしてもよい場合と、ドイツ国民の保護に必要だとみなす場合は、未成年者にでも死刑が適用されます。アンリ少年の場合は十六歳でも死刑に価する知性を持つと判断されたのです。皮肉にも、彼の優秀さが命を取る理由になりました。

死刑囚の一人はスイスとフランスの両国籍を持つので、スイスでスパイ容疑で逮捕されたドイツ人と交換するため、死刑を免れました。ここでは正義とかそういう問題ではないことがお判りになるでしょう。全ての運命が、行為そのものの内容ではなく、政治的な理由で変わる。よく言う、政治的な解決法とは、理論的に正当化できない解決法を指すのでしょう」

学級はシンと静まりかえる。今度はデュボワ嬢は、紙面を目の高さまで取り上げる。

「九月二十六日、一九四三年。夜明けの六時、死刑囚十六人はブザンソンの牢獄で、ドイツ士官に起こされ、一枚の紙と鉛筆を渡され、処刑場の城砦へ向う七時までの一時間が与えられました。家族や愛する人達に、この世で最後の手紙を書くためです。その直後、彼等はトラックに積み込まれ、ブザンソンの町を通り抜けて、あの城砦へ向かいました。その日は小雨がパラつく不吉な天気だったそうですが、トラックが死刑囚達を城砦へ連行し、町を横切る間中、市民はトラックから流れて来る行進曲を耳にしました」

デュボワ嬢は初めて顔に笑いを浮かべ、兵隊の行進を真似して、高い靴の踵で床を踏み鳴らしながら、行進曲を歌う。

「これら誇らしいゴールの子供達は、
絶え間なく休みなく進んで行った、
銃を肩に担ぎ、勇気を心に袋を背に、
栄光が彼等の食糧だった……」

教室の皆はようやく気が楽になり、笑いを浮かべる。

「外国人の皆さんは馴染みないかもしれませんが、これは連隊『サーンブルとムーズ』の行進曲です。その行進曲の合間には、勿論、『マルセイエーズ』も聞こえました。町民達もみな、心の中で歌ったそうです。

城砦に着くと、彼等は若いもの順に、十五分ごとに四人ずつ処刑棒の前に立たされ、七時半から八時半までの間に銃殺され、作業はちょうど一時間で終わりました。何と見事に計算された作業でしょう。

ここに、処刑を指揮したドイツ将校の記録があります。

『皆が目隠しをされるのを拒否した。彼等はみな、フランス万歳、ド・ゴール万歳、と叫びながら、勇敢に死んで行った』

この記録にあるように、ドイツ側でさえ、若いフランス少年達の勇敢さを認めています。指揮に当たったドイツ将校は、同じ年頃の自分の息子のことを考えたのかも知れません」

デュボワ嬢の目が濡れ、声が震えている。

「それにも拘らず、ドイツ将校は処刑を指揮しなければならなかったのです。争いには一次元的な原則があります。それは、非情な争いの法です。

アンリ少年は若くても、大人の知力を持っていました。悲劇は、もしドイツ軍がアンリ少年達を寛容に取り扱えば、地下抵抗は更に活発になり、もっと多くのドイツ兵が殺害されたでしょう。このような争いの中では、あらゆる自己防衛の手段が正当化されるのです」

スヴォボダとベンダは顔を伏せたままで、中南米の連中は少し不満そうな顔をして、それでも黙ったままだ。

「アンリ少年の家族は、今でもこのブザンソンに住み、城砦の見えるアパートに住み、毎日、窓から城砦を見ながら生活しておられます。

人間の社会には、意識されていない悪が空中を舞っているようです。個人的には皆が誠実であっても、悪はどこからか侵入して来て、いつ、個人生活の心の平衡を変えてしまうか判らない。日常では善い人でも、政治の問題や民族意識が入ってくると、その悪がいつ人間性を押し潰してしまうか判らない。でも、この限りある小さな世界で、どうして皆が相手を理解しようとする前に、自分の考えを押し付けようとし、いがみ合いが絶えないのでしょうね」

## 二十八日目（木）

ムスターファ大佐の席がまだ空いているのに皆はすぐ気付き、心が落ち着かず、それとなく戸口の方に気を配っている。戸が軽くコツコツと叩かれたとき、皆の注意がいっせいにそちらへ向くが、戸口から顔を覗かせたのは市山さんだ。皆の危惧とは対照的に、いつものように、さっぱりした顔に頬笑みを満面に浮かべて。市山さんの遅刻はいつも以上に微笑ましい仕草に感じられ、皆は思わず声を出して笑い、市山さんはその意味が判らず、ごめんなさい、と言う。

ムハメッドはデュボワ嬢に向かって、今までになく勇敢に、不自由なフランス語を使って、

「ムスターファ大佐は、語学の研修期間も終わりに近づいたので、今日パリへ戻る汽車に乗る、と言っていました。皆さんによろしく、とも」

## 二十九日目（金）

ムスターファ大佐の出発は、教室を完全に荒廃させ、勉強する気を削がせる。あれほど敬遠していた人がいなくなったのだから、教室はもっと陽気になってよさそうなものだが、逆に皆の顔から緊張が抜け、張り合いがなくなり、健は過去の、ムスターファ大佐に対する軽い敵意に後悔

さえ感じる。中東国の人達は以前に比べて更に内気になり、しょげ返って、殆ど発言せず、スターニャの所に丸めた紙が飛ばされて来ることもなくなる。

健にはこのブザンソンの町でのあらゆる事件が過去のものに思われ始め、早くパリへ戻りたい、健を待っている研究所で、早く自分の本来の研究を始めたい、という気持で一杯になる。

教室を離れるときに、デュボワ嬢が健を呼び止め、パリ行きの汽車に乗る日時と泊まっているホテルを訊いてきて、

「車を持っていますか」

健は劣等感で、まだ買っていません、と答える。

「荷物があれば、車でお送りしますよ」

三十日目（土）

健は奇妙な夢をみる。パリへ戻る汽車に座っているとき、ある若者が乗ってきて、目の前に座る。どこに行くのかと訊くと、シタデルへ行くという。健が、この汽車はパリ行きだよ、と言うと、若者は、そんなことはない、と言って、ブザンソン行きの切符を見せてくれる。健は気が付く。しまった、汽車を乗り違えた、しかもホテル「ファミリー」に乗車券を忘れてきたようだ。仕方がない、僕もブザンソンのホテルへ戻ろう。

「僕もシタデルの方向へ戻るが、君は何しにシタデルへ行くのか」

「僕はそこで銃殺されることになっている」

なぜか、と訊くと、ドイツ兵の一人が暗殺される毎に一〇人の住民が誰彼となく逮捕され、銃殺される。自分が銃殺の的に選ばれた。

「僕はこれからそこで銃殺される、君も僕に付き合わないか」

健は、僕のホテルはその近くだから、同じ方向だが、と言葉を濁し、途中でこの若者からどのようにして離れようかと考え、胸を締め付けられるような不安を感じる。先を歩く若者が道の角を回ったときに、健は目を瞑り、逆方向へ一生懸命に走り出す。走りながら両手をばたつかせる。加速が付けば空中へ、自由の世界へ飛び発てることが判っていたからだ。

電話が鳴ったのはその時、いやその数十分の一秒前だろう。ホテルの女主人が、

「ムッシュ・アザクラ、訪問の方ですよ」

と誰かを前にした機嫌のよい声で言う。そしてすぐに、付け加える。

「今週分のホテルの支払いは、まだでしたね」

健にはそれがデュボワ嬢だとすぐに判る。健はハブリク氏が去って索漠となった部屋をデュボワ嬢に見られるのが嫌で、荷物を下ろします、と下へ叫ぶが、彼女はそんな思惑とは関係なく、手伝いますと言って、踵の高い靴をカタカタと鳴らしながら階段を上がって来る。

駅までは車では十分とかからない。たったの一ヶ月前、この駅の雪の中で、地図を買いたくて

売店を探し回り、ホテルを探して寒さの中を歩き回ったのが、数ヶ月も前のことのように思われる。今日はデュボワ嬢の車で、彼女の運転で、より良い生活への凱旋みたいなものだ。

「また戻ってきて下さいね。今度は遊びで」

そして背を屈めて健に左、右と頰ずりしながら軽く、メルシー、アザクラ、と言う。健はそのはっきりした意味が判らないまま、いつもの「ムッシュー」が消えているのに気が付く。健は、有難うございます、マドモワゼル、と言う。デュボワ嬢は汽車の到着を待たずに、運転席に座り込む。健は車がそのまま動かないので、デュボワ嬢にもっとお礼を言いたくて車の方へ近づこうとするが、そのときに車は、黒くなった雪を擂り潰すように発車し、遠ざかって行く。車の中から白い長い手が挙がったのが見える。

数ヶ月後

ブザンソンでのたった一ヶ月の生活は、健にいろんな余波を齎した。最も意外だったのは、桜木さんから結婚らしいものを申し込まれたことだ。桜木さんが日本へ帰国する時期になり、その途中でパリに寄る、という便りがあった。健は研究所を抜けだし、桜木さんと待ち合わせて、パリ市内のリヴォリ通りにある茶店「アンジェリナ」で、モンブランを食べ、コーヒーを飲んだ。これはそんな異郷での、異常な環境での出会いでの、事故と考えてもよかった。しかし桜木さんみたいな人に結婚に近いことを提案されたことは、健にとっては正直に言って、嬉しい以上に名誉なことに思えた。桜木さんは何と言っても、健の及ばない有識者だった。

「あたしなら、あなたの不能を治して上げられるわ」

健は面食らった。不能、インポテンツ、どうして桜木さんがそう考えたのか、と訊いた。

「だって、自分で白状したじゃないの」

健は、自分はまだしばらくはフランスで働かなければならないから、日本に戻ったときに一緒に考えよう、と取りあえず提案した。そして、ブザンソン滞在中に交えた会話群を、端々まで懸命に思い出そうとした。結局は、村下君にお世辞を言われたときに健が洒落の積もりで言った言葉しか浮かんでこなかった。

「僕は性欲があまりないもので、女性が安心して近寄ってくれるようです」

もしそのせいだとしたら、言葉を発するときには注意せねばなるまい。人間は勝手に、自分の思いの中に閉じ籠もり、自分の決めた方向に沿って考えを熟成させるようだ。その結果、もとの種が何だったのかさえ判らないような、異常な結果に到ってしまう。もし桜木さんが誰かにその話をしていたら、その噂は健が否定すれば否定するほど、本当の話として広がってしまうだろう。その後、健は桜木さんに連絡をとらなかった。

三月末のアイスホッケー世界選手権で、チェコ軍は予選の選抜戦でソ連軍を二度も破った。ただ、勝ち数の多かったソ連とスエーデンが決勝に進み、結局はソ連がスエーデンを破って優勝し、チェコは三位に止まった。健はまだブザンソンにいるはずの黒猫との思い出に焦がれ、その機会にブロワの学生寮の黒猫あてに、お祝いの手紙を出した。返事はなかった。

四月の復活祭の祭日に、健は研究所の宿舎からパリに出てきて、リュクサンブール公園を横切っていた。そのとき、向いから来る賑やかな学生達とすれ違った。十人もいたか。そのうちの一人の女性は確かにスターニャだった。これは例外的な奇遇ではなく、地方の学生達は、短い復活祭の休暇の際にパリを訪問することが多いのだ。スターニャがフランス人学生達とパリに来ていたとしても、それほど不思議なことではなかった。ただ、彼女がフランス人学生達と話しながら歩いていて、余りにも幸せそうだったので、健は声を掛けるのを躊躇した。そして、彼女と再会する機会は、永遠に去ってしまった。

それから、市山さんはブザンソン滞在を終わり、商社の仕事を始めるべく、パリへ赴任して来て、健に連絡してきた。市山さんが滞在していたゲラン家もパリ近郊へ引っ越してきたので、一緒に食事に行こうという提案だった。健は特に、昔の級友だったチェコ人達の消息を知りたかった。黒猫のことも含めて。市山さんの話では意外にも、スヴォボダとベンダはチェコへ戻ってしまった。新しいチェコ政府から、チェコに残っていた両君の家族へ圧力がかかったのが理由らしい。

「どうも、ブザンソンに、チェコ政府の諜報官がいたらしい」

健は、自分が同じ部屋で寝起きしていた人がその諜報官なる人らしい、と話しても、市山さんは信じてくれまい、と思い、何も言わなかった。ついでに、黒猫のことを訊くことも忘れてしまった。

十年経って

健はいつものようにルモンド紙を買い込み、カフェに入り、頁を捲っていて、ある記事にぶち当たり、目が釘づけになった。あのアンリ少年。その記事によると、アンリ・フェルテ少年が銃殺されて三十七年後の十一月二十六日、アンリの母親と弟ピエールは自動車の排ガスを使って自殺した。

健はブサンソンの城砦を思い出し、城砦の墓を思い出し、四本のコケシのような柱を思い出し、最後の授業の日を思い出し、デュボワ嬢がアンリ少年の話をした時の悲壮な顔を思い出し、そして、アンリ少年を失った後の親子三人が、城砦の見える家に住み続け、城砦を眺めながら生き続けた悲劇に思いを馳せた。あのときのデュボワ嬢の話によれば、ドイツ軍はアンリ少年達を処刑場へ連行する一時間前に、彼等に鉛筆と紙片を与え、この世で最後の、愛する者達へ手紙を書く機会を与えたはずだ。

父さん、母さん、

僕の手紙は父さんと母さんを酷く苦しめるに違いないけど、お二人があんなに勇気に溢れているところを見たので、その勇気を持ち続けてくれることを疑っていません。僕への愛情からだけでも。

僕が独房で、精神的にどれほど苦しんだかは想像できない位です。僕が苦しんだのは、父さんや母さんにもう会えないこと、僕への両親の優しい心づかいを、距離を置いてしか感じられないこと。この八十七日の独房生活の間、僕には父さんと母さんからの小包より、愛情が恋しくてたまらず、僕が父さんと母さんに与える苦痛を許してくれるように、しばしばお願いしました。

僕がいま、父さんと母さんをどんなに愛しているかは疑いもありません。なぜなら、以前は寧ろ型通りに父さんと母さんを愛していたけど、今では父さんと母さんが僕のためにしたことが全て判り、親への本物の愛情、真実の愛情を感じるようになったと思います。多分、戦争の後、同志の一人が、父さんと母さんに僕のことを、僕が彼に伝えたこの愛情のことを語るでしょう。彼がこの神聖な使命のことを忘れなければよいが。

僕のことを心配してくれた皆さんに、特に僕等に最も近しい親戚と友達にお礼を言って下さい。彼等に、僕が永劫のフランスを信じていることを伝えて下さい。お祖父さんとお祖母さん、叔父さんと叔母さん達、従兄弟達、アンリエット、彼等を強く強く抱きしめてあげて下さい。デュヴェルネ氏の家でしっかり握手しておいて、そして一人ずつに声を掛けておいて下さい。神父様に、特に神父様と信者の皆さんのことを思っている旨を伝えて下さい。大司教様に、僕について頂いた大栄誉のお礼を申します。その栄誉に価する行動をした積もりです。自分は倒れる前に、高校の同僚達にもサヨナラを言います。ところで、僕はエンヌマン君に煙草を一箱、ジャッカン君には先史時代の人間に関する本を貸しています。

『モンテクリスト伯爵』は駅の後ろ、フランス街道、三番地のエムルジョン君に返して下さい。マルトゥルネ通りのモーリス・アンドレには、僕の借りの煙草四十グラムを返して下さい。

僕の小さな本棚をピエールに、教科書は僕の愛する父さんに、収集物は僕のとてもいとしい母さんに、遺贈します。でも母さんは先史時代の斧とゴール人の剣の鞘に注意しないと。

僕は祖国のために死にます。僕の願いはフランスが自由になり、フランス人が幸福になることです。思い上がった、世界一のフランスではなく、よく働き、よく勉強し、誠実であるフランスです。フランス人が幸せである、そう、それが根本です。人生では幸福を掴む方法を知らねば。

僕に関しては心配しないで。僕は最後まで勇気と陽気さを持ち続け、『サーンブルとムーズ』を歌い続けます。この歌が、僕のとてもいとしい母さん、母さんが教えてくれた歌だから。

ピエールには、厳しくまた優しくしてあげて下さい。彼の勉強を見てあげて、無理にでも勉強させて、不注意を許さないで下さい。彼は、僕に値する人であることを示さなければ。三人いた小さな〝黒んぼ〟のうち、彼一人しか残らない。彼は成功しないと。

兵隊達が僕を連れに来ます。筆を早めます。僕の筆跡は震えているかもしれないけど、それは僕の鉛筆が小さいから。僕は死ぬのは怖くない、自分には深い信念があるからです。

父さん、どうぞ祈って下さい。もし僕が死ぬのなら、それは僕のためだ、と考えて。僕にとってこれほど名誉ある死があるでしょうか。自分は喜んで祖国のために死にます。空の上で間もなく、四人一緒に再会しましょう。

百年って何でしょう。

母さん、思い出して。

「そして、その復讐者は新たな防御者を得よう。後者は死んだ後に、後継者を得よう」

さようなら。死が僕を呼んでいます。目隠しも、縛られる必要もありません。皆さんを抱きしめます。何と言っても死ぬのは辛い。何度も何度も口づけ。

フランス万歳。

十六歳の死刑囚：アンリ・フェルテ。

綴りの間違いを御免なさい。読み直す時間がありません。

発送者：アンリ・フェルテ

空の上で、神様の近くで。

ルモンド紙のレイモン・トゥルヌー氏の記事によると、アンリ・フェルテ少年の父親は第一次大戦でドイツと戦い、その後に学校の先生になり、母親も先生で、敬虔なカトリック信者だった。両親は亡くなる前に、友人のトゥルヌー氏への手紙で、こう述べていた。

「息子はいつも私たちと一緒にいます。存在は感じますが、話はしない」

父親はアンリ少年の銃殺の三十二年後、一九七五年に亡くなり、家族の要望で、埋葬されていたアンリ少年の遺体は掘り出され、父親と一緒に焼却され、二人の灰は故郷の地上にばら撒かれた。そのときにも、母親はトゥルヌー氏へ手紙を出していた。

「息子が私たちの家で、二十四時間過ごしたの。父さんと一緒に」

更に五年後の一九八〇年十一月、母親と弟のピエールは自動車の排ガスを使って、自殺した。アンリ少年が処刑された日と同じ二十六日だった。

かくしてフェルテ一家は、アンリ少年の願いに反して、アンリ少年の死に付き纏われ、呪われたまま、地球上から完全に消えてなくなった。

# 初出一覧

チャオとの夜明け　「ＶＩＫＩＮＧ」７１８号　２０１０年１０月
カルガリの日暮れ　「ＶＩＫＩＮＧ」７２４号　２０１１年４月
（「地上から消えた国の思い出」改題）
アメリカの友　「ＶＩＫＩＮＧ」７２９号　２０１１年９月
アンリの見た虹　「ＶＩＫＩＮＧ」７３４号　２０１２年２月
（「エリートに成りたがらなかった男」改題）
先生の匂い　「ＶＩＫＩＮＧ」７４１号　２０１２年９月
（「先生の香り」改題）
デュボア嬢との一ヶ月　「ＶＩＫＩＮＧ」７４３号　２０１２年１１月

**内田　謙二**（うちだ　けんじ）

東京大学卒業後、渡欧。現在フランス在住。

欧州特許および商標弁護士。

著書に『巴里気質・東京感覚』（影書房　1986年）

『ヴィンテージ・カフェからの眺め』（影書房　2009年）がある。

現住所　29 Avenue de Wagram, 75017 Paris, FRANCE

チャオとの夜明《よあ》け

二〇一三年一〇月二〇日　初版第一刷

著　者　内田《うちだ》　謙二《けんじ》
発行所　株式会社　影書房
発行者　松本　昌次
〒114-0015　東京都北区中里三―四―五
ヒルサイドハウス一〇一
電　話　〇三（五九〇七）六七五五
FAX　〇三（五九〇七）六七五六
E-mail=kageshobo@ac.auone-net.jp
URL=http://www.kageshobo.co.jp/
〒振替　〇〇一七〇―四―八五〇七八
装丁=松本進介
本文印刷=ショウジプリントサービス
装本印刷=アンディー
製本=協栄製本

**定価　一、八〇〇円＋税**

ISBN978-4-87714-440-1

内田謙二

# 巴里気質・東京感覚

四六判上製￥１８００＋税

日常のつきあい方、言葉、そして仕事のことなど、さまざまな面で微妙に違うフランス人と日本人。日本人の眼でヨーロッパの都市と生活と人間を見、西欧社会から日本を見る。複眼的な比較文化論。

内田謙二

# ヴィンテージ・カフェからの眺め

――西欧《ヨーロッパ》を夢みた黄色い眼

四六判上製￥２２００＋税

欧州特許・商標弁護士として滞仏40年。フランスのエリーチズム（選良主義）や、ビジネスの裏側で隠然たる力をもつフリーメイソン人脈など、不可解でときに理不尽なビジネスライフや文化を考察。

影書房